AF304298

Lucy Storm wurde 1996 mit ganz viel Fantasie und Kreativität in der Nähe von Hannover geboren und wuchs als Kind mit Hunden und Katzen auf. Als Jugendliche schrieb Lucy Fanfictions und im Oktober 2020 erschien ihr Debütroman "Ein Keks zum Verlieben" bei Books on Demand. Lucy liebt das Meer, Wälder und Seen und sie hat eine Schwäche für Kaffee, Bad-Boys und Sarkasmus. Heute lebt sie in der Nähe von Hannover und schreibt in diversen Subgenres der unterhaltsamen Frauenliteratur sowie Fantasyromane.

my DEVIL'S DESIRE

Er gehört
der Unterwelt.
Ich ihm.

LUCY STORM

Erstausgabe Mai 2025

Copyright © 2025 dp Verlag, ein Imprint der
dp DIGITAL PUBLISHERS GmbH
Made in Stuttgart with ♥
Alle Rechte vorbehalten

My Devil's Desire

ISBN 978-3-98998-979-5
E-Book-ISBN 978-3-98998-858-3

Covergestaltung: Jasmin Kreilmann
Umschlaggestaltung: ARTC.ore Design
Unter Verwendung von Abbildungen von
depositphotos.com: © Lukbar
shutterstock.com: © Rpdesignstudio, © Dilok Klaisataporn,
© paradise boyd, © menthoart, © Soho A Studio, © New Africa
Lektorat: The Write Spirit
Satz: dp DIGITAL PUBLISHERS GmbH
Druck und Bindung: Books on Demand GmbH, Norderstedt

Für meine Freundin Isabel. Danke für über 15 Jahre Freundschaft mit lustigen RPGs, amüsanten Gesprächen über Jungs und Männer und dafür, dass wir immer ehrlich zueinander sein und auch über weniger schöne Themen reden können. Auf weitere 15 Jahre Freundschaft.

»Ich habe keine Angst vor dem Tod.
Nur davor, dabei alleine zu sein.«

Meine verstorbene Großmutter Elke K.

Playlist

Mariah Carey – All I Want For Christmas Is You

LeAnne Rimes – Right Kind Of Wrong

Dean Martin – Let It Snow

Five Finger Death Punch – Burn MF

OneRepublic – Feel Again

Taylor Swift – Ready For It?

Simple Plan – Christmas Everyday

Sarah Connor – Cold As Ice

Taylor Swift – Look What You Made Me Do

Brenda Lee – Rocking Around The Christmas Tree

Eden Golan – Hurricane

Triggerwarnung

Hallo kleine Prinzessin. Ich warne dich! Willst du wirklich den nächsten Schritt wagen, und in die Unterwelt Portlands eintauchen? Du wirst Dinge sehen, die dein naives Weltbild von Gut und Böse für immer zerstören. Die dein kleines, unschuldiges Herz einnehmen und deine rosarote Glitzerbrille sprengen. Bist du bereit, zu verstehen, dass jedes Good-Girl mindestens ein dunkles Geheimnis in sich trägt, das ihre Seele verfärbt? Zu erleben, was es wirklich heißt, Leichen im Keller zu haben? Willst du in eine Grauzone eintreten, die dich betört, und das Dunkle in dir erwecken wird? Dann trete ein in meine Welt und genieße das Verlangen nach der Dunkelheit. Aber sei dir eines bewusst: Sobald du diese Schwelle übertrittst, gibt es kein Zurück mehr. Du wirst Leuten begegnen, die bereit sind, ihre Seele an den Teufel zu verkaufen. Denen es egal ist, wenn Unschuldige oder gar Jugendliche an ihren Drogen verrecken, solange sie sich ihren Luxus und jährlichen Urlaub leisten können. Die gestohlene Gegenstände erwerben, an denen Blut klebt. Menschen, die foltern, um selbst besser dazustehen und Antworten zu bekommen. Männer und Frauen, denen Alkohol und ihr Ansehen wichtiger sind als das Glück ihrer Kinder und Partner. Du wirst Menschen begegnen, die nur überleben können, weil sie ihre Moral über Bord geworfen, und sich von den

Regeln des Staates abgewendet haben. Bist du bereit, einzusehen, dass dein Weltbild von Gerechtigkeit und Ordnung nichts weiter ist als eine lächerliche Illusion? Ein veraltetes Denkmuster, das dich zu einer Marionette macht und dich in eine Schublade steckt? Wenn du aus dieser Welt ausbrechen, und die wahre Realität sehen möchtest, heiße ich dich herzlich willkommen. Lehne dich zurück und genieße die Show. Du wirst es lieben!

Prolog

J. T.
Fünf Jahre zuvor

Schnellen Schrittes laufe ich die menschenleere Straße entlang. Eisige Schneeflocken fliegen mir ins Gesicht und der Wind pfeift mir um die Ohren. Aus offenen Fenstern dringt das Gelächter glücklicher Kinder zu mir herüber, und der verführerische Duft von Gewürzen und Gebäck strömt mir in die Nase. Seit ich mich zurückerinnern kann, hat mich die Weihnachtszeit nie wirklich gepackt. Vermutlich liegt es daran, dass mein Bruder und ich bei einem Workaholic aufgewachsen sind. Während unsere Freunde mit ihren Eltern an den Wochenenden Plätzchen backten, Schneemänner bauten und Weihnachtsfilme ansahen, war unser Vater entweder unterwegs, oder schloss sich in seinem Büro ein. Levin und ich mussten uns, außer an unseren Geburtstagen, alleine zurechtfinden. Niemand kümmerte sich um eine einladende Weihnachtsdeko, und unser Vorgarten war der Einzige, der sich nicht an irgendwelchen hirnrissigen Deko-Wettbewerben der Nachbarschaft zur angeblich schönsten Zeit des Jahres beteiligte. Dad meinte es nie böse, doch seit unsere Mutter eines Tages verschwand, musste er sich alleine um uns kümmern. Er ging mehr arbeiten als zuvor, um Levin und mir eine gute Schulbildung zu ermöglichen, und gleichzeitig seine Trauer ersticken zu können. Da unsere Mutter in einem Zug saß, der vom Gleis abkam und in Flammen aufging, und von ihr seither jede Spur fehlte, ging die Polizei davon aus, dass sie tot sei. Levin, Dad und ich richteten eine Art Denkmal als Grab-Ersatz für sie her. Doch mein Bruder und ich lernten schnell, uns dem kalten und rauen Klima unserer Stadt anzupassen.

Mittlerweile bin ich 25 Jahre alt und habe verstanden, dass die Weihnachtszeit nicht so schrecklich ist, wie ich bisher dachte. Im Gegenteil, diese Zeit ist ideal für die Steigerung des eigenen Kapitals. Die Leute sind in Kauflaune und verschleudern ihr Geld. Andere Unternehmer werden sentimental und entschließen sich dazu, ihr Business aufzugeben und sich mehr Zeit für ihre Familie zu nehmen. Diese Schwäche kommt mir zugute, denn vor wenigen Monaten habe ich im Lotto gewonnen. Seitdem war ich auf der Suche nach einem Club, und vor Kurzem bin ich fündig geworden. Zu meinem Glück will der Vorbesitzer aus Portland abhauen, und heute sind wir zur Übergabe verabredet. Der Club befindet sich im District Old Port, in der Silver Street. Von dort erreiche ich nicht nur fußläufig meine neue Penthouse-Wohnung in der Pearl Street mit Blick aufs Wasser, sondern bin schnell am Pier.

Als ich Mr. Miller, der jetzige Besitzer des Clubs, darum bat, die Übernahme auf heute vorzuschieben, schien er erleichtert zu sein. Was er nicht weiß, ist, dass ich vorhabe, ihn bluten zu lassen. Nachdem ich im

Lotto gewonnen hatte, beauftragte ich einen Privatdetektiv damit, mehr über den Tod meiner Mutter herauszufinden. Entgegen meiner Erwartungen deckte er eine große Lüge auf. Mom war in jener verhängnisvollen Nacht gar nicht ums Leben gekommen. Stattdessen hatte diese Schlampe ihren Tod vorgetäuscht, um mit diesem Wichser durchbrennen zu können! Vor einem Monat war sie an Krebs verstorben und nun will der Feigling das Weite suchen. Doch nicht mit mir! Mr. Miller hat keine Ahnung, welchen Fehler er mit dem heutigen Tage begeht. Endlich kriege ich die Rache, von der ich seit Monaten träume. Obwohl es die Entscheidung meiner Mutter gewesen ist, uns für diesen selbstgerechten Vollpfosten zu verlassen, gebe ich ihm die Schuld daran: Wäre sie ihm nicht begegnet und hätte er ihr nicht irgendeinen Scheiß eingetrichtert, hätte sie uns niemals verlassen!

Pfeifend biege ich in die die Silver Street ein und sehe mich ein letztes Mal um. Nach dem Tod meiner Mutter hatte Mr. Miller den Club geschlossen, angeblich, um in Ruhe seinen Verlust zu betrauern. Entsprechend leer ist die Umgebung.

»Lev?«, murmle ich leise und biege um die Ecke. Mein Bruder Levin und ich sind hinter den Mülltonnen neben dem Hintereingang verabredet. Eine Taktik, die wir uns als Kinder angewöhnten, wenn wir Vater heimlich bei seinen Geschäftsterminen belauschen wollten. Oder, wenn einer von uns mit jemandem aus der Schule eine Rechnung offen hatte und die Hilfe des anderen brauchte. Obwohl wir unterschiedlich wie Tag und Nacht sind und uns ein paar Jahre trennen, haben wir immer zusammengehalten und unsere Scheiße als Team durchgezogen.

»Da bist du ja endlich. Ich dachte schon, du machst einen Rückzieher!«, erwidert Levin und tritt hervor. Mein Bruder ist 23 Jahre alt und wurde vor Kurzem Vater. Dennoch war er sofort Feuer und Flamme, als ich ihm von meinem Racheplan erzählt habe. Seine blonden Haare fallen ihm locker ins Gesicht und mit seinem weißen Hemd sieht er aus wie ein unschuldiger Sunnyboy. Eine Masche, mit der er sich unbemerkt durch die rauen Straßen Portlands schleichen, ahnungslose Frauen aufreißen, und seine Opfer in eine Falle locken kann, ohne zuvor Verdacht zu erregen.

Schnaubend ziehe ich eine Augenbraue hoch und schüttle den Kopf. »Du spinnst wohl! Als ob ich mir diesen Deal entgehen lasse. Einen der besten Clubs der Stadt zu besitzen, war schon immer mein Traum. Und dem Dreckskerl, der unsere Mom gestohlen hat, einen Denkzettel zu verpassen, ist ebenfalls nicht schlecht. Wo ist eigentlich Joselyn?« Besorgt sehe ich mich nach meiner kleinen Nichte um, kann sie jedoch nirgends entdecken. Stattdessen hält mein Bruder einen Käfig in seiner Hand, der ein breites Grinsen auf mein Gesicht zaubert.

Entsetzt presst Levin seine Lippen aufeinander und sieht mich mit einem durchdringenden Blick an. »Willst du mich verarschen? Du glaubst doch nicht allen Ernstes, dass ich meinen Engel mit an diesen Ort bringe?! Dazu ist sie zu klein. Ich habe sie bei Dad gelassen. Er freut sich darüber, Zeit mit seiner Enkelin zu verbringen.«

Erleichtert atme ich aus und nicke verständnisvoll. Nachdem Levin erfuhr, dass er Vater wird, schwor er sich, alles für die Sicherheit seines Kindes zu tun und ihm die Welt zu Füßen zu legen. Besser zu sein als unsere Eltern und aus ihren Fehlern zu lernen.

»Ich verstehe, dass du Angst um ihre Sicherheit hast und nicht willst, dass sie in solch einer Gegend aufwächst. Zu früh die Regeln unserer Straßen lernt und falsche Kontakte knüpft. Du bist ein guter Vater, Lev.«

»Zumindest besser als unserer. Aber hey, immerhin bemüht er sich darum, ein guter Großvater zu sein. Dennoch kann ich mich nicht zu sehr darauf verlassen, dass er immer da ist, wenn ich einen Babysitter brauche. Davon abgesehen will ich nicht, dass sich unsere Vergangenheit wiederholt, James. Ihre Mutter ist ebenso abgehauen wie unsere und ...«

»Und du willst nicht, dass sie ebenfalls auf sich gestellt ist und sich alles selbst beibringen muss, während du Rachepläne ausführst und Überstunden schiebst.«

Nachdenklich zieht er seine Stirn in Falten und sieht mich durchdringlich an. In seinen intensiven grünen Augen tobt ein Sturm, der mich irritiert innehalten lässt. Irgendetwas stimmt nicht. Schon als wir Kinder waren, konnte ich an seinen Augen ablesen, wenn etwas nicht in Ordnung war. Körperlich bleibt er ruhig, seine Atmung scheint gleichmäßig zu gehen und seine Hände sind nicht zu Fäusten geballt. Und doch ist da irgendetwas, das ihn beschäftigt.

»Was ist los, Bruderherz?« Besorgt trete ich einen Schritt auf ihn zu und lege meine Hand auf seine Schulter. »Wenn du mir etwas sagen willst, dann jetzt. Ich verstehe es, wenn du einen Rückzieher machen willst, aber ich ziehe es durch. Mit dir oder ohne dich.«

»Als ob ich so kurz vor dem Ziel den Schwanz einziehe!« Schnaubend hebt Lev seine linke Braue und schüttelt den Kopf. »Ich bin kein Feigling, James. Aber ich bin jetzt Vater und einiges zwischen uns muss sich ändern. Versteh mich nicht falsch, ich werde immer da sein, um Wichsern wie deinem Geschäftspartner die letzten Minuten ihres Lebens zur Hölle zu machen. Aber Joselyn hat nun oberste Priorität. Wenn Dad nicht auf sie aufpassen kann oder ich den ganzen Tag gearbeitet habe, kann ich nicht mehr mit dir durch die Straßen ziehen, Frauen aufreißen und Menschen foltern. Ich kann nicht immer da sein, wenn du spontan einen Partner in Crime brauchst. Das geht einfach nicht mehr.«

»Wovon redest du, Lev? Mir ist klar, dass deine Tochter Vorrang hat, aber diese Folterspielchen waren immer unser Ding. Du folterst sie und ich töte. Das war immer so. Ich wüsste nicht, weshalb sich etwas ändern sollte, nur weil dir zu spät die Funktion eines Kondoms klar wurde.«

»Warum sich etwas ändern sollte?« Ungläubig schüttelt er erneut den Kopf und atmet tief ein uns aus. »Kinder lassen sich nicht wie Computer programmieren. Sie schreien, wann es ihnen passt. Ich muss jederzeit für sie da sein. Sie füttern, ihre Windeln wechseln, mit ihr raus gehen, sie waschen und den Großteil meines Lebens nun nach ihr ausrichten. Ich weiß, dass es schwer zu begreifen ist. Bisher warst du der Einzige, für den ich alles stehen und liegen gelassen habe. Das geht jetzt nicht mehr. Ich kann nicht mehr spontan einspringen, wenn du jemanden brauchst, der deine Drecksarbeit erledigt. Sag mir rechtzeitig Bescheid und ich schaue, ob es geht. Joselyn ist nicht einmal ein Jahr alt, sie braucht ihren Vater.«

»Wie du meinst«, knurre ich und schaffe es nur mit Mühe, mich zu beherrschen. Was zur Hölle soll das denn jetzt? Er war derjenige, der wollte, dass ich ihn an meinen Racheplänen teilhaben lasse. Ihm gestatte, die Leute zu foltern, ehe ich sie töte. Für Lev ist Folter eine Art Sport. Ein Ausgleich zum Alltag. Der Moment, in dem er ganz er selbst sein kann und seine dunkle Seite zum Vorschein kommt. Ich habe es für ihn getan. Und nun will er mich einfach fallen lassen? Unglaublich! »Wenn du keinen Bock mehr hast, dann sag es einfach! Ich schaffe das auch gut alleine!«

Mein Herz pocht wütend gegen meinen Brustkorb und ein unangenehmes Gefühl macht sich in meinem Inneren breit. Es fühlt sich an wie Lava, die sich ihren Weg durch meinen gesamten Körper bahnt und mich von innen heraus verbrennt. Frustriert presse ich meine Lippen aufeinander, nehme meine Hand von seiner Schulter und marschiere Richtung Club.

»James, warte!« Keuchend rennt Levin hinter mir her, packt mich am Oberarm und zwingt mich so, stehen zu bleiben. »Glaubst du wirklich, es fällt mir leicht, meine größte Leidenschaft einzuschränken? Fuck, die Vorstellung, meine Emotionen nun anders kontrollieren zu müssen, macht mir Angst. Aber ich kann nicht blutverschmiert vor meinem Kind auftauchen oder es sich selbst überlassen. Hättest du nicht auch gewollt, dass Vater sich mehr um uns kümmert, anstatt um alle anderen? Ich werde weiterhin für dich da sein. Das werde ich immer! Aber eben eingeschränkter als bisher. Verstehst du?«

Seufzend schließe ich für einen Moment die Augen und nicke. Natürlich kann ich seine Situation verstehen. Levin war schon immer der Einfühlsame von uns beiden. Im Gegensatz zu mir hat er besonders unter Vaters Abwesenheit gelitten. Natürlich will er nicht, dass Joselyn denselben Schmerz erleidet und ein Baby sollte vermutlich nicht ganz so viel Blut sehen.

»Na schön, von mir aus. Sei ein guter Vater, oder was auch immer. Aber wenn du mich unangekündigt im Stich lässt, wirst du es bereuen.«

»Das ist mein Bruder, wie ich ihn kenne.« Lachend schlägt Lev mir auf die Schulter und grinst. »Also genug Theater für heute. Wir sind nicht hier, um zu streiten, sondern um den Mann zu bestrafen, der unsere Mutter gegen uns aufgelehnt hat. Aber lass uns beeilen, ich will meinen freien Abend genießen und eine heiße Blondine oder Brünette aufreißen.«

Amüsiert rolle ich mit den Augen und deute auf die Vordertür. »Wie du meinst. Ich habe meinen Spaß, und du deinen. Nur vergiss dieses Mal nicht die Kondome, ein weiteres Kind überlebst du nicht.«

»Danke, aber im Gegensatz zu dir, habe ich gelernt, meinen Schwanz zu kontrollieren. Noch irgendwelche Lebensweisheiten, auf die ich getrost verzichten kann?«, erwidert mein Bruder trocken und ich grinse.

»Nein, Babysitten ist nicht mein Job. Bring dir deine Lektionen gefälligst selbst bei!«

»Soll mir recht sein, ehe ich noch zu deinem Klon mutiere. Also, was steht an?«

»Der Plan ist simpel und unauffällig. Ich habe Mike am Morgen vorbei geschickt, und er hat die Kameras manipuliert. Ich gehe da rein und unterzeichne den Vertrag. Sobald der Laden mir gehört, können du und dein namenloses Spielzeug euch austoben. Vergiss nicht, Mike anzurufen, wenn ihr beide durch seid. Er kümmert sich um den Rest.«

Erwartungsvoll blicke ich zu dem Käfig, den Levin mitgebracht hat. Normalerweise mag ich es, meine Feinde selbst zu töten, nachdem mein Bruder sich ein wenig austoben durfte. Ich will der Letzte sein, dem diese Idioten schmerzerfüllt in die Augen sehen. Wissend, dass ich derjenige bin, der ihnen das Leben nimmt. Es ist eine Art Machtspiel für mich. Eine gute Rache besteht nicht immer daraus, jemanden zu jagen, zu verängstigen und zu foltern. Manchmal ist der Tod die beste Revanche, so auch in dieser Situation. Allerdings ist es zu riskant, wenn ich der Täter bin. Zwar lasse ich seine Leiche beseitigen, sodass es wie eine Flucht aussieht. Sollte die Polizei dennoch von einem Verbrechen ausgehen, werde ich der Erste sein, den sie durchleuchten. Der Geschäftspartner, der Miller als letztes lebend gesehen hat. Deshalb habe ich mir ein Alibi verschafft. Zu Millers Todeszeitpunkt werde ich gar nicht in der Nähe sein, sondern von Zeugen an einem anderen Ort gesehen werden. Und niemandem, außer Levin, würde ich diese wichtige Aufgabe anvertrauen. Wenn ich Miller schon nicht selbst töten kann, will ich wenigstens sicher sein, dass sein Abgang besonders qualvoll ist.

Ein unruhiges Zischen ertönt und lachend hebt Lev seine Augenbraue. »Ich weiß, du hast Hunger«, flüstert er seiner Giftschlange zu, die zustimmend ihren Kopf hebt. Ihre gelben Augen leuchten angriffslustig und ihre Zunge schnellt hervor. Seine Inlandtaipan hat er sich vor einigen Wochen durch einen guten Kontakt einschleusen lassen. Jedes Mal, wenn er jemanden beseitigen will, darf dieses königliche Wesen daran teilhaben. Mittlerweile sind sie ein eingespieltes Team. Nur leider fand mein Bruder bisher keine Zeit, seinen Komplizen zu taufen.

»Wie heißt der wertlose Dreck, den du abzocken wirst?«

Irritiert schaue ich auf. Ich hatte gar nicht mitbekommen, dass er den einseitigen Dialog zu seinem Reptil beendet, und sich stattdessen wieder mir zugewandt hat.

»John Miller. Wieso?«, hake ich skeptisch nach.

Für meinen Bruder sind Namen Schall und Rauch. Wer nicht zu dem Who is Who der Unterwelt zählt, interessiert ihn nicht.

»Dann sollten wir ihn John nennen. Nach seinem ersten richtigen Todesopfer, meinst du nicht? Bisher durfte er mir nur bei der Folter helfen, aber ich glaube, das reicht ihm nicht. Er will nicht nur Blut riechen, sondern auch vergießen. Da ist er wohl wie sein Herrchen und Onkel.«

»Onkel?«, rufe ich schnaubend aus und zeige Levin einen Vogel. »Geh zum Psychiater, bevor ich dir Vernunft einprügle! Ich bin der Onkel von Joselyn, nicht von einem Tier! John hat dir wohl die letzten Hirnzellen vergiftet! Oder warst du schon immer so krank im Kopf?«

Jeder andere hätte den Fehler gemacht, mir nahezutreten und sich damit eine gebrochene Nase eingefangen. Levin hingegen funkelt mich amüsiert an und seine Lippen verziehen sich zu einem spöttischen Grinsen. »Nun, ich hatte schließlich den besten Lehrer. Soweit ich weiß, neigen jüngere Geschwister dazu, ihre Brüder nachzuahmen. Lass dir das mal durch den Kopf gehen, James.«

Lachend klopfe ich ihm auf die Schulter und öffne die Tür. »Wie du meinst, Schwachkopf. Aber vergiss nicht, wem du deinen Lebensstil zu verdanken hast. Ich brauche nicht lange mit Miller. In zwanzig Minuten gehört er dir.«

Mit diesen Worten wende ich mich ab und betrete den Nachtclub. Dicke Staubwolken umhüllen mich und reflexartig halte ich mir den Arm vor die Nase. Fuck, hier muss erst einmal ein richtiger Reinigungstrupp durch, wenn ich mir keinen Ärger mit dem Gesundheitsamt einfangen will. Fluchend hole ich mein Smartphone heraus und beleuchte die Umgebung. Alte, verrostete Lampen baumeln im erbärmlichen Zustand von der Decke und der Fußboden quietscht unter meinen Füßen. Die Farbe des billigen Tresens ist abgeblättert, und ramponierte Stühle und Tische stehen im Raum verteilt. Die Luft riecht modrig und abgestanden, und angewidert reibe ich meine Hände mit Desinfektionsmittel ein.

Mit einem Mal knarzt es hinter mir und schwere Schritte nähern sich. Entnervt drehe ich mich um und stehe dem derzeitigen Besitzer gegenüber.

»Ich hatte Sie davor gewarnt, dass der Club nicht im besten Zustand ist. Nachdem meine Ehefrau plötzlich an Krebs erkrankte, musste ich meine Prioritäten neu ordnen. Ich hoffe, dass Sie den Laden dennoch weiterhin wollen.«

»Nun, der Zustand ist kein Problem«, erwidere ich mit einem kühlen Nicken und setze ein falsches Lächeln auf. Dank des jahrelangen Trainings habe ich gelernt, meine Emotionen zu kontrollieren und geduldiger zu werden. Jetzt ist nicht der richtige Moment, um ihm die Seele aus dem Leib zu prügeln. Stattdessen reiche ich ihm die Hand und mustere ihn abschätzig. Er trägt einen billigen Anzug aus Polyester und sein grau meliertes Haar weist einige lichte Stellen auf.

»Ich habe genug Geld, um aus dieser Hepatitis-Bar einen angesagten und exklusiven Nachtclub für Portlands Elite zu machen. Ihr ehemaliges Schmuckstück ist bei mir gut aufgehoben. Ich habe nicht viel Zeit. Sie wissen ja, wie das als Geschäftsmann ist. Lassen Sie uns am besten sofort in Ihr Büro gehen, und den Vertrag unterzeichnen. Auf einen Drink kann ich getrost verzichten.«

Mein Tonfall ist kühl und herablassend, und lässt keinen Widerspruch zu. Ich hatte nicht vor, mich in meinem neuen Club selbst umzubringen, nur weil ich aus einem dieser Pest-Gläser trinke. Ungeduldig greife ich in die Innentasche meines maßgeschneiderten Anzugs und wedele mit einem Bündel Bargeld vor Mr. Millers Augen. Glücklicherweise scheint er den Wink mit dem Zaunpfahl zu verstehen, und ein Grinsen erscheint auf seinem eingefallenen Gesicht.

»Wissen Sie, ich mag Geschäftspartner, die wissen, was sie wollen, und nicht um den heißen Brei herumreden«, beginnt er zu sinnieren, als er die Tür zu seinem Büro öffnet. »Das wird Ihnen dabei helfen, ein guter Geschäftsmann zu sein, Mr. Rivers.«

Schnaubend folge ich ihm in den Raum und lehne mich mit verschränkten Armen an den Schreibtisch. »Ich wurde als ausgezeichneter Unternehmer geboren, Mr. Miller. Also behalten Sie Ihre widerwärtigen Glückskeks-Weisheiten für sich, ich will zum Abschluss kommen!«

Ungeduldig ziehe ich meine Augenbraue hoch, ohne zu lächeln. Mag sein, dass mein Verhalten forsch und dreist ist, aber für Freundlichkeiten habe ich keine Zeit. Und wer nett ist, wird nicht lange in der Unterwelt überleben.

Seufzend kramt Mr. Miller zwei Ausfertigungen des Vertrages hervor, die beide seine Unterschrift zieren. Murrend schiebt er die Blätter zu mir, und mit einem zufriedenen Nicken überfliege ich den Inhalt. Wie erwartet, handelt es sich um einen Standard-Vertrag ohne irgendwelche Tücken. Erleichtert unterzeichne ich und schiebe eine Ausfertigung zusammen mit dem Bargeld meinem Geschäftspartner zu. Mit leuchtenden Augen zählt er die Scheine ab und nickt mir anschließend geschäftig zu.

»Stimmt auf den Dollar genau«, teilt er mir unnötigerweise mit, und verärgert schnalze ich mit der Zunge. Wie zur Hölle hat meine Mutter es 15 Jahre mit diesem Versager ausgehalten? Wieso hat sie uns für dieses Stück Dreck verlassen, das es ihr garantiert nicht einmal richtig besorgen konnte? Welche Frau mit gesundem Menschenverstand tauscht ihren erfolgreichen, gut aussehenden und wohlhabenden Ehemann gegen einen lächerlichen Idioten aus?

Ehe ich den Frust weiter in mich hineinfressen kann, dreht Mr. Miller mir den Rücken zu, um seine Beute zu verstauen. Grinsend bücke ich mich und ziehe mein Messer aus meinem rechten Schuh heraus. Leise schleiche ich mich an ihn heran und tippe ihm auf die Schulter. Als mein Geschäftspartner sich überrascht zu mir umdreht, hole ich aus und ramme ihn mein Messer mit voller Wucht in die Milz. Stöhnend krümmt er sich vor mir zusammen und sieht mich mit weit aufgerissenen Augen an.

»Ich sagte doch, ich habe etwas zu erledigen«, erkläre ich ihm ungerührt und schubse ihn auf seinen Stuhl. Das Adrenalin rauscht durch meine Adern, und genüsslich mustere ich sein schweißnasses, blasses Gesicht. Sein Atem geht hektisch, als ich direkt vor ihm stehen bleibe und meine Handschellen ziehe.

»Wissen Sie, ich habe nicht so viel Erfahrung mit dem Foltern. Das ist das Spezialgebiet meines Bruders. Aber Ihnen zuliebe mache ich einmal eine Ausnahme. Wussten Sie, dass es sich beeinflussen lässt, wie schnell jemand verblutet? Wenn ich Sie hier aufschlitze«, flüstere ich und halte ihm dabei bedrohlich das Messer an seine Halsschlagader, »sind Sie schneller tot, als Sie Gott um Vergebung anflehen können. Aber das wollen wir nicht, oder? Wir haben doch gerade erst begonnen, uns zu amüsieren und kennenzulernen. Außerdem mag mein Bruder es lieber, wenn seine Opfer qualvoll verenden. Das hat er von mir, schätze ich.«

»W-was w-wollen Sie?«, stottert Miller vor sich hin und seine Unterlippe beginnt zu zittern. Seine Augen treten panisch hervor, und ich kann seinen Herzschlag beinahe hören.

Lächelnd beuge ich mich über ihn und nicke zufrieden. »Richtig, Sie sind ja die Art Mann, die nicht gerne um den heißen Brei herum redet. Warum haben Sie mich und meine Familie bestohlen, Miller?« Mein Tonfall ist leise und ruhig, während sich die Wut in mir wie ein heißer Ball sammelt.

»I-ich habe Sie nicht b-bestohlen. D-das muss ein M-Missverständnis sein!«, quietscht der Wichser, und Tränen bahnen sich ihren Weg seine Wangen hinab.

»Verlogener Dreckskerl!«, knurre ich und ziehe eine Zange aus meiner Tasche. Seine Augen werden groß und als ich seine Hand anhebe, beginnt er zu heulen. Gemächlich schaue ich mir die Hand an, als ich einen Ehering an seinem Finger ausmachen kann. Amüsiert ziehe ich ihm das Schmuckstück ab und drehe es in meiner Hand.

»Ein faszinierender Finger, der Ringfinger, meinen Sie nicht?«, frage ich und grinse spöttisch. »Er eignet sich, um eine überbewertete Ehe angeberisch zur Show zu stellen. Man braucht ihn, um die meisten Musikinstrumente spielen zu können, und für das Zehn-Finger-Schreiben am Computer. Vor allem aber tut es höllisch weh, ihn bei vollem Bewusstsein zu verlieren.«

Mit einem Mal wird er kalkweiß und starrt mich mit offenem Mund an.

»Ganz genau«, flüstere ich und nehme seine klitschnasse Hand in meine. Langsam öffne ich die Zange und lege sie an seinen Finger. »Hast du wirklich geglaubt, du könntest meine Mutter von uns weglocken und heiraten, ohne dafür bestraft zu werden? Sie gehörte meinem Vater, und du hast sie ihm weggenommen. Vanessa Rivers zu heiraten war dein größter Fehler.«

Und dann lasse ich die Zange zuschnappen. Sein schmerzerfüllter Schrei hallt an den Wänden des Raumes wider, und der bittere Duft des Blutes erfüllt die Luft. Miller wimmert und schreit wie ein hungriges Baby. Fasziniert beobachte ich ihn dabei, wie er sich immer wieder vor- und zurück wiegt. Die rote Körperflüssigkeit tropft auf den Boden und sein Gejammer wird sekündlich panischer.

»Na schön«, wimmert er und presst schmerzerfüllt die Augen zusammen. »Ich habe Ihre Mutter dazu überredet, ihren Tod vorzutäuschen! Wir waren verliebt, und sie war unglücklich mit Ihrem Vater. Er hatte nie Zeit für sie, und Vanessa war einsam.«

»LÜGNER!«, brülle ich und verliere zum ersten Mal seit Jahren die Kontrolle. Wie ein wildes Tier sehe ich mich im Raum nach weiteren Waffen um. Gerade als ich mir einen Hammer schnappe, geht die Tür auf.

»Hey, hör auf, mir die Show zu stehlen«, ruft Levin empört und durchquert schnellen Schrittes das Büro. »Leute zu betrügen ist dein Job, ich bin für die Folter zuständig«, knurrt er und reißt mir den Hammer aus der Hand. »Du hasst es, dich schmutzig zu machen, und dein Talent lässt dabei recht zu wünschen übrig.«

Vielsagend deutet Levin auf seinen Käfig und ich seufze verärgert. Nicht darüber, dass mein Bruder mich aus meinem Büro schmeißt, oder mir sagt, was ich tun soll. Sondern darüber, dass ich die Kontrolle verloren habe. Davon abgesehen ist Levin viel versierter darin, Menschen für ihre Fehler büßen zu lassen. Dennoch habe ich eben den unbändigen Drang verspürt, Miller persönlich leiden zu lassen. Ihn nicht nur dafür zu bestrafen, dass er meine Familie zerstört hat. Sondern auch dafür, dass er mir eiskalt ins Gesicht gelogen hat. Mich zum Narren halten wollte und fast dafür gesorgt hätte, dass ich meine eigene goldene Regel breche. Ich foltere nicht. Niemals. Töten ist effizienter und sauberer und hinterlässt weniger Beweise. Knurrend werfe ich Miller einen letzten Blick zu, ehe ich mich an Levin wende und den Hammer mit voller Wucht auf den Schreibtisch donnere. Beherzt drängle ich mich an ihm vorbei, schnappe mir das Bargeld und die Schlüssel zum Club und verschwinde. Ich liebe es, etwas gratis zu bekommen!

Kapitel Eins

Lia
1. Dezember. Heute.

Seufzend starre ich aus dem Fenster der Bibliothek und zähle die Minuten runter, bis ich wieder zur Arbeit muss. Anfangs habe ich den Job gehasst. Mich geschämt für das, was ich mache. Noch immer wage ich es nicht, meinen Ach-so-perfekten-Eltern die Wahrheit zu sagen. Nur meine beste Freundin Melody weiß, womit ich mein Geld verdiene, und dass ich schon lange nicht mehr in der Bruchbude auf dem Campus lebe. Mein Vater weiß nicht, dass ich das Geld, das er mir zuschiebt, für meine geplante Selbstständigkeit zur Seite lege, statt sie dem Wohnheim in den Arsch zu schieben. Ginge es nach ihm, würde ich ab dem Sommer für irgendeine stinklangweilige Behörde arbeiten und mein erlerntes Wissen aus dem Psychologiestudium dort einsetzen. Dem Staat dienen und dabei helfen, die bösen Männer und Frauen ins Gefängnis zu bringen. Wüsste er, dass ich mein Versprechen ihm gegenüber brechen werde, würde er mir das Leben zur Hölle machen, mich an den Haaren nach Hause ziehen und mir irgendeinen Babysitter an die Seite stellen. Doch an dem Tag, an dem ich meinen Master in der Tasche habe, werde ich ihm die Wahrheit sagen. Fragt sich nur, wie genau ich das anstellen will. Wie soll man einem der besten Staatsanwälte im gesamten Bundesstaat Maine erklären, dass seine scheinbar perfekte Tochter ein Jahr zuvor aus dem Studentenheim geflogen ist, weil sie ihrer Mitbewohnerin eine reingehauen und sie als wertlose Hure bezeichnet hat, der sie einen qualvollen Tod wünscht? Zu meiner Verteidigung: Diese Schlampe hat mir meinen Freund ausgespannt und mit ihm in unserem Zimmer gevögelt! Ich habe damals nichts ahnend die Tür geöffnet und die beiden nackt in ihrem Bett gesehen. Was sollte ich denn anderes machen, als die Tür sperrangelweit geöffnet zu lassen, sodass der ganze Flur sie sehen konnte, während ich sie lautstark beschimpft habe? In meinen Augen war das absolut gerechtfertigt! Natürlich hat die Hausdame mich mit entsetztem Blick am nächsten Morgen vor die Tür geschmissen und meinen Eltern einen Brief geschickt. Gott sein Dank half Melody mir dabei, das Schreiben abzupassen und die Unterschrift zu fälschen. Abgesehen von Beleidigung, Körperverletzung und Urkundenfälschung, was glücklicherweise nirgends vermerkt ist, habe ich mir bisher nichts zuschulden kommen lassen. Ich bin ein braves, gut erzogenes Mädchen. Ich knutsche nie beim ersten Date, bin Jahrgangsbeste in meinem Studium und nehme keine Drogen. Außerdem habe ich einen Job und wohne mittlerweile in einem kleinen Ein-Zimmer-Apartment. Meine Eltern wissen, dass ich arbeiten gehe, allerdings denken sie, dass ich irgendwo kellnere. Dass ich in Wahrheit für Geld mit Männern essen gehe, dabei eine blonde Perücke trage, und mich als Annabelle die Literatur- und Schauspielstudentin ausgebe, die alles für ihre nicht existierende kleine Schwester tun würde, müssen sie nicht erfahren. Nachdem ich aus dem Wohnheim geflogen bin, brauchte ich dringend einen gut bezahlten Job, mit dem ich mir meine Miete von 1000 Dollar im Monat sowie Lebensmittel leisten kann. Ich stand kurz davor, auf der Straße zu landen, als ich zufällig auf eine Stellenanzeige der Agentur stieß und mich kurzerhand als Escort-Dame beworben habe. Nun gehe ich vier bis fünf Abende die Woche mit fremden, reichen Männern aus, lasse mir von ihnen in den Ausschnitt starren und stelle mich dumm. Dafür darf ich in teuren Restaurants kostenlos essen und muss mit keinem von ihnen schlafen. Und obwohl ich gut verdiene und meine Psychologie-Fähigkeiten an all diesen Männern trainieren kann, hasse ich meinen Job. Ich fühle mich bei ihren aufgegeilten Blicken schäbig. Aber bald ist diese Hölle überstanden und ich kann meinen Job an den Nagel hängen. Vorausgesetzt, ich kann mir den Aufhebungsvertrag leisten!

Frustriert knalle ich mein Buch zu und starre aus dem Fenster. Es ist halb vier Uhr nachmittags und die Sonne geht langsam unter. Der Himmel ist in ein traumhaftes Orange getaucht und mehrere Schneeflocken tanzen vor dem Fenster der Bibliothek. Ich sitze im Chill-Bereich, und aus kleinen Lautsprechern dringt Weihnachtsmusik. Jedes Mal, wenn sich die Tür öffnet, sehe ich auf. In der Hoffnung, dass unter den Neuankömmlingen meine beste Freundin ist. Ich sehe viele von der Kälte gerötete Gesichter, doch von Melody fehlt jede Spur. Dabei wollten wir die letzten Stunden, bevor ich zu meiner Schicht muss, zusammen verbringen! Ungeduldig greife ich nach meinem Becher und schnuppere daran. Beim Duft der heißen Schokolade mit Sahne, Zimt und Marshmallows wird mir ganz warm ums Herz, und ein leichtes Lächeln schleicht sich auf meine Lippen. Was gibt es Schöneres als heiße Schokolade und Spekulatius zur Vorweihnachtszeit? Gedankenverloren tauche ich mein Gebäck in die Schokolade und schließe genüsslich meine Augen.

»Hey, Träumerchen«, reißt mich plötzlich eine amüsierte Stimme aus meinen Gedanken und erleichtert drehe ich mich um.

»Melody!«, rufe ich glücklich und falle meiner besten Freundin um den Hals. »Ich dachte schon, du versetzt mich!«

Grinsend erwidert sie die Umarmung und setzt sich mir anschließend gegenüber. »Und lasse zu, dass du dich bei einem deiner Dates ausheulst und ihnen eine Entschuldigung bietest, dich anzugrabschen? Außer bei den heißen Typen um die 30, da könntest du ruhig mal Gebrauch von den ganzen Vorteilen machen. Ich meine, ernsthaft! Du hast so viele Verehrer, die nicht ganz so schmierig sind, viel Kohle haben und dazu verboten gut aussehen. Wie kann dich das kalt lassen? Ehrlich, das ist das Beste an deinem Job.«

Entrüstet schnaube ich und schüttle den Kopf. Das ist mal wieder so typisch. Während ich bisher keinen einzigen One-Night-Stand hatte, genießt meine beste Freundin ihr Single-Dasein in vollen Zügen. Seit einigen Wochen geht sie mit ihrem Boss, dem Inhaber einer Metal- und Rock Bar, regelmäßig ins Bett, und zuvor hatte sie diverse Dates.

»Mel«, murmle ich und streiche mir verlegen eine Haarsträhne aus dem Gesicht. »Du weißt, dass ich so was nicht mache. Ich belüge die Typen von vorne bis hinten. Mit ihnen zu schlafen, wäre falsch. Und wer weiß, wo die ihren Schwanz überall hatten. Nein, danke, auf Geschlechtskrankheiten kann ich getrost verzichten! Ich warte lieber auf meinen Traumprinzen. Auch wenn du es nicht verstehst, bin ich mir sicher, dass es den idealen Traumtypen da draußen gibt. Ich bin ihm nur noch nicht begegnet.«

Melody stöhnt theatralisch auf und fährt sich durch die Haare. Ungläubig schüttelt sie den Kopf und starrt mich wie eine Außerirdische an. »Es sagt ja niemand, dass du deine rosarote Wolke verlassen musst. Bis dein Prinz auf dem weißen Pferd angeritten kommt, spricht doch nichts gegen einige unverbindliche Abenteuer. Ich erwarte ja nicht, dass du dich schwängern lässt, oder die Typen heiratest. Aber du bist jung und hübsch, und wir haben die perfekte Jahreszeit für etwas Spaß.«

Ich atme tief ein- und aus und schlucke schwer. Melody und ich kennen uns seit unserer Kindheit und diese Diskussion führen wir jeden Dezember. In ihren Augen ist die Vorweihnachtszeit in erster Linie dafür da, es mit einem muskulösen Kerl vor dem Kamin zu treiben, gemeinsam Glühwein zu trinken oder in einem Schaumbad zu versinken. Für mich hingegen ist Weihnachten dafür da, romantische Liebesfilme zu sehen, den glitzernden Schnee zu beobachten und Weihnachtslieder zu hören.

»Aber ich will keine Affäre, sondern endlich meinen Traummann«, murre ich frustriert und seufze. »Jeder, außer uns beiden, ist schwer verliebt. Schau dir diese Paare an«, flüstere ich und deute auf mehrere Pärchen, die sich unter einer Straßenlaterne im Schnee küssen und gemeinsam in die Kamera ihres Smartphones grinsen. »Sieh nur, wie glücklich sie sind. Sicherlich backen sie zusammen bei einem Glas Rotwein Kekse, flanieren über den Weihnachtsmarkt und schmücken ihre Tannenbäume. Das will ich auch haben, verstehst du?«

Mitleidig legt Melody mir ihre Hand auf die Schulter und sieht mich an. »Ach, Lia ...« Sie seufzt und lächelt schief. »Die meisten Kerle machen diesen Paar-Scheiß doch nur mit, weil ihre Freundinnen sie sonst nicht ranlassen würden. So läuft das in einer Beziehung. Macht der Typ, was die Frau will, bekommt er eine heiße Nacht. Wenn du diesen Kitsch-Kram erleben willst, musst du lockerer werden! Und vom Träumen kommt dein Prinz garantiert nicht an. Wenn du einen Mann finden willst, musst du dich aktiv in das Dating-Leben stürzen. Melde dich auf Tinder an oder noch besser: Gehe zu einem Weihnachts-Speeddating-Event! Lerne zu flirten. Finde heraus, worauf Männer stehen. Sammle Erfahrungen und wenn dein Mr. Right vor dir steht, gehört er dir. Dann weißt du, welche Reize du ausspielen musst, um ihn in die Knie zu zwingen. Wie Oscar Wilde so schön sagte: *Alles im Leben dreht sich um Sex, nur nicht der Sex. Der dreht sich um Macht.* Da ist etwas Wahres dran, Lia. Sieh dich doch um. Welche Werbung verkauft sich am besten? Was ist das häufigste Thema in der Musik? Wie kriegt eine Frau ihren Partner dazu, sie mehr zu beachten? Denk mal darüber nach.«

Ich brauche keinen Spiegel, um zu wissen, dass ich knallrot werde. Keine Ahnung, wie ich es schaffe, gegenüber fremden Männern cool zu bleiben. Vielleicht, weil ich dann eine Rolle spiele? Als die blonde Annabelle stehen die Kerle auf mich. Denn sie ist sexy, locker, flirty und lustig. Aurelia Sparks hingegen ist eine durchschnittliche Brünette mit grünen Augen, die ihren schlanken Körper in einem Oversize-Pullover versteckt und bei jeder heißen Filmszene weg schaltet. Mein Dating-Charakter und mein wahres Ich haben also nichts miteinander gemeinsam.

Verlegen senke ich den Kopf und will gerade zur nächsten Verteidigung à la brave Lia ausholen, als mein Smartphone vibriert. Irritiert greife ich in meine Tasche und starre auf das Display. Der Name meiner Chefin erscheint und mein Herz beginnt nervös zu klopfen. Wenn Caroline mir so kurz vor Schichtbeginn schreibt, hat entweder ein Kunde abgesagt oder ich stecke in der Scheiße. Mit einem Mal wird mir heiß und ein schwerer Kloß bildet sich in meinem Hals. Meine Finger zittern, als ich die Nachricht öffne:

Caroline [16:39 Uhr]: Lia, es gibt eine Planänderung. Ein Kunde kam rein und hat das Dreifache gezahlt, damit du heute mit ihm ausgehst. Komm sofort her und bereite dich vor. Er ist sehr wichtig für uns, und er hat besondere Anforderungen. Er hat explizit nach dir gefragt und ein Nein akzeptiert er nicht. Keine Perücke, er steht auf Brünette! Alles andere erfährst du vor Ort. Beeile dich, dein Outfit suche ich aus.

Nein! Nein, nein, nein! Verdammter Mist! Warum muss mein verfluchtes Schicksal ausgerechnet jetzt zuschlagen? Ich kann nicht ohne Perücke mit einem fremden Kerl ausgehen. Meine gesamte Fake-Identität ist der einzige Grund, weshalb ich mir meinen Job überhaupt zutraue. Wie soll ich denn selbstbewusst und sexy sein, wenn mein Date genau weiß, wer ich bin? Und woher zur Hölle kennt er meine wahre Identität? Schweißperlen bilden sich auf meiner Stirn und mit einem Mal kommt es mir unglaublich warm vor.

»Fuck«, flüstere ich und schließe verzweifelt die Augen. Was soll ich bloß tun? Sage ich das Treffen ab, verliere ich meinen Job und somit auch meine Wohnung. Sage ich zu, riskiere ich, vor meinen Kommilitonen und Eltern aufzufliegen.

»Was ist los, Süße?« Besorgt hockt Melody sich vor mich und drückt meine Hand. Zitternd reiche ich ihr mein Handy und schlucke schwer. Einen Moment ist es still, bis Mel anfängt zu lachen.

»Das ist nicht witzig!«, jammere ich und vergrabe mein Gesicht in meinen Händen. »Ich bin ruiniert.«

Amüsiert schnaubt meine beste Freundin und schüttelt ihren Kopf. »Meine Güte, Lia. Mach nicht so ein Drama draus! Du hast ein Date mit einem mysteriösen Kerl, der sich für dich persönlich interessiert. Das ist so was von aufregend! Sieh es als positive Challenge. Wenn du dich heute Abend halbwegs souverän schlägst, hast du eine Basis, auf der du bei deinem nächsten richtigen Date mit deinem potenziellen Traummann aufbauen kannst. Und das dreifache Gehalt bedeutet einen großartigen Weihnachtsbonus, den du für deine Pläne gut gebrauchen kannst. Also reiß dich zusammen, amüsiere dich heute Abend und freue dich über die Vorteile.«

Seufzend nicke ich und streiche mir eine Haarsträhne aus dem Gesicht. »Du hast recht«, murmle ich und räuspere mich. »Doch was, wenn er voll der Creep ist und ich mich in Gefahr begebe?«

Verständnisvoll nickt Melody und tippt eifrig etwas auf mein Smartphone. Als sie es mir zurückgibt, grinst sie zufrieden. »Ich habe dir eine App installiert. Wenn bei dem Date alles gut ist, schreibst du mir. Meldest du dich nicht nach spätestens einer Stunde, werde ich dich mit der App aufspüren und dich da raus holen. Du bist nicht alleine, verstehst du? Und jetzt geh schon, bevor dich deine Chefin umbringt. Eine tote beste Freundin kann ich nicht gebrauchen.«

Lachend stehe ich auf und ziehe Melody dankbar in eine feste Umarmung. »Danke, Mel«, murmle ich in ihr Ohr und strecke meinen Rücken durch. Sie hat recht, das ist eine große Chance für mich. Und ganz tief in mir vergraben steckt diese Bad-Lia. Die Seite, die ohne zu zögern die Unterschrift ihres Vaters fälscht, ihre Mitbewohnerin blamiert und ihre Eltern belügt. Ich muss sie nur hervorholen und für einen Abend sollte ich das schaffen.

Etwas selbstbewusster und entschlossener drücke ich die Tür auf und tausche die stickige Bibliotheksluft gegen die winterliche Kälte. Mit schnellen Schritten laufe ich zu meiner Arbeit, ohne mich ein letztes Mal umzudrehen. Der Schnee knirscht bedrohlich unter meinen Füßen und vereinzelte Schneeflocken fallen vom hell beleuchteten Himmel. Der Frost kriecht unter meine Kleidung und erschrocken zucke ich zusammen. Mehrere Studenten und kuschelnde Paare kommen mir entgegen, und intuitiv ziehe ich mir die Kapuze tiefer ins Gesicht. Aus einigen geöffneten Fenstern dringt der

Duft nach Zimt, Nüssen und Lebkuchen zu mir. Im Gegensatz zu den letzten Tagen schaue ich jedoch nicht sehnsüchtig zu den bunt beleuchteten und dekorierten Fenstern und Fassaden der Häuser, sondern konzentriere mich auf meinen aufgeregten Herzschlag. Ich spüre, dass heute etwas passieren wird, das mein Leben schlagartig verändern wird.

Kapitel Zwei

Lia

Mein Herz pocht nervös gegen meine Brust, als ich vorsichtig die Tür zur Agentur öffne. Gehobene Weihnachtsklassiker dudeln aus versteckten Lautsprechern, und der Duft nach kostspieligem Glühwein umhüllt die Besucher. Aufgeregt husche ich den langen Flur entlang, der mit teuren, hoch glänzenden Fliesen verlegt ist, und wische meine schweißnassen Hände an der Hose ab. *Wer zur Hölle ist dieser mysteriöse Kunde?*, frage ich mich und sehe mich unauffällig um. Dabei mustere ich die wenigen Gäste, die es sich in unserem Wartebereich gemütlich gemacht haben. Jeder Mann, der ein Date bucht, bekommt für die Wartezeit ein alkoholisches Getränk sowie einen kleinen Snack gratis. Das soll die Stimmung heben und uns Frauen genügend Zeit geben, uns für den Kunden in Schale zu werfen. Der Geruch der frischen Plätzchen vermischt sich mit dem von Glühwein und heißer Schokolade, und sehnsüchtig seufze ich. Wie gerne würde ich den Abend auf der Couch mit Kakao, Keksen und einem schnulzigen Liebesfilm verbringen, anstatt zu arbeiten! Doch die leise Stimme in mir freut sich über das anstehende Abenteuer.

Ehe ich mir weiter darüber Gedanken machen kann, höre ich hinter mir zielstrebige Schritte und ein drohendes Klackern der Absätze. Auch ohne mich umzudrehen weiß ich, dass es meine Chefin ist, die sich ihren Weg zu mir bahnt. Ich seufze leise, schließe kurz die Augen und zähle in Gedanken von zehn runter. Das anstehende Treffen macht mich schon nervös genug. Da brauche ich nicht noch den abschätzigen Blick eines neurotischen Kontrollfreaks! Und die Tatsache, dass sie dem Kunden versprochen hat, dass ich unter meiner wahren Identität mit ihm ausgehe, macht mich wütend. Der Sinn unserer Verkleidung besteht darin, eine Fantasie zu schaffen, die wir im wahren Leben niemals erfüllen könnten. Ein kalter Schauer läuft mir über den Körper, als ich daran denke, mich dem Fremden ungeschützt zu präsentieren. Dann kann ich mich ihm ja gleich nackt um den Hals werfen!

»Lia«, flötet Caroline in ihrer viel zu hohen Tonlage und ergeben presse ich die Lippen aufeinander. »Da bist du ja endlich! Ich habe ewig gewartet. Ich sagte dir doch, dass der Kunde wichtig ist und alles perfekt sein muss! Was trichtere ich euch Mädchen immer ein?«

»Dass ein perfektes Date einen glücklichen Kunden bedeutet, der wiederkommt und uns weiterempfiehlt, wodurch wir alle unseren Lebensstil finanzieren«, murre ich den Leitsatz, den jede Escort-Dame zu Beginn auswendig lernen muss.

»Ganz genau. Und wie schaffen wir es, dass ein Abend reibungslos verläuft?«, hakt sie weiter nach und verschränkt ihre Arme vor der Brust. Wie immer ist sie wie aus dem Ei gepellt. Ihr gold-schwarzer Jumpsuit einer elitären und unbezahlbaren Marke schmiegt sich wie eine zweite Haut an ihren schlanken, großen Körper. Dazu trägt sie schwarze High Heels mit Monsterabsätzen, Creolen und eine auffällige Kette aus Gelbgold. Ihre Lippen strahlen in einem satten Kirschrot, ihre Augen werden durch einen schwarzen Kajalstift und Fake-Wimpern betont. Fuck, hoffentlich wird sie mich nicht genauso grässlich anziehen. Niemals würde ich so mit einem Kerl ausgehen. Dann bin ich lieber arbeitslos.

Ungeduldig tippt sie mit ihrem rechten Absatz auf den Fußboden und mustert mich von oben herab. Wie sie es immer tut, wenn sie auf eine eigentlich rhetorische Frage eine Antwort erwartet. Entnervt räuspere ich mich und strecke meinen Rücken durch. »Damit eine Verabredung exzellent verlaufen kann, müssen wir alles bis ins Detail planen. Wir lassen uns Zeit in der Maske, wählen das ideale Outfit aus und verhalten uns den gesamten Abend so, wie der Kunde es wünscht. Es tut mir leid, dass ich etwas länger gebraucht habe, Caroline. Aber wir waren erst später verabredet und ich habe deine WhatsApp nicht sofort gelesen. Außerdem ist es draußen eisig und glatt, sodass ich länger als gewöhnlich für den Weg gebraucht habe«, flunkere ich und schlucke schwer. Sie muss ja nicht wissen, dass ich für einen kurzen Moment mit dem Gedanken gespielt habe, sie im Stich zu lassen und zu kündigen. Mal davon abgesehen, dass ich mir derzeit den Auflösungsvertrag nicht einmal leisten kann! Ich verdiene zwar nicht schlecht in meinem Job, allerdings muss ich davon meine Miete und jegliche Lebenshaltungskosten bezahlen. Auf Bücher meiner Lieblingsautoren kann und will ich ebenfalls nicht verzichten und ab und zu möchte ich das Leben genießen und mir einen Kinoabend oder einen abendlichen Cocktail mit Mel leisten. Jeder übrige Dollar wird für meinen Traum von einer eigenen Praxis oder einer Beratungsfirma für Geschäfts- und Privatkunden zur Seite gelegt. Je nachdem, was ich besser finanzieren kann. Die Auflösung meines Vertrages würde eine große Lücke in meine Ersparnisse reißen und das sehe ich nicht ein. Dafür habe ich schon zu viel investiert.

Abschätzig schnalzt sie mit der Zunge und nickt. »Nun gut«, erwidert sie und legt mir unmissverständlich die Hand in den Rücken. Alles in mir sträubt sich dagegen, dennoch lasse ich mich von ihr Richtung Garderobe schieben. »Sei es drum. Ich war so frei, dein heutiges Outfit nach den expliziten Wünschen des Kunden auszuwählen und die Mädels in der Maske warten schon auf dich. Wenn es keine Zwischenfälle mehr gibt, solltest du pünktlich fertig sein.«

Stöhnend balle ich meine Hände zu Fäusten und bete um ein Wunder. Wenn Caroline die Outfits aussucht, heißt es meistens weniger ist mehr und ohne Ausschnitt und figurbetont geht da gar nichts. Wieso habe ich nicht absichtlich einen Unfall provoziert, der mich für die nächsten Tage ans Bett gefesselt hätte?

»Ich trage keinen Jumpsuit oder Mini-Rock!«, rufe ich entschieden aus und recke das Kinn. »Das habe ich schon als Annabelle nicht gerne gemacht. Als Lia kommt es erst recht nicht infrage!«

Tadelnd rollt Caroline mit den Augen und holt einen Kleidersack mit meinem Namen hervor. Reizend! »Du solltest dankbar sein, Mädchen. Ohne mich und die Kunden wärst du auf der Straße gelandet! Du kannst froh sein, dass er explizit nach dir gefragt hat. Meine erste Wahl wärst du für jemanden wie ihn bestimmt nicht gewesen. Dein heutiges Date hat Geld und Macht, und du wirst genau das machen, was er verlangt. Haben wir uns verstanden?«

Mit diesen Worten, die keine Widerrede zulassen, drückt sie mir mein Outfit in die Hand. Zitternd öffne ich den Sack und ziehe die Garderobe hervor. Als ich sehe, was sie rausgesucht hat, starre ich meine Chefin mit offenem Mund an. Das ist doch nicht ihr Ernst! Ein eng anliegendes, knielanges Kleid in Schwarz strahlt mir entgegen. Würde ich nur ein Kilo mehr wiegen, sähe ich darin garantiert aus wie eine Presswurst! An den Ärmeln, im Bereich des Halses sowie über den Schultern, ist das Kleid mit durchsichtiger, verführerischer Spitze bedeckt. Der Ausschnitt ist so angelegt, dass er die Form meiner Brüste besonders betont und hervorhebt. Dazu hat Caroline mir schwarze Pumps mit fünf Zentimeter Absatz heraus gesucht.

Sprachlos sehe ich Caroline an und schlucke schwer. Dieses Outfit ist viel zu sexy für mich. Zwar ist es nicht annähernd so dramatisch, wie ich mir die Arbeitskleidung einer Prostituierten vorstelle, dennoch wird mir flau im Magen. Als Annabelle hätte ich meinen Stolz mit einer großen Portion Glühwein hinunter geschluckt und es ertragen. Aber als Lia?

»Wunderschön, nicht wahr?«, erwidert Caroline und schmachtet das Kleid verträumt an. »Einer meiner größten Schätze in dieser Sammlung. Nur wenige Mädchen vor dir durften es tragen. Ich rücke es nur für besondere Kunden heraus, wenn es zur Umgebung des Abendessens passt. Gott sei Dank hast du die Figur dazu, und es ist angemessen für den heutigen Anlass. Immerhin holt er dich mit einer Limousine persönlich ab und ihr geht gemeinsam im Restaurant Mon Coeur direkt am Pier essen. Die anderen Mädchen wurden ganz blass vor Neid, als ich ihnen von deinem Glück erzählt habe! Sie wollten mich bestechen, um mit dir zu tauschen, aber das ging nicht.«

Mein Herz sollte vor Freude höherschlagen. Mitten in der Vorweihnachtszeit ein Abendessen von mindestens tausend Dollar geschenkt zu bekommen und dabei von einem reichen Gentleman begleitet zu werden, ist vermutlich der Traum einer jeden Frau. Dann noch in einer mit getönten Fenstern ausgestatteten Limousine in einem überteuerten Kleid vorzufahren, dürfte es für die meisten toppen. Besonders wenn, wie heute Abend, der Schnee im Schein der verschiedenen Weihnachtslichter glitzert und man das Rauschen der Wellen hört. Es könnte so romantisch sein und wäre es ein Date mit meinem Traummann, wäre ich die glücklichste Frau der Welt. Statt jedoch Freudensprünge zu machen und meine Chefin abzuknutschen, erstarre ich zur Salzsäule. Meine Alarmglocken schrillen und mein Atem geht langsam. Gleichzeitig pocht mein Herz panisch in meiner Brust, als wolle es der Situation entfliehen. Ein Fremder, der mich in einem verdunkelten Luxuswagen abholt, kann nichts Gutes bedeuten!

»Was genau ist das eigentlich für ein Date?«, wage ich, vorsichtig zu fragen, und fahre mir durch die Haare. »Also, woher weiß der Typ, wer ich bin und dass ich hier arbeite? Hat er dir gesagt, was er vorhat?« Panik macht sich in mir breit und mit einem Mal wird mir eiskalt.

»Entspann dich, Lia!«, ruft Caroline lachend aus und verdreht die Augen. »Er hat von einer seiner Connections gehört, dass du hier arbeitest. Als ich ihm sagte, dass das stimmt und du heute Abend verfügbar bist, schien Mr. Rivers sehr erfreut ...«

Nein, nein, nein! Verfluchter Mist! Hat sie gerade Rivers gesagt? Es gibt in Portland nur zwei steinreiche Männer mit dem Namen Rivers und keiner der beiden Brüder wäre meine erste Datewahl gewesen. Levin gilt als der *Gefallene Engel* mit schwindelerregenden Opferzahlen im Bereich Folter, die ihm natürlich nie nachgewiesen werden können. Es heißt, dass keiner, der ihn jemals angepisst hat, diesen Fehler überleben konnte. Dennoch wäre er mir lieber als sein großer Bruder ...

»Tatsächlich findet J. T. Rivers, dass du in schicker, eleganter und vor allem schwarzer Kleidung fantastisch neben ihm aussiehst und ich muss sagen, er hat recht.«

Entsetzt starre ich Caroline an und schüttle langsam den Kopf. »Du lässt mich mit dem Teufel von Portland ausgehen?«, zische ich und schlucke hart. »Hast du den Verstand verloren? Er lässt jeden Gegner wie lästigen Müll beseitigen, stachelt seinen Bruder zu gottlosen Foltermethoden an und kauft Frauen und Drogen wie andere ihre Kleidung. Was, wenn er sich mit mir langweilt und mich töten lässt?«

»Lia!«, ruft meine Chefin ungeduldig und schubst mich in die Garderobe. »Mr. Rivers weiß, dass wir wissen, dass du heute bei ihm bist. Er ist zu schlau, als dich dann beseitigen zu lassen. Außerdem hat er mir garantiert, dass dir nichts Körperliches zustoßen wird. Unterhalte ihn und dann wird alles gut. Und, wie du weißt, hast du keine andere Wahl. Also entspann dich, du wirst das Date schon überleben.«

Und dann lässt sie mich zurück, ohne Back-up-Plan. Wirft mich dem Löwen zum Fraß vor. Niemand mit gesundem Menschenverstand würde sich J. T. Rivers freiwillig nähern. Dass es sich dabei um den Mann handelt, den mein Vater seit Monaten eisern versucht, in den Knast zu bringen, macht die Lage nicht wirklich besser. Sollte Rivers mich heute Nacht nicht umbringen, wird es spätestens mein Vater machen, sobald er erfährt, dass ich auf ein Date mit seinem Erzfeind gehe. Ich bin ruiniert! Meine Knie zittern, als ich mich für Frisur und Make-up auf den Stuhl setze und mich meinem Schicksal hingebe.

Kapitel Drei

J. T.

Die laute Musik dröhnt durch die teuren Lautsprecher meines Clubs. Genüsslich lehne ich mich zurück und lasse den Blick durch die Menge schweifen. Obwohl es erst 18 Uhr ist, sind die meisten Tische und alle Plätze an der Bar belegt, und einige meiner Gäste haben ihre Toleranzgrenze längst erreicht. Seit ich den Laden fünf Jahre zuvor kostenlos erworben und ihn anschließend zum exklusivsten Treffpunkt von Portlands Untergrund gemacht habe, kennt und fürchtet jeder mit gesundem Menschenverstand meinen Namen. Jeder, der Drogen oder gestohlene Ware verticken oder jemanden verschwinden lassen möchte, kommt mit einem sündhaft teuren Angebot zu mir und bettelt um Hilfe. Will meine Connections und Mitarbeiter nutzen, und jeder von ihnen steht anschließend in meiner Schuld. Meine Nebengeschäfte mit der Mafia sowie diversen Kleinkriminellen spülen jeden Monat weiteres Geld in meine Kasse und sorgen zudem für mehr Respekt. Jeder in der Unterwelt von Portland weiß, wer ich bin, und die meisten machen sich schon in die Hose, bevor sie mich persönlich kennengelernt haben. Staatsanwalt Sparks ist seit Anbeginn meiner Karriere hinter mir her, wie ein Hund hinter seinem Knochen. Ebenso wie die Polizei weiß er, dass ich in vielen Geschäften der Grauzone verwickelt bin und meine Nase zudem ab und zu in illegale Geschäfte stecke. Seit der Eröffnung meines Clubs versucht er verzweifelt, mich mit irgendetwas nachweislich in Verbindung zu bringen. Anfangs dachte der Staatsanwalt, er wäre mir überlegen und versuchte, mich mit einem Drogendeal mit der Mafia in Verbindung zu bringen. Zugegeben, das war ganz am Anfang meiner Karriere, und wie die meisten Anfänger habe auch ich Fehler gemacht. An jenem Abend hätte Sparks mich tatsächlich dingfest machen können, hätte mir nicht einer der Mafiosi, den ich seit meiner Kindheit kenne, den Arsch gerettet. Ein Teil der Beweise verschwand und so konnte Sparks nichts gegen mich unternehmen. Natürlich habe ich daraus gelernt und bin seither vorsichtiger geworden. Der Staatsanwalt ist allerdings ein Perfektionist und er hat sich in seinen Dickschädel gesetzt, mich zu knacken, bisher ohne Erfolg. Und mit jedem Versagen seinerseits, amüsiere ich mich stets mehr. Selbst die Bullen haben nichts gegen mich in der Hand. Jene, die mir gefährlich werden könnten, habe ich rechtzeitig geschmiert oder mit ihren dreckigen Geheimnissen erpresst. Die Polizei sowie die Presse bezeichnen mich als den Teufel Portlands und ich kann nicht abstreiten, dass mir dieser Name verdammt gut gefällt. Ebenso die rothaarige kleine Kellnerin, die ich letzte Woche nach einem überzeugenden Blowjob eingestellt habe und die in diesem Moment mit einem breiten Lächeln auf mich zukommt.

»J. T.«, säuselt sie und schenkt mir einen verführerischen Augenaufschlag. »Du hast noch gar nichts bei mir bestellt. Hast du keinen Bock mehr auf mich?«, beschwert sie sich und klingt dabei ein wenig beleidigt.

Amüsiert hebe ich die linke Augenbraue und ziehe sie mit einem Ruck auf meinen Schoß. Aus den Augenwinkeln sehe ich, wie mein Geschäftspartner Mike sie mit seinen Augen auszieht, und schmunzle.

»Babe«, erwidere ich, da ich mir ihren Namen einfach nicht merken kann, und fahre mit meiner Hand unter ihren viel zu kurzen Rock. »Hätte ich keinen Bock auf dich, wärst du auf der Straße und nicht in meinem Club. Außerdem mag ich keine Frauen, die klammern. Warum machst du dich nicht nützlich und kümmerst dich um die Gäste? Wackelst ein bisschen mit deinem Hintern, flirtest mit ihnen und verkaufst teure Drinks? Dafür bezahle ich dich und nicht dafür, dass du mich anbettelst, von mir gefickt zu werden. Kapiert?«

Schwungvoll schiebe ich sie von meinem Schoß und wende mich wieder Mike zu. Wissend, dass sie beleidigt davon trottet und sich vermutlich in wenigen Minuten auf der Toilette die Augen ausheult. Nicht mein Problem.

»Zurück zum Business«, beginne ich ungerührt und schnippe vor Mikes Augen mit den Fingern. »Hey! Das ist kein Bordell! Wenn du vögeln willst, geh nach nebenan. Wo sind Levin und mein besonderer Gast?«

Ungeduldig wippe ich mit meinem Fuß und presse die Lippen aufeinander. In eineinhalb Stunden habe ich ein Date mit der süßen Aurelia, die noch nichts von ihrem Glück weiß. Sie ist das perfekte Opfer für meinen genialen Racheplan, und hoffentlich eine Herausforderung. Wie lange es wohl dauern wird, bis ich sie breche, und sie mich anfleht, sie zu ficken? Ich wette, spätestens an Weihnachten wird sie mir zu Füßen liegen. Wenn nicht, weiß ich, wie ich nachhelfen kann. Ohne Gebrauch von meinem Folterspielzeug machen zu müssen. Brave Mädchen bricht man am besten mit Missachtung und gnadenloser Verführung. Durch Erniedrigung und Rumschubsen. Das macht so viel mehr Spaß als die Bad-Girls, die freiwillig an meinem Schwanz lutschen.

Bevor ich mir in Gedanken ausmalen kann, wie Aurelia in Dessous vor meinen Füßen liegt, höre ich schwere Schritte hinter mir und räuspere mich.

»Schon da, Bruderherz. Sei nicht so ungeduldig, das sorgt für Falten«, höre ich Levins tiefe Stimme und verenge die Augen zu Schlitzen.

Langsam drehe ich mich um und mustere ihn. Obwohl wir die gleichen Eltern haben, sehen wir uns kein bisschen ähnlich. Während ich die schwarzen Haare meines Vaters und die blauen Augen meiner Mutter geerbt habe, wurde er mit dunkelblonden Haaren und grün-braunen Augen gesegnet. Meine Kleidung ist bei jedem Anlass schwarz wie die Nacht. Levin hingegen trägt gerne weiße Hemden. Während ich es liebe, den Teufel raushängen zu lassen, spielt er den Gefallenen Engel mit Vorliebe für Folterspielchen. Schleicht sich leise an seine Opfer an, täuscht sie mit Freundlichkeit und beißt hinterhältig zu. So wie seine Lieblingstiere. Am liebsten mag er die Inlandtaipan, die als giftigste Schlangenart der Welt bekannt ist. Das Gift eines Bisses kann bis zu 100 Menschen töten. Nachdem John, wie wir das königliche Tier getauft haben, vor drei Jahren aus seinem Käfig glitt und auf eigene Faust das Haus erkundete, musste er vorübergehend zu mir ziehen. Solange seine Tochter Joselyn nicht alt genug ist, um auf sich und die Schlange aufpassen zu können, ist die Gefahr für Levin zu groß. Obwohl ich immer Spinnen bevorzugt habe, sind das Reptil und ich gute Freunde geworden. Wir haben gelernt, meine Feinde gemeinsam zu besiegen und leiden zu lassen.

»Gegen Falten gibt es Botox«, erwidere ich kühl, kann mir ein Grinsen jedoch nicht verkneifen. »Gut siehst du aus.« Ich mustere meinen Bruder von oben bis unten. Er trägt ein weißes Hemd, dessen obersten Knöpfe geöffnet sind, und dazu eine schwarze Hose. Seine Ärmel sind hochgekrempelt und zeigen seine tätowierten, muskulösen Arme. Mit diesem Outfit passt er perfekt in meinen Club.

»Ich weiß, aber du sahst auch schon schlimmer aus. Wollen wir irgendwo hin, wo wir uns privat unterhalten und uns den wichtigen Themen widmen können?«, schlägt er mit einem Blick auf seine zitternde Begleitung vor.

»Folgt mir«, weise ich schmunzelnd an und gehe vor in mein Büro. Dieser ist schallisoliert ausgebaut worden, damit niemand uns belauschen kann. Lässig lehne ich mich an den schweren Tisch aus Kirschholz und grinse in die Runde. Mein Büro ist minimalistisch und zugleich luxuriös ausgestattet. Gegenüber von meinem Schreibtisch stehen zwei hochwertige Ledersessel, dazwischen steht ein Designer-Glastisch mit teurem Whiskey. Ein antiker Kronleuchter sorgt für diffuses

Licht, was dem gesamten Raum eine entspannte Atmosphäre verleiht. An den Wänden hängen diverse originale Werke weltbekannter Künstler.

Wortlos schiebe ich einen der beiden Sessel in die Mitte des Raumes und schubse unseren Gast darauf. Hektisch sieht er zwischen Levin, Mike und mir hin und her und schnappt panisch nach Luft.

»Meine Herren!«, quiekt er mit hoher Stimme und hebt abwehrend seine Hände. »Ich glaube, hier liegt ein Missverständnis vor!«, ruft er und schluckt sichtbar. »Sie haben den Falschen!«

Ungerührt hebe ich meine linke Augenbraue und setze mich auf den anderen Stuhl ihm gegenüber. »Ach wirklich? Dann sind Sie also nicht Daniel Carlile?«, frage ich gespielt überrascht und schmunzle.

»D-doch schon«, erwidert er sichtlich nervös und wird mit einem Mal ganz blass. »Aber ich habe nichts getan! Lassen Sie mich gehen!«

Amüsiert beginnt Levin zu lachen und sieht mich mit funkelnden Augen an. »Hast du das gehört, James? Der Verräter ist unschuldig!«

»Natürlich ist er das«, antworte ich lächelnd und nicke. »Das war sicherlich ein Versehen, dass er uns an Staatsanwalt Sparks verkauft hat, nicht wahr, Daniel? Sie wollten das Geld nicht annehmen. Es ist nur versehentlich in Ihrer Tasche gelandet, bevor Sie rein zufällig und absolut auffällig versucht haben, mir nachzuspionieren. War das Geld es wert, zu sterben, mein Freund?«

Mit jedem Wort beuge ich mich näher an ihn heran. Ich kann hören, wie sein Herz schmerzhaft gegen seinen Brustkorb schlägt. Sein Atem geht stoßweise und ich sehe die Schweißtropfen, die sich qualvoll langsam seine Schläfen hinunter arbeiten. Er ist blass wie der Vollmond in einer dunklen Nacht, und schrumpft sichtbar in dem Sessel zusammen.

»Ich habe keine Informationen über Sie verkauft!«, versucht er, sich mit einer schlechten Lüge zu retten. Wütend lege ich meine Hände um seine Handgelenke und drücke sie an die Lehne. Er schnappt hörbar nach Luft und jammert verzweifelt.

»Man soll nicht lügen, Daniel. Hat deine Mama dir das nie beigebracht?«, flüstere ich gefährlich leise.

Als er anfängt zu schluchzen, wird mein Grinsen breiter. Ich liebe es, Weicheier zu quälen. Fast so sehr, wie unschuldige Frauen um den Verstand zu vögeln. Mit beiden Methoden kann ich meine Macht demonstrieren und Stress abbauen.

»Also, Daniel«, beginne ich in tadelnden Tonfall und seufze theatralisch. »Es liegt an dir, wie qualvoll dein Tod wird. Du kannst mir und meinem Bruder alles verraten, was wir wissen wollen, und den schnellen Tod wählen. Oder wir foltern es aus dir heraus und lassen dich langsam verenden. Was soll es sein?«

Daniels Augen werden groß wie Tennisbälle, und seine Unterlippe beginnt verräterisch zu zittern. »Bitte!«, flüstert er und Tränen fließen seine Wange hinunter. »Ich bin Vater!«

Unbeeindruckt hebt Levin eine Augenbraue. »Ja, und? Ich auch. Und im Gegensatz zu dir werde ich heute Abend zu meinem Kind zurückkehren. Aber wenn du brav bist, wird dein Sohn eine gute Zukunft haben und in keinem der Drecksheime aufwachsen. Also, was hast du dem Staatsanwalt verraten?«

Wimmernd beugt Daniel sich vor und zurück und zittert dabei am ganzen Leib. »G-gar nichts!«

Zorn macht sich in mir breit und überrollt mich wie heiße Lava. Knurrend hole ich aus und schlage mit meiner Faust in seinen Magen, direkt neben die Leber. Sein schmerzhafter Aufschrei wirkt wie ein Beruhigungsmittel auf mich, und langsam entspanne ich mich wieder. Lässig ziehe ich meine Pistole aus dem Hosenbund und halte sie unmissverständlich vor seinen Schritt. Mike und Levin beginnen zu lachen und angespornt ziehe ich am Auslöser.

»Was. Hast. Du. Versager. Dem. Staatsanwalt. Verraten?«, wiederhole ich meine Frage und betone dabei jedes einzelne Wort. Meine Stimme hallt kalt an den Wänden wider, und angewidert nehme ich den Gestank seines schweißnassen Körpers wahr.

»Okay, okay!«, heult mein Gast und schaut panisch zu Boden. »Ich habe Sie verfolgt, aber außer Ihrem Drogenversteck in der Nähe des Leuchtturms habe ich nichts entdeckt! Ich schwöre es!«

»Bist du dir sicher, dass du nicht noch mehr weißt? Wenn ich später herausfinde, dass du nicht ganz ehrlich warst, wird dein Sohn dasselbe Schicksal erleiden wie du. Nur hundert Mal schlimmer.«

Panisch schüttelt er den Kopf. Zufrieden richte ich mich wieder auf und wende mich Mike zu. »Ruf die Jungs an. Das ist mein kleinstes Drogendepot, das kann ich verkraften. Schick das Kommando hin und lasst den Container in die Luft gehen, sobald die Bullen ihn betreten haben. Den Schaden werden wir seinem Sohn vom Erbe abziehen. Bevor du gehst, hol John rein. Er möchte seinem Herrchen sicherlich zur Hand gehen und hatte noch kein Abendbrot.«

Grinsend salutiert Mike und geht zur Tür. Langsam dreht er sich zu uns um und fragt: »Warum heißt die Schlange eigentlich John? Ist der Name nicht ein wenig zu brav für ein Monster?«

Als Daniel sich seines Schicksals bewusst wird, versucht er, sich panisch aus dem Sessel zu befreien, scheitert jedoch kläglich. Belustigt beobachtet mein Bruder ihn dabei und erwidert: »Ich wusste nicht, wie ich ihn nennen sollte. Also haben wir ihn nach seinem ersten Opfer benannt.«

»Ihr seid echt krank, Jungs«, murmelt Mike und geht kopfschüttelnd aus der Tür.

Kaum hat Mike den Raum verlassen, deute ich auf meinen Schrank und drücke Levin einen Schlüssel in die Hand. »Hinter der linken Tür befindet sich ein Geheimfach. Dort findest du alle Werkzeuge, die du zum Spielen brauchst. Wenn du durch bist und seine Leiche verschwunden ist, sag mir Bescheid. Ich muss zu meinem Date mit Aurelia Sparks. Falls der austauschbare Spitzel nicht genug Warnung für Staatsanwalt Sparks ist, brauche ich schließlich einen Plan B.«

»Du willst mit der kleinen Sparks ausgehen?« Überrascht dreht sich Levin zu mir um und mustert mich skeptisch. »Und was dann? Willst du sie den hohen Tieren der Staatsanwaltschaft präsentieren und dann vor deren Augen erschießen, um ihrem Daddy eine Warnung zu schicken?«

Belustigt schüttle ich den Kopf und schnaube. Erste Lektion der Unterwelt: Beseitige deine Opfer niemals selbst, sondern lasse sie durch deine Lakaien verschwinden! Für wie dumm hält Levin mich eigentlich?

»Wo bliebe da der Spaß?«, erwidere ich stattdessen augenrollend. »Natürlich hatte ich einen Moment darüber nachgedacht, die Kleine töten zu lassen. Ihm zu zeigen, wer wirklich die Macht hat, und ihn auf die Knie zu zwingen. Aber darüber würde er irgendwann hinwegkommen und ich will, dass er sein Leben lang leidet. Bereut, sich mit mir angelegt zu haben. Ich werde seine Tochter dazu zwingen, mit mir auszugehen und ihr Leben dadurch Stück für Stück zerstören. Dafür sorgen, dass sie als Teil der Unterwelt gebrandmarkt wird und der Name Sparks für immer verbrannt ist. Aurelia wird niemals in der Lage sein, in die Fußstapfen ihres Vaters zu treten oder irgendeinen ehrenhaften Job in unserer Stadt anzunehmen. Wenn ich mit ihr durch bin, wird sie ein Haufen Nichts sein. Gleichzeitig wird die Staatsanwaltschaft ihrem Vater nicht mehr über den Weg trauen und ihm keine großen Fälle mehr überlassen. Seine Karriere, sein gesamtes Leben, zerfällt zu Asche. Das wird ein aufregendes Weihnachten für die Familie Sparks!«

»Du bist ein Monster!«, ruft Levin lachend aus und schüttelt ungläubig den Kopf. »Ich kann aus Erfahrung sagen, dass es nichts Schlimmeres für einen Vater gibt, als sein Kind zu verlieren. Selbst wenn es wie bei Sparks mit Stolz statt mit Liebe zu tun hat. Aber wie lange wird es dir Spaß machen, ohne sie flachzulegen? Ein Mauerblümchen wie sie wird dir kaum ihre Brüste hinhalten.«

Vielsagend zwinkere ich meinem Bruder zu und grinse. »Auf diesen Stolz baue ich. Und glaube mir, ich werde dafür sorgen, dass sie ihre brave Fassade fallen lässt. Wenn ich mit ihr durch bin, wird sie vor mir auf den Knien darum betteln, dass ich sie um den Verstand ficke und nie wieder gehen lasse.«

Lachend wendet sich Levin dem Werkzeugkasten zu und dreht die Musikanlage auf volle Lautstärke. Während Five Finger Death Punch in ihrem Song *Burn Motherfucker* gewissen Leuten einen brutalen Tod wünscht, sehe ich aus den Augenwinkeln, wie Levin ein Feuerzeug nimmt und an Daniels rechte Hand hält. Der Gestank brennenden Fleisches dringt mir in die Nase und während unser Opfer schreit, verlasse ich mein Büro.

Kapitel Vier

J. T.

Gegen 20 Uhr verlasse ich meine Penthouse-Wohnung und laufe hinunter zum streng bewachten Parkhaus, wo mein Chauffeur sowie meine private Limousine für den heutigen Plan bereit stehen. Natürlich könnte ich direkt an der Straße einsteigen und so die Aufmerksamkeit frühzeitig auf mich ziehen. Aber ich bevorzuge es, unentdeckt einzusteigen und nicht von irgendwelchen Idioten verfolgt zu werden.

Zufrieden richte ich mein Jackett und bleibe am Wagen stehen. Im selben Moment öffnet sich die Fahrertür und Steven, mein Chauffeur, steigt aus. Der 50-Jährige hat früher als mein Babysitter gearbeitet und brauchte einen gut bezahlten Job. Besonders dem Fahrer muss man als Geschäftsmann blind vertrauen können. Er kennt nahezu jedes dunkle Geheimnis und weiß genau, wohin er seinen Chef bringt. Ein Mann, der schon meine Kindheitsgeheimnisse für sich behalten konnte, und mir immer mit einem guten Rat zur Seite stand, schien für mich die ideale Wahl zu sein.

»James«, begrüßt Steven mich und deutet eine Verbeugung an. Er ist einer der wenigen Menschen, die mich mit meinem ersten Vornamen ansprechen dürfen, ohne dafür im wörtlichen Sinne zu bluten. »Gut siehst du aus. Deinem Date dürfte das gefallen. Aber du solltest die Krawatte etwas lockern, dieses steife Auftreten passt nicht zu dir.«

Schmunzelnd richte ich meine Krawatte und lasse mir von Steven die Tür öffnen. »Ich denke nicht, dass Aurelia ihre Meinung nur wegen eines fünftausend Dollar teuren Anzuges über mich ändern wird. Es liegt in ihrer Natur, mich genauso scheiße und verachtenswert wie heiß zu finden. Eine Kombination, mit der ich früher oder später sehr viel Spaß haben werde. Die kleine Prinzessin ist widerlich romantisch und hat eine Vorliebe für die Weihnachtszeit, wie meine Quellen herausgefunden haben. Sobald sie einsteigt, sollten wir Bryan Adams, Mariah Carey und all die anderen Weihnachtsklassiker spielen. Und dimm gefälligst das Licht bei uns hier hinten. Das dürfte für etwas Romantik sorgen.«

Schnaubend schüttelt Steven den Kopf, kommt meiner Bitte jedoch nach. Während er die größtenteils leeren Straßen entlang fährt, wirft er immer wieder einen skeptischen Blick in den Rückspiegel. Ich kann sehen, dass ihm etwas auf der Zunge brennt und erwidere seinen Blick amüsiert.

Ergeben seufzt er und fragt: »Was soll das Spielchen, James? Du weißt genau, dass das Treffen heute kein richtiges Date ist. Ich verstehe, dass du ihren Vater ruinieren willst, und dafür spielt Aurelia eine Schlüsselrolle. Aber warum musst du sie vorher mit Romantik, einem guten Essen und teuren Geschenken überschütten, wenn du sie im Endeffekt dazu erpressen wirst, mit dir auszugehen? Freiwillig hat sie diese Entscheidung sicherlich nicht getroffen.«

Belustigt ziehe ich eine Augenbraue hoch. »Wo wäre der Spaß, wenn sie sich mir freiwillig zu Füßen werfen würde? Das wird erst dann passieren, wenn ich es will. Davor soll sie meinetwegen rumzicken und mich verachten. Doch die freie, dunkle Seite existiert tief in ihr, und es wird mir eine Freude sein, diese Lia zu erwecken. Sie von ihren Eltern zu entfernen und ihren Hass in Leidenschaft zu verwandeln. Außerdem ist es mir wichtig, dass es einer Frau gut geht, wenn ich nicht vorhabe, sie nach einmal Ficken aus meinem Leben zu schmeißen. Ab heute ist sie meine Freundin und ich werde dafür sorgen, dass das eine Weile so bleibt.«

Damit ist das Thema beendet und Steven weiß, dass er nicht mehr nachfragen darf. Seufzend fokussiert er sich wieder auf die Straße und schweigend hänge ich meinen Gedanken nach. Der einzige Grund, weshalb ich Aurelia brechen will, ist die Rache an ihrem Vater. Zuerst dachte ich daran, sie zu entführen und vor der gesamten Stadt bloßzustellen. Doch je weiter ich über sie recherchieren ließ, desto interessanter wurde sie für mich. Ihr Charakter und ihr Verhalten sind ambivalent. Auf der einen Seite versucht sie alles, um ihr Braves-Mädchen-Image aus gutem Hause aufrechtzuerhalten. Studiert im Streberfach Psychologie, natürlich mit Bestnoten. Außerhalb ihrer Arbeit trägt sie unauffällige Kleidung in langweilig Farben und zwei Nummern zu groß und die Typen, die sie datet, sind peinliche Schnarchnasen. Gleichzeitig arbeitet sie als Escort-Dame und hat kein Problem damit, ihre Konkurrentinnen zu blamieren. Natürlich ist es weiterhin mein oberstes Ziel, mich an ihrem Vater zu rächen.

Aber was spricht dagegen, die rebellische Lia zu wecken, und sie Stück für Stück in den Untergrund zu ziehen und dabei mehr als einen guten Fick zu genießen?

»Wir sind da«, reißt Stevens Stimme mich mit einem Mal aus meinen Gedanken. Beherzt räuspere ich mich und nicke ihm zu. Sofort schnallt er sich ab, verlässt das Auto und geht auf meine Begleitung zu. Draußen ist es dunkel, nur der Schnee reflektiert das diffuse Licht der Straßenlaternen. Eine schlanke Silhouette schreitet hoch erhobenen Hauptes auf Steven zu und bleibt wenige Meter von meinem Wagen entfernt stehen. Von meiner Position aus sehe ich ihr Profil und lächle zufrieden. Dank der getönten Scheiben kann ich sie in Ruhe mustern, ohne dass sie mich dabei erwischt. Kontrollieren, ob sie sich meinen Regeln gebeugt und ein für ihre Verhältnisse viel zu heißes Outfit angezogen hat. Immer wieder schaut sie über ihre Schulter, als befürchte sie, dass irgendwer sie beobachten könnte oder meine Männer aus den Gebüschen hervorkommen. Schmunzelnd öffne ich die Tür und steige ebenfalls aus. Wir haben uns drei Straßen von ihrem Arbeitsplatz entfernt verabredet, sodass niemand die Agentur mit unserem Treffen in Verbindung bringen kann.

Schnellen Schrittes laufe ich auf Aurelia und Steven zu und bleibe direkt neben ihr stehen. Langsam dreht Lia sich zu mir um und mustert mich vorsichtig. In ihrem Blick liegt eine Mischung aus Wut, Missachtung und Bewunderung, und meine Lippen verziehen sich zu einem breiten Lächeln. Langsam lasse ich den Blick über ihr Gesicht wandern. Ihre grünen Augen funkeln hinter den falschen Wimpern. Glitzernder Lidschatten und schwarzer Eyeliner betonen ihre schönen Iriden.

Mein Blick gleitet langsam über ihre mit Rouge verzierten Wangen und landen auf ihren leicht roten Lippen. Offenbar konnte ihre Chefin sie nicht dazu überreden, einen auffälligen Lippenstift aufzutragen, doch dieser unschuldig anmutende Lipgloss gefällt mir viel besser. Ob ihre Lippen tatsächlich so weich sind? Nun, früher oder später werde ich das erfahren. Ein leichter Kloß bildet sich in meinem Hals und nur mit Mühe kann ich ein Räuspern unterdrücken. Hungrig senke ich meinen Blick und nehme ihr restliches Outfit in Augenschein. Das Sexykleid liegt verführerisch an ihrem schlanken Körper an und betont jegliche feminine Formen. Obwohl es keinen tiefen Ausschnitt hat, wirkt die provokante Spitze an ihrem Dekolletee alles andere als angezogen und die eingebauten Push-up-Cups bringen ihre Brüste in eine perfekte Form. Der schwarze Mantel liegt ebenso nah an ihrem Körper an und ist aufgeknöpft. In meiner Hose wird es gefährlich eng und langsam hebe ich meinen Blick wieder. Schaue ihr direkt in die Augen. Will, dass sie meine Männlichkeit sieht.

»Wie schön, dass du dich für mich in Schale geworfen hast, Aurelia. Das nenne ich den perfekten Start für unser Date, meinst du nicht? Ich wusste, dass du meine Erwartungen erfüllen würdest.«

Ich lächle charmant und reiche ihr meinen Arm zum Einhaken, doch sie tritt einen Schritt zur Seite.

»Als hätte ich eine andere Wahl«, murrt sie frustriert und wirft mir einen ärgerlichen Blick zu. Verbittert wirft ihr Haar über die Schulter, schiebt sich an mir vorbei und steigt in die Limousine.

Grinsend schaue ich zu Steven, dessen Augen amüsiert funkeln, und laufe anschließend meinem Date hinterher. Spannend, in dieser Situation war ich noch nie zuvor. Bisher haben sich die Frauen mir an den Hals geworfen, anstatt vor mir wegzulaufen. Mein Jagdinstinkt ist geweckt, und erwartungsvoll betrachte ich ihren Knackarsch. Räuspernd setze ich mich neben die schmollende Aurelia.

»Aber Liebes«, beginne ich ironisch und seufze theatralisch. »Du hattest eine Wahl. Statt mit mir auszugehen, hättest du deinen Job verlieren, auf der Straße landen und als Prostituierte enden können. Also hör auf zu schmollen und spiel mein schwerverliebtes, überglückliches Date, und keiner muss irgendwelche Gliedmaßen verlieren.« Unschuldig lächelnd reiche ich ihr ein Glas Champagner und spiele das Lied *Let it Snow* von Dean Martin ab.

»Ich werde nicht mit dir oder deinen Freunden schlafen!«, ruft sie echauffiert aus und nickt bekräftigend. Stur wendet sie sich von mir ab und starrt aus dem Fenster. Verfolgt offensichtlich mit ihren Augen die freien Schneeflocken, während Steven uns zum Mon Coeur am Pier fährt.

Belustigt lege ich den Kopf schief und platziere besitzergreifend einen Arm um Aurelia. Ab heute ist sie mein Mädchen, und kein anderer Kerl wird ihr nahekommen, ohne seinen Schwanz zu verlieren.

»Ich teile nicht gerne«, knurre ich und erhöhe den Druck auf ihren Schultern. Zeit, mein Revier zu markieren. »Solange wir beide miteinander zu tun haben, wirst du keinen anderen Kerl ranlassen, wenn du deren Blut nicht an deinen Händen haben willst. Und was uns beide betrifft, bin ich ganz entspannt. Früher oder später wirst du mich anflehen, dass ich dich an eine Wand drücke und meinen Schwanz gnadenlos in deine Vagina schiebe, während du feucht wirst und meinen Namen schreist. Bis dahin begnüge ich mich damit, mir deinen Körper einzuprägen, während ich schlafe oder alleine unter der Dusche stehe.«

Ihre Wangen werden knallrot und nervös wischt sie ihre feuchten Hände am Leder der Rückbank ab. Grinsend lehne ich mich zurück und fahre langsam mit meinen Fingern ihre Seite entlang. Als sie bei der Berührung zusammenzuckt, beginne ich leise zu lachen. Gott, diese Frau hat weniger Erfahrung als ein Schulmädchen aus dem Kloster! Das wird ein Spaß.

»Was haben Sie mit mir vor, Mr. Rivers?«, flüstert sie und schluckt schwer. Langsam beuge ich mich zu ihr vor und spüre, wie ihr Herz panisch in ihrer Brust schlägt. Amüsiert streiche ich eine Haarsträhne hinter ihr Ohr und flüstere: »Das wirst du beim Dinner erfahren, Babe, und es wird dir ebenso wenig gefallen wie deine dreckigen Gedanken, die du mit aller Macht versuchst zu bekämpfen. Und wag es nie wieder, mich öffentlich zu siezen. Ab heute nennst du mich J. T., haben wir uns verstanden?«

Eingeschüchtert nickt Aurelia, als Steven mit der Limousine vor dem Restaurant vorfährt.

Kapitel Fünf

Lia

Mein Herz pocht panisch in meiner Brust und zieht sich schmerzhaft zusammen. Verflucht, in welche verdammte Scheiße bin ich hier nur hineingeraten? Alles an J. T.s Art schreit nach Gefahr. Er ist ein lauerndes Raubtier, das sich anschleicht und dich so lange in die Ecke treibt, bis du vor ihm auf die Knie gehst. Warum habe ich nicht auf meinen Instinkt gehört und die Arbeit geschwänzt? Wieso musste der Teufel von Portland ausgerechnet auf mich aufmerksam werden? Was, wenn ich diese Begegnung nicht überleben werde?

Unsicher mustere ich ihn von der Seite und schlucke schwer. Im Dämmerlicht sehen seine blauen Augen aus wie ein tobender Ozean, sein charmantes Lächeln und sein definiertes Kinn werden von einem gepflegten Drei-Tage-Bart umschmeichelt. Seine schwarzen Haare schimmern wie Seide und liegen perfekt, ohne besonders gestylt auszusehen. Wie kann ein Krimineller nur so verboten gut aussehen? Er trägt ein schwarzes Hemd, die obersten Knöpfe sind geöffnet, und geben den Blick auf die tätowierte und muskulöse Brust frei. Das Hemd liegt eng an und schmeichelt seinen Bauchmuskeln, dessen Form ich nur erahnen kann. Die Ärmel hat er hochgekrempelt, sodass ich seine Tattoos sehen kann. Vermutlich verbringt J. T. viel Zeit beim Training, denn beide Arme sind kräftig und muskulös und werden von einigen Sehnen durchzogen.

Langsam lasse ich meinen Blick nach unten wandern und meine Hände werden schwitzig. Seine Hose ist ebenso schwarz und lässt keinen Spielraum für Fantasien. Fuck, wenn seine Härte wirklich so ausgestattet ist, wie es den Anschein hat, verstehe ich, warum die Frauen bei ihm Schlange stehen!

»Gefällt dir, was du siehst, Babe?«, flüstert J. T. mir ins Ohr und streicht langsam mit seiner Hand über meinen Oberschenkel. Mein Herz beginnt erneut zu flattern und energisch schiebe ich seine Hand weg.

»Ich habe mich nur gefragt, was dein Outfit soll. Wir haben fast Weihnachten und alle sind in guter Stimmung. Alles um uns herum blinkt und ist bunt, und du läufst rum, als wärst du der Tod höchstpersönlich. Das finde ich irgendwie unpassend«, murmle ich und atme tief durch. Auch wenn es nur eine Ausrede war, finde ich seinen zugegebenermaßen heißen Kleidungsstil doch etwas fragwürdig.

»Vielleicht bin ich das ja, immerhin verschwinden durch mich unzählig viele Leute und tauchen nie wieder auf«, flüstert er mit rauer Stimme und wie auf Befehl stellen sich meine Nackenhaare auf. Natürlich nicht aufgrund seines verführerischen Dufts nach dunkler Schokolade und Whiskey. Und erst recht nicht wegen der gefährlichen Nähe zwischen uns. Sondern nur wegen seiner unterschwelligen Warnung, die mich keineswegs beeindruckt.

»Aber wenn du mich in der Farbe Schwarz nicht magst, kannst du mir das Hemd gerne vom Leib reißen. Ich mag Frauen, die sich nehmen, was sie wollen und gegen einen Quickie auf der bequemen Rückbank meiner Limousine hätte ich nichts einzuwenden.« Provokant legt er seine Hand auf mein Knie und beginnt es zu streicheln. Automatisch breiten sich von dort elektrische Schläge in meinem gesamten Körper aus und überrumpelt halte ich den Atem an. Mein Herzschlag setzt für einen Moment aus, nur um anschließend doppelt so schnell zu schlagen. In meinem Magen beginnt es zu rumoren und ein schwerer Kloß bildet sich in meinem Hals. Was zur Hölle soll das werden? Wieso nimmt er sich das Recht heraus, mich dreist anzugrabschen und seine starke Hand langsam über die Innenseite meines Schenkels wandern zu lassen?

»Können wir bald aussteigen?«, rufe ich in leicht erhöhter Tonlage zum Fahrer und bete um ein Wunder. Ich wusste, dass dieser Mann mir gefährlich werden würde. Allerdings dachte ich, dass es sich eher in Form einer Pistole vor meinem Kopf äußern würde, und nicht durch die verräterische Reaktion meines scheinbar ausgehungerten Körpers. Ich muss so schnell wie möglich Abstand zu ihm gewinnen, bevor ich die Kontrolle verliere und er gewinnt. Diese Genugtuung kann ich ihm nicht lassen.

»Ja, in zwei Minuten, Miss Sparks. Es schneit draußen, Sie sollten Ihren Mantel mit reinnehmen«, erwidert der Fahrer und erleichtert atme ich aus. Die Hölle neigt sich also dem Ende zu. Gott sei Dank, ich brauche dringend frische Luft.

Amüsiert hebt J. T. seine linke Augenbraue und ein undefinierbares Funkeln tritt in seine Augen. »Diese Art Frau bist du also«, murmelt er leise und beugt sich bedrohlich vor. »Du zierst dich aus Sorge, was die anderen über dich denken würden. Dabei sehnst du dich heimlich nach einem Typen, der es dir endlich dreckig besorgt und dich deine wenigen verflossenen Lover vergessen lässt. Der deine Vulva feucht, und deine Spitzen hart wie Stein werden lässt. Einen richtigen Mann, der sich nimmt, was er will, und dich um den Verstand fickt. Dir Töne entlockt, für die sich jede Nonne zu Tode schämen würde. Und wenn du ganz brav bist, werde ich dir diesen Wunsch vielleicht erfüllen.«

Ohne mich eines weiteren Blickes zu würdigen, dreht er sich von mir weg, öffnet seine Tür und steigt aus. Ungläubig schnappe ich nach Luft und starre ihm mit offenem Mund hinterher. Was zum Teufel fällt diesem widerlich selbstgerechten Mistkerl ein? Ich will nicht, dass er mit mir schläft! Im Gegenteil, er soll sich und seinen viel zu harten Schwanz von mir fernhalten! Ich stehe nicht auf arrogante, menschenverachtende Arschlöcher, die nur an sich selbst denken und Frauen als Eigentum betrachten. Mir sind freundliche Männer und sanfter Sex lieber. Ich mag es, wenn es im Bett romantisch zugeht und er meine Komfortzone nicht überschreitet. Also, das Gegenteil von J. T. Monster Rivers!

»Ich will nichts von dir, komm damit klar! Nicht jede Frau mag Typen wie dich!«, zische ich ihm zu, als er meine Tür öffnet und mich breit angrinst. Schnaubend steige ich aus und schnappe plötzlich nach Luft.

»Was soll das?«, flüstere ich entsetzt. Sagte ich ihm nicht, dass ich ihn nicht will? Wieso wagt er es, seinen Arm um meine Hüfte zu legen und mich an sich zu ziehen?

»Das werden wir noch sehen. Für heute reicht es mir, wenn du mich einfach weiterhin anschmachtest. Wir beide haben ein Date und das muss echt wirken. Außer du willst, dass jemand für dich bezahlen darf.«

Seine Worte dringen wie Eiszapfen zu mir durch und mit einem Mal wird mir eiskalt. Ich höre den Schnee unter meinen Füßen knirschen und weiß doch, dass es nichts mit dem Wetter zu tun hat. Dies ist ein Spiel, auf das ich nicht vorbereitet wurde, und von dem ich nicht weiß, wohin es führen wird. Unsicher sehe ich mich um und schlucke schwer. Offensichtlich ist J. T. in dieser Gegend sehr bekannt, denn viele Umstehende drehen sich zu uns um und mustern uns mit unverhohlenem Interesse. Ich spüre, wie J. T. den Griff um mich verstärkt und gebe mich erst einmal meinem Schicksal hin. Zögerlich kuschle ich mich in seine Arme und lasse mich von seinem Duft einhüllen. Mit einem falschen Lächeln nicke ich den Glotzern zu und schreite auf das Höllentor zu. Seit ich denken kann, wollte ich im Mon Coeur essen. Hatte davon geträumt, eines Tages so viel Geld zu verdienen, dass ich hier mit Mel zusammen den Sonnenuntergang beobachten kann oder wahlweise einen Antrag von meinem Verlobten bekomme. Der Gedanke daran, dass ich mein erstes Date hier ausgerechnet mit dem Feind meines Vaters haben würde, der droht, jemanden aus meinem Umfeld zu ermorden, nimmt der Location jedoch jegliche Romantik. Wenn ich durch diese Tür trete, überschreite ich eine Grenze, die mein Leben schlagartig verändern wird. Ein Verbot, das ich nie wieder rückgängig machen kann. Weigere ich mich, wird jemand sterben. Also welche Wahl habe ich schon?

»Aber natürlich, Liebster«, knurre ich frustriert und atme tief durch. »Hauptsache, du bist glücklich«, schiebe ich sarkastisch hinterher und schlucke schwer, als sein tiefes Lachen durch meinen Körper vibriert.

Kapitel Sechs

Lia

Schweigend gehe ich neben J. T. zum Eingang des Restaurants und sehe mich unauffällig um. Die Fenster der anliegenden Häuser blinken und glitzern in den verschiedensten Farben, ohne dabei den eleganten Touch zu verlieren. Vereinzelte Schneeflocken verirren sich in meinen Haaren und eine leichte Brise des Meeres streift mich. Einige der Passanten bleiben stehen, starren J. T. mit offenen Mündern an und schauen dann skeptisch zu mir.

»Ist das nicht die Tochter von Staatsanwalt Sparks?«, höre ich einen Mann mittleren Alters fragen und schlucke. »An der Seite von James Thomas Rivers?«

Fuck! Überrumpelt erstarre ich zur Salzsäule. Mit einem Mal wird mir heiß und kalt zugleich und meine Hände beginnen unkontrolliert zu zittern. Mein Vater ist seit Jahren hinter J. T. her und einige Monate lang sah es so aus, als könne er J. T. etwas nachweisen. Doch wie immer schafften er und seine Leute es, jegliches Beweismaterial verschwinden zu lassen und die Kronzeugen zum Schweigen zu bringen. Wenn diese Idioten meinem Vater von heute Abend erzählen, bin ich tot.

»Dein Plan scheint aufzugehen«, zische ich leise und funkle ihn böse an. »Morgen ist mein Leben ruiniert.

Vielen Dank dafür!« Ich atme tief durch und kämpfe gegen die aufsteigenden Tränen an. Bloß keine Schwäche zeigen. Wenn ich irgendetwas seit meiner Geburt gelernt habe, dann, dass öffentliches Weinen für Versager ist.

»Aber Babe!«, erwidert J. T. mit gehobener Stimme und die Augen der Anzugträger werden groß. Wütend stoße ich ihm in die Rippen, schaffe es aber nicht, mich aus seinem Arm zu befreien. Denn, verdammt, er hatte recht im Auto. Der einzige Grund, weshalb ich nicht in seiner Nähe sein will, ist mein eigener Ruf. Weil ich Schiss davor habe, was die Leute von mir denken. Gleichzeitig fühle ich mich in seiner Nähe geborgen und sicher. Was unter der Vorstellung, dass er der gefährlichste Mann der ganzen Stadt ist, ein wenig paradox ist. Irgendwie habe ich es im Gefühl, dass er nicht vorhat, mich zu töten, und langsam entspanne ich mich wieder. Sein Griff um meine Hüfte verstärkt sich und als wir vor dem Eingang stehen bleiben, weht der Wind erneut J. T.s Duft in meine Nase. Nur mit Mühe kann ich dem Drang widerstehen, meine Augen zu schließen.

»Solange du dich an die Spielregeln hältst, bin ich keine Gefahr für dich«, flüstert er mir leise ins Ohr, während er mir aus meinem Mantel hilft. »Solltest du jedoch irgendetwas gegen mich planen, sorge ich persönlich dafür, dass deine beste Freundin den nächsten Tag nicht überlebt. Melody, richtig? Ein hübsches Mädchen mit so viel Potenzial. Wäre doch schade ...«

Empört schnappe ich nach Luft und funkle ihn an. »Wenn du mir das Leben zur Hölle machen willst, dann bitte. Aber wag es nicht, Mel mit reinzuziehen, sonst wirst du es bereuen!«

Amüsiert zieht J. T. seine linke Augenbraue hoch und mustert mich eindringlich. Ehe er jedoch etwas erwidern kann, kommt eine hübsche Kellnerin Mitte 20 auf uns zu. Einen Augenblick lang schmachtet sie ihn an und begrüßt ihn mit einem Küsschen auf die Wange. Es ist offensichtlich, dass sie auf ihn steht, und entnervt schnaube ich. Während sich die beiden ausführlich begrüßen, lasse ich meinen Blick möglichst lässig durch den Raum schweifen. Die eleganten Möbel aus dunklem Holz passen ideal zum rauen Atlantik, der sich majestätisch vor unseren Augen erhebt. Wütend schäumt die Gischt auf und ebbt am Pier wieder ab. Der Schnee entlang der Promenade lässt die Umgebung leuchten wie unter einem Spotlight.

Seufzend drehe ich mich im Kreis und nehme die restliche Einrichtung in Augenschein. Die Besitzer haben sich Mühe gegeben, die rustikale Stimmung durch weihnachtliche Romantik zu ersetzen, und es ist ihnen durchaus gelungen. Aus dezenten Lautsprechern klingt *Rocking around the Christmas Tree* von Brenda Lee. Auf den Tischen steht jeweils eine rote Kerze mit goldenen Rentieren und Schneeflocken. Rot-goldene Servierten liegen bereit und daneben steht ein Weihnachtsstern. Hochwertiger Kunstschnee vervollständigt das Gesamtbild und ein leichtes Lächeln legt sich auf meine Lippen.

»Ich wusste gar nicht, dass du für einen Geschäftstermin einen Tisch bei uns reserviert hast«, durchdringt die Stimme der nervigen Kellnerin die Luft, und mit einem falschen Lächeln sehe ich auf. Erst jetzt bemerke ich, dass sie in ein Elfenkostüm gekleidet ist, und mustere sie von oben bis unten. Gott, sieht sie lächerlich aus. Da habe ich mit meinem Job noch einmal großes Glück gehabt.

»Schickes Outfit«, erwidere ich und meine Stimme trieft vor Sarkasmus. »Und nur, damit du es weißt: Ich bin keine Geschäftspartnerin von James.« Provokant kuschle ich mich enger an ihn und spüre das amüsierte Beben seiner Muskeln, als er leise lacht. »Ich bin sein Date. Und wenn du ein vernünftiges Trinkgeld haben möchtest, schlage ich vor, dass du uns zu unserem Tisch führst. Es ist schon spät und wir beide haben noch einiges vor, nicht wahr, Schatz?« Unschuldig schaue ich auf, was ihm ein breites Grinsen entlockt.

»O Babe, du hast ja keine Ahnung, was ich heute alles mit dir vorhabe. Komm mit, ich habe meinen Standardplatz reserviert. Elle, sei so lieb und bring uns eine Flasche des teuersten Weißweines.«

Mit einem letzten, ungläubigen Blick wendet sich die Elfe von uns ab und watschelt in Richtung Küche. Zufrieden folge ich J. T. und setze mich auf den Stuhl, den er mir, ganz der Gentleman, zurückzieht.

Als er mir gegenüber sitzt und wir beide mit dem köstlichen Weißwein und einer Lachsvorspeise ausgestattet sind, mustert J. T. mich interessiert. »Ich wusste gar nicht, dass du so besitzergreifend und eifersüchtig sein kannst. Gefällt mir.«

Mit einem Zwinkern prostet er mir zu und schnaubend schüttle ich den Kopf. Eingebildeter Mistkerl! Gut, vielleicht hat die Tatsache, dass eine hübsche Frau sich in der romantischen Zeit des Jahres an meine Begleitung rangemacht hat, ein kleines Bisschen an meinem

Stolz gekratzt. Aber das muss ich ihm kaum unter die Nase reiben.

»Ich bin nicht eifersüchtig«, antworte ich entschlossen und nicke bekräftigend. »Mir gefiel es nur nicht, dass die Kellnerin mich von oben herab betrachtet und dann ignoriert hat. Aber ja, es war kaum zu übersehen, dass sie sich dir am liebsten an den Hals geworfen hätte. Nicht, dass mich das interessiert!«

Sein raues Lachen übertönt Mariah Careys Gesang und entnervt verdrehe ich die Augen. Ich hasse dieses Lied. Es ist klischeehaft und nahezu der erste Song, den jede verliebte Frau zur Weihnachtszeit hört. Außerdem ist es der denkbar unpassendste Song für James und mich. Ein Song über Folter wäre viel passender.

Langsam beugt er sich über den Tisch zu mir. Seine Augen funkeln herausfordernd, als er sich auf dem linken Arm aufstützt und mich direkt ansieht. Unwillkürlich wandert mein Blick zu seinem angespannten Bizeps und frustriert schlucke ich. Mein Herz klopft panisch in meiner Brust und wie hypnotisiert erwidere ich den Blick. Seine Lippen verziehen sich zu einem ehrlichen Lächeln und für einen Moment beginnen die Schmetterlinge in meinem Bauch zu tanzen. Offenbar hat Mel recht und ich bin wirklich untervögelt.

»Elle und ich hatten nie etwas miteinander«, raunt er und beim Ton seiner rauen Stimme stellen sich meine Armhaare auf. »Sie ist die kleine Schwester von einem meiner Männer. Nur deshalb bin ich nett zu ihr. Und weil es praktisch ist, einen Tisch hier zu bekommen, wann immer ich will. Hör zu, ich finde es heiß, dass du Besitzansprüche auf mich stellst. Aber, wenn du mich für dich alleine willst, musst du fantastisch im Bett sein und mich mindestens fünf Mal die Woche ranlassen. Ansonsten muss ich mir meinen Spaß anderweitig besorgen.«

Freudlos lache ich auf und rolle mit den Augen. »Meine Fresse, du checkst es nicht, oder?« Frustriert stöhne ich und fahre mir erschöpft durch die Haare. Nach nicht einmal einem Abend droht er mich um den Verstand zu bringen. Und ich dachte immer, dass die hohen Anforderungen meines alkoholkranken Vaters für meinen eines Tages eintretenden Burn-out verantwortlich sein würden.

»Ich will nichts von dir. Meinetwegen kannst du dich durch die Gegend vögeln, aber ich habe kein Interesse.«

Das Funkeln in seinen Augen wird stärker und ein undefinierbarer Hunger leuchtet in ihnen auf. »Deswegen schmachtest du mich also den gesamten Abend an. Ein Mensch kann nur glücklich und zufrieden sein, wenn er ehrlich zu sich selbst ist und sich traut, nach den eigenen Vorstellungen zu leben. Hör auf, dich selbst zu belügen.«

»Das kann nicht dein Ernst sein«, zische ich ihm zu, als diese Elle angetanzt kommt und unsere Bestellung aufnehmen will. Dankbar für die Ablenkung schaue ich mir ausführlich die Karte an, die in schwarzem Leder gehalten ist. Nach einem Moment entscheide ich mich für das Coq au Vin. Ich liebe Hähnchen und gegen Rotwein und Pilze hatte ich auch noch nie etwas einzuwenden. Wenn ich den Abend hier überleben will, kann es nicht schaden, ein wenig beschwipst zu sein. Zum Nachtisch bestelle ich eine weiße Mousse au Chocolat mit Zimt und Schokosoße.

Als die Elfe wieder verschwunden ist, funkeln J. T. und ich uns einen Augenblick an. Mit verschränkten Armen presse ich die Lippen aufeinander und kämpfe gegen meinen rasenden Puls an. Ich hasse es, wenn Fremde glauben, zu wissen, was in mir vorgeht. Ganz besonders dann, wenn diese Leute recht haben. War ich schon immer so leicht zu durchschauen, oder hat Mr. Selbstverliebt lediglich ein Händchen dafür? Sein Blick wird sekündlich intensiver, löst eine ungewohnte Hitze in mir aus. Mit einem lauten Seufzen gebe ich nach, bevor ich noch einen Fehler begehe und unter seiner Musterung schmelze.

»Na schön«, murre ich und schlucke sichtbar. »Du hast mich kaum ausgeführt, um mir deinen Lebensstil unter die Nase zu reiben und mich lecker essen zu lassen. Also: Karten auf den Tisch. Was willst du von mir?«

Lächelnd streckt er seine Hand aus und legt sie auf meine. Ein Blitz geht durch meinen Körper und sofort setze ich mich kerzengrade hin. Skeptisch schaue ich auf unsere Hände und schlucke.

»Du bist ein schlaues Mädchen, Lia. Hoffen wir mal, dass du clever genug bist, mir keinen Strich durch die Rechnung zu machen. Dein Vater hat mich angepisst, und ich bin nicht die Art von Mann, die ruhig bleibt, wenn jemand in meinem Leben schnüffelt. Das verstehst du doch sicherlich.«

Mechanisch nicke ich und erneut beginnt mein Herz schneller zu schlagen. Meine Alarmglocken schrillen und instinktiv spüre ich, dass er mich in diesem Moment als Beute ansieht.

Wie ein Löwe mustert er mich und grinst zufrieden. »Nun muss ich deinem Vater einen Denkzettel verpassen, sonst nimmt mich niemand mehr ernst. Ihn zu foltern wäre zu offensichtlich. Also musste ich etwas finden, womit ich ihm langfristig schade. Meine Jungs haben ein wenig geschnüffelt und sind auf dich und deinen Job gestoßen. Ich biete dir einen einmaligen Deal, der uns beiden einen Vorteil bringt. Ich möchte, dass du für ein Jahr meine Freundin spielst und dich nach außen hin glücklich an meiner Seite präsentierst. Offiziell werde ich dich am Tag meines Charity-Balls als mein Mädchen vorstellen. Es wird den Ruf deines Vaters zerstören, wenn seine Tochter mit jemandem wie mir ausgeht, und zugleich wird sein Stolz leiden. Dafür lebst du bei mir im Luxus und hast genug Geld. Du musst nicht mehr in deinem Job arbeiten und kannst dich auf dein Studium konzentrieren. Was sagst du dazu?«

Ungläubig starre ich ihn an. Hat er mir gerade allen Ernstes angeboten, meine Loyalität zu kaufen? Das ist widerlich! »Ich bin nicht käuflich«, fauche ich gereizt und balle meine Hände zu Fäusten. Was bildet sich dieser Mistkerl eigentlich ein? »Ich arbeite lieber, als von dir abhängig zu sein. Außerdem habe ich im Notfall die Unterstützung meines Vaters. Ich brauche dein Geld nicht.«

»Glaubst du das wirklich?« Schmunzelnd fährt er sich durch die Haare. Seine Miene wird dunkler und sein Blick intensiver. Als er weiterspricht, ist seine Stimme nur noch ein leises Raunen: »Nachdem seine Bekannten uns beide zusammen gesehen haben und morgen tratschen werden? Das war zwar nicht Teil des Plans, spielt mir aber in die Karten. Und dank deiner impulsiven Art, hast du dich selbst als meine Freundin geoutet. Wenn dein Vater das mit uns hört, wird er kaum begeistert sein. Wie er wohl reagieren wird, wenn er erfährt, dass du aus dem Wohnheim geflogen bist und warum? Denkst du, er kann akzeptieren, dass seine Tochter eine Escort-Dame ist? Du hast so oder so verloren, Babe. Der einzige Unterschied ist, ob du als meine Freundin einen Vorteil daraus ziehst oder ob du untergehst.«

Ich schlucke schwer und ein großer Kloß bildet sich in meinem Hals. Mit einem Mal wird mir eiskalt und meine Augen beginnen zu tränen. Ich zittere und mein Herz wird schwer wie Blei. Dennoch weigere ich mich, den Blick abzuwenden. Angewidert presse ich die Lippen aufeinander und überlege, welche Möglichkeiten ich habe. Doch im Endeffekt habe ich keine andere Wahl. Jeder, der sich ihm in den Weg stellt, wird dafür bezahlen. Er weiß, wer Mel ist! Auf keinen Fall darf ihr meinetwegen etwas zustoßen.

»Na schön!«, knurre ich und funkle ihn böse an. »Ich werde deine verdammte Freundin sein. Aber ich will, dass du Mel und meine Mutter da raushältst. Weder du noch einer deiner Leute darf den beiden ein Haar krümmen. Und ich will weiterhin zur Uni gehen. Meinetwegen kannst du mir nachspionieren, aber ich lasse mich nicht einsperren.«

»Cleveres Mädchen«, antwortet er und grinst zufrieden. »Wir fahren gleich in dein Appartement und holen deine Sachen. Zumindest das nützliche Zeug. Deine Kleidung kannst du da lassen, meine Freundin zieht sich vernünftig an. Wenn du dich bis zum neuen Jahr erkenntlich zeigst, können wir noch einmal über die Uni reden.«

Wütend presse ich meine Lippen aufeinander und starre ihn böse an. Ich habe verdammt hart für mein Studium gearbeitet und wenige Wochen vor den Prüfungen kann ich nicht fehlen. Entschlossen balle ich meine Hände zu Fäusten, doch ehe ich etwas darauf erwidern kann, vibriert mein Handy. »O Shit«, murmle ich und fahre mir durchs Gesicht.

J. T. zieht skeptisch die Augenbrauen zusammen und streckt fordernd seine Hand aus. »Du bist mit mir hier. Es ist unhöflich, zu telefonieren.«

Irritiert von seiner Reaktion, lege ich den Kopf leicht schief. Das ist doch kein Grund, gleich wütend zu werden. Denkt er, ich habe eine Spionage-App installiert, die unser Gespräch aufzeichnet? Oder ist er immer so penetrant? Beherzt deute ich aufs Display, auf dem Mels Gesicht erscheint. »Das ist meine beste Freundin. Sie will nur checken, ob es mir gut geht. Sie weiß nicht, dass ich mit dir hier bin. Wenn ich nicht rangehe, weiß sie, dass etwas nicht stimmt. Ich sage ihr, dass sie sich keine Sorgen zu machen braucht.«

Schnaubend schüttelt er den Kopf. »Ja klar, damit du abhauen kannst. Wir haben einen Deal, Sparks!«

Wütend balle ich meine Hände zu Fäusten und werfe ihm einen bösen Blick zu. »O, das habe ich mitbekommen, keine Sorge. Denkst du, ich riskiere Mels Leben? Dein Fahrer wartet draußen, oder nicht? Ich werde nur kurz zurückrufen und sagen, dass alles gut ist. Wenn du bezahlt hast und raus kommst, lege ich auf.«

Für einige Sekunden durchbohrt er mich mit seinem Blick, bevor er langsam nickt. Erleichtert stehe ich vom

Tisch auf und verlasse das Restaurant. Draußen hat sich mittlerweile ein Schneesturm zusammengebraut und dicke, graue Flocken rieseln auf mich hinab. Seufzend kuschle ich mich in meinen Mantel und beobachte das tobende Meer, während ich Mel zurückrufe.

Kapitel Sieben

J. T.

Irritiert starre ich ihr hinterher und schüttle langsam den Kopf. Was zur Hölle ist los mit mir? Seit wann lasse ich mich so leicht ablenken? Mein Plan war es, sie und ihre gesamte Familie zu bedrohen und ihr Angst einzujagen. Dafür zu sorgen, dass sie sich mir unterordnet und ohne Diskussion macht, was ich ihr sage. Doch als ich den Sturm in ihren Augen gesehen habe, bevor sie sich zu mir ins Auto gesetzt hat, war mein Jagdinstinkt geweckt. Zwar ist sie weiterhin ein Mittel zum Zweck, dennoch fasziniert sie mich. Bisher bin ich vielen temperamentvollen Frauen begegnet, die wissen, was sie wollen und sich nicht von einem Kerl untergraben lassen. Aber innerhalb der letzten fünf Jahre, in denen ich zum Teufel von Portland aufgestiegen bin, hat keine Frau es gewagt, mich herauszufordern und mir zu widersprechen. Erstrecht kein braves Prinzesschen aus der Welt der Schleimer und Spießer. Doch in Lia brennt ein Feuer, das ich um jeden Preis entfachen muss. Ich werde ihren verdammten Willen brechen. Dafür sorgen, dass sie sich mir unterwirft und mir gehört.

Entschlossen winke ich Elle zu mir und schaue mich gelangweilt um. Einige verliebte Pärchen betreten händchenhaltend das Lokal und tauschen sich über ihre Pläne für die anstehenden Feiertage aus. Arm in Arm machen sie Fotos an der verschneiten Küste und küssen sich im Licht der Laternen. Angewidert rolle ich mit den Augen. Romantik ist für Versager und Träumer. Natürlich kann Liebe echt sein, aber Romantik? Welcher Kerl will den ganzen Abend mit einem Glas Rotwein vor dem Kamin kuscheln und irgendeinen kitschigen Weihnachtsfilm sehen, nachdem sie zusammen im Schnee spazieren waren? Wenn ein Mann es so nötig hat, an Sex zu kommen, sollte er dringend etwas in seinem Leben ändern!

»Wo ist denn deine Freundin?«, säuselt Elle und sieht mich mit klimpernden Wimpern an. Dabei fährt sie sich mit der Hand durch die Haare, hält inne und spielt mit einer Strähne. Lasziv fährt sie sich mit der Zunge über ihre aufgespritzten Lippen und lässt ihren Blick langsam über meinen Körper wandern. Ich kann mir gut vorstellen, dass sie einige wohlhabende Männer ins Bett bekommt. Ich hingegen stehe auf scheinbar unschuldige Frauen, die einen natürlichen Look haben. Die ich brechen kann, bis sie ihre dunkle, sexy Seite zulassen, sich in Dessous vor mir wälzen und sich als Anhängsel auf einer Party präsentieren lassen. Bis ich genug mit ihnen gespielt habe und sie bereit für die Welt da draußen sind. Aber diese Mädchen sind in meiner Welt schwer zu finden, sodass ich meistens mit einer oberflächlichen Puppe im Bett lande. Vermutlich macht sich Elle deshalb seit Jahren Hoffnung, dass ich sie eines Tages flachlege.

Desinteressiert seufze ich und ziehe meine linke Augenbraue hoch. »Lia ist schon rausgegangen. Es war ihr zu stickig hier drin und sie muss dringend ihre beste

Freundin zurückrufen. Dass ihr Frauen immer so viel reden müsst, ist wirklich anstrengend. Das kann einem den ruhigen Abend ganz schön versauen. Die Rechnung, wenn ich bitten darf.«

Empört verengt sie die Augen zu Schlitzen und verschränkt ihre Arme vor der Brust. Könnten Blicke töten, müsste Levin meine Leiche beseitigen, und es wäre nicht das erste Mal.

»Das ist herablassend, J. T.! Wenn es dich stört, dass deine Freundin an eurem gemeinsamen Abend telefoniert, dann sag es ihr, anstatt dich hinter ihrem Rücken bei einer anderen Frau darüber zu beschweren.« Sie atmet tief ein und aus, ehe sie fauchend fortfährt: »Davon abgesehen verbringt nicht jede Frau viel Zeit mit Telefonieren und Tratschen. Du solltest aufhören, jede Frau über einen Kamm zu scheren. Ich nenne ja auch nicht jeden Kerl, der hier rein kommt, Flachwichser, oder?« Wütend knallt sie mir das Ledermäppchen auf den Tisch, in dem sich die Rechnung befindet.

Schmunzelnd nehme ich die Rechnung in meine Hand und lese sie mir in Ruhe durch. Ich greife in meine Anzugtasche und fülle einen Check inklusive großzügigen Trinkgeld aus, und erhebe mich von meinem Platz. Ehe ich das Restaurant verlasse, bleibe ich neben ihr stehen und flüstere ihr ins Ohr: »Aber es wäre die Wahrheit, oder etwa nicht? Zumindest, was die meisten Typen hier betrifft.«

Entsetzt keucht sie auf, doch ehe sie etwas sagen kann, bahne ich mir meinen Weg nach draußen.

Die kalte Abendluft schlägt mir gnadenlos ins Gesicht und für einen Moment bleibt mir die Luft weg. Aufgeregt wirbeln die Schneeflocken durch den Himmel und verfangen sich in meinem Anzug. Seufzend vergrabe ich die eisigen Hände in den Taschen meines Mantels und sehe mich um. Lia steht ein paar Meter vom Wagen entfernt und telefoniert. Sie hat ihren Rücken zu mir gedreht und schaut geradewegs aufs tobende Meer. Ihr Mantel weht im stürmischen Wind und sehnsüchtig lasse ich meinen Blick über ihren perfekt geformten Hintern wandern. Ob sie unter diesem engen Kleid Reizwäsche trägt? Auch wenn sie nach außen hin einen auf braves Mädchen macht, würde es mich nicht wundern. Eine Frau, die ihre Mitbewohnerin vor dem gesamten Wohnheim blamiert und die Unterschrift ihres Vaters fälscht, sehnt sich garantiert nach einem Mann, der es ihr mal richtig besorgt.

In diesem Moment nimmt sie das Smartphone von ihrem Ohr, dreht sich langsam um und schaut mir direkt in die Augen. Ein Strudel aus Emotionen spiegelt sich in ihren Iriden wider und langsam zieht sie die Augenbrauen zusammen. Schnellen Schrittes überquere ich die Straße und halte ihr auffordernd die Tür auf. Seufzend kommt sie meiner Aufforderung nach, nicht jedoch, ohne mir einen abwertenden Blick zuzuwerfen, ehe sie sich auf ihren Platz setzt und stur aus dem Fenster schaut.

»Steven, bringst du uns bitte in die Morning Street im East End? Ich bin mir sicher, dass Lia einige ihrer Habseligkeiten mitnehmen möchte, bevor sie ihr altes Leben für immer hinter sich lässt.«

Ruckartig dreht Lia ihren Kopf zu mir und reißt ihre Augen weit auf. »Woher weißt du, wo ich wohne?«, flüstert sie. Obwohl sie versucht, unbeeindruckt zu klingen, höre ich das Zittern aus ihrer Stimme heraus.

Amüsiert mustere ich sie einen Augenblick von der Seite. Genieße den Schock und die Überforderung, während sie ihre Arme vor der Brust verschränkt. Ich habe mich nie wirklich als Stalker gesehen, eher als ehrgeiziger Geschäftsmann, der Wert auf gute Recherche legt. Schließlich habe ich bisher keine Frau verfolgt, nur um sie als mein Eigentum zu markieren und zu verhindern, dass sie Sex mit einem anderen Kerl hat. Denn normalerweise ist es mir scheißegal, für welchen Mann eine Frau ihre Beine spreizt, solange ich sie selbst nicht vögeln will und sie für mich von Nutzen ist. Aber so, wie Aurelia mich anstarrt, regt sich etwas in mir, das ich bis dahin nicht kannte. Die Angst in ihren Augen macht mich unglaublich an. Weckt das Interesse, ihr gesamtes Leben zu infiltrieren und dafür zu sorgen, dass sie sich nirgendwo mehr vor mir verstecken kann. Es gefällt mir, den Leuten Angst einzujagen. Dafür zu sorgen, dass sie sich an keinem Ort der Welt mehr sicher fühlen und ihre Panik sich zum Wahnsinn steigert, bis sie sich selbst zerstören. Angst zu verbreiten ist ein sehr mächtiges Mittel, um Leute zu kontrollieren und mehr Respekt zu bekommen. Nicht nur gegenüber jenen Personen, die ich als Opfer in mein Visier genommen habe, sondern auch deren Angehörigen.

Langsam beuge ich mich zu Aurelia vor und raune ihr ins Ohr: »Entspann dich, Babe. Solange du nach meinen Regeln spielst, stelle ich keine Gefahr für dich dar. Aber dachtest du wirklich, dass ich mich nicht über dich informieren würde?«

Schnaubend legt sie ihre Hände auf meine Brust und versucht vergeblich, mich weg zuschieben. Ihre Berührung löst ein angenehmes Kribbeln aus und vertreibt die Kälte des Winters aus meinen Knochen. Langsam folge ich mit meinem Blick ihren Händen, ehe ich den Kopf hebe und ihr in die Augen schaue. Verunsicherung liegt in ihrem Blick, zugleich kann sie sich nicht abwenden. Herausfordernd lege ich meinen Daumen auf ihre Lippen und fahre langsam darüber. Sprachlos starrt sie mich an. Mein Schwanz pocht vor Verlangen, doch ich wage es nicht, meinem Instinkt nachzugeben.

Plötzlich kommt das Auto zum Stehen und reißt Lia und mich aus unserer Starre.

»Ich bin nicht dein Babe«, murmelt Lia und schüttelt leicht den Kopf. »Also hör auf, mich so zu nennen. Außerdem ist es nicht besonders nett, grundlos mit Drohungen um sich zu werfen.« Mit zitternden Händen greift sie nach dem Griff und öffnet die Autotür.

Blitzschnell fasse ich sie am Handgelenk und verhindere so, dass sie aussteigt. »Tu nicht so, als ob es dir nicht gefallen hätte. Außerdem bist du für die nächsten 365 Tage mein Babe, schon vergessen?«, raune ich ihr leise ins Ohr. Ihr Duft nach Zimt und Rose dringt in meine Nase und seufzend sauge ich den Geruch auf. Die Enge in meiner Hose wird unangenehm.

»Nein, bin ich nicht, und jetzt lass mich los! Ich bin müde und brauche meine Sachen!«

Ihre Stimme überschlägt sich, jedoch nicht vor Angst oder Hysterie. Irritiert schaue ich ihr in die Augen und ein breites Grinsen legt sich auf meine Lippen. In ihr tobt derselbe Sturm wie in mir.

»Bist du sicher, dass ich dich loslassen soll?« Provokant lege ich meine Hände an ihre Hüften und ziehe sie in meine Arme. »Wir könnten stattdessen dort weiter machen, wo wir eben aufgehört haben.«

Ich löse die rechte Hand von ihrer Hüfte und lege sie an ihren Hals. Ziehe langsame Kreise über ihre Haut. Meine Berührung lässt sie erschaudern und nur mit Mühe kann ich ein Stöhnen unterdrücken. Fuck, seit wann turnt es mich an, wenn eine Frau mich abblitzen lässt? Erneut wandert mein Blick zu ihren Lippen, doch ehe ich meinen Mund auf ihren drücken kann, wendet sie sich ab.

»Ja, ich bin mir sicher. Nur, weil ich gezwungenermaßen mit dir ausgehe, heißt es noch lange nicht, dass ich mich von dir zum Spielzeug degradieren lasse. Such dir eine andere Frau, die deine selbstgefälligen Sexfantasien befriedigt. Ich habe eingewilligt, dich als Mitbewohner zu akzeptieren und dich zu irgendwelchen Events zu begleiten. Und in einem Jahr gehen wir getrennte Wege. Das heißt noch lange nicht, dass ich dich ranlasse!«

Schnaubend ziehe ich meine linke Augenbraue hoch und genieße den Anblick ihres verrutschten Kleides. Statt der erhofften Spitzenunterwäsche kann ich schwarze Seide ausmachen. Geräuschvoll atme ich aus und zwinge mich dazu, ihr wieder ins Gesicht zu sehen. »Glaub mir, Babe. Früher oder später wirst du mich anbetteln, dich zu nehmen und es wird mir eine große Freude sein, dich um den Verstand zu ficken. Dafür zu sorgen, dass du nie wieder einen anderen Kerl willst.«

Ihre Augen funkeln, als Lia sich losreißt und aus dem Wagen stolpert. »Leck mich, Arschloch!«

Hoch erhobenen Hauptes stapft sie auf ihr Wohnhaus zu. Seufzend schnallt Steven sich ab, wirft mir einen warnenden Blick zu und folgt Lia. Als die beiden außer Sichtweite sind, lehne ich mich zurück und schließe die Augen. Shit, ich hasse Weihnachten! Diese Zeit macht etwas mit mir, das ich nicht beschreiben kann und auf das ich zu gerne verzichten würde. Schürt einen Hunger und eine Wut in mir, die mich auf eine Art zum Monster werden lässt, die selbst meinen Bruder manchmal in den Wahnsinn treibt.

Kapitel Acht

J. T.

Eine halbe Stunde später kommen Lia und Steven mit einem Rucksack und einem Koffer zurück zum Auto. Schweigend setzt sich meine Fake-Freundin neben mich, würdigt mich jedoch keines Blickes. Mit verschränkten Armen starrt sie aus dem Fenster. Im Spiegelbild der Fensterscheibe sehe ich, dass sie ihre Lippen fest aufeinanderpresst. Ein leichtes Bedauern überkommt mich und irritiert schüttle ich den Kopf. Seit wann interessiert es mich, wie es einer fremden Person geht? Wieso ärgert es mich, dass Lia mich ignoriert, und warum zur Hölle spüre ich bei ihrer abweisenden Körperhaltung ein Stechen in meiner Brust? Es sollte mir egal sein, dass sie mich offensichtlich hasst und verletzt ist. Doch mein Beschützerinstinkt ist größer als mein Stolz. Vorsichtig strecke ich die Hand aus und lege sie auf ihre Schulter. »Lia«, beginne ich in ungewohnt sanften Tonfall. »Was ist los?«

Ihre Augen verengen sich zu Schlitzen und funkeln mich durch die Scheibe an. »Was los ist?«, faucht sie mit eiskalter Stimme und ballt ihre Hände zu Fäusten. »Willst du mich verarschen, Rivers? Du zwingst mich, mit dir auszugehen, bedrohst meine beste Freundin und beleidigst dann auch noch meinen Kleidungsstil.

Du reißt mich aus meiner Umgebung und ruinierst mein Leben, und das nur, weil du sauer auf meinen Vater bist. Dachtest du allen Ernstes, dass mir das am Arsch vorbeigeht?«

Mit jedem Wort wird ihre Stimme leiser und niedergeschlagen schließt sie die Augen. Seufzend fahre ich mir mit der freien Hand durch die Haare. Deshalb will ich keine Freundin! Schenkt man ihnen keine Aufmerksamkeit, werden sie sauer. Versucht man ihnen entgegenzukommen, sind sie beleidigt.

Bemüht ruhig atme ich aus und antworte: »Okay, das war nicht besonders fair von mir. Aber es hat nichts mit dir zu tun, Lia. Du bist nur ...«

»Was, das Mittel zum Zweck?«, ruft sie aus und dreht sich schwungvoll zu mir um. Ihre Augen schießen Blitze in meine Richtung und ihre Lippen zittern. Ich sehe die Tränen in ihren Augenwinkeln glitzern, doch Lia wischt sie hastig weg. Ihr Blick ist voller Verachtung, als sie mir ihren Finger in die Brust rammt. Verdammt, Lia ist echt heiß, wenn sie wütend ist. Diese leichte Berührung, die verwuschelten Haare und ihre geröteten Wangen reichen aus, um meinen Schwanz hoffnungsvoll reagieren zu lassen. Herausfordernd erwidere ich den Blick und meine Mundwinkel beginnen zu zucken. »So würde ich das nicht nennen. Du bist eher ein reizvoller, hübscher Bonus zum Bespaßen. Und wenn du aufhörst, deine Anziehung zu mir mit aufgebauschtem Hass zu überspielen, wirst du die Zeit mit mir lieben. Dafür sorge ich.«

Ihr Kiefer beginnt zu mahlen und ihre Augen werden groß. In ihnen tobt ein Sturm und aufgebracht schnaubt sie. »Du hast sie doch nicht mehr alle! Warst du schon immer krank im Kopf oder erst, seit du so viel Macht hast? Ich stehe nicht auf dich. Du stehst für alles, was meine Familie verachtet. Mag sein, dass mein Leben schon beschissen war, bevor du aufgetaucht bist. Aber dank dir habe ich alles verloren, was ich mir mühsam aufgebaut habe. Wie genau soll ich dir dafür dankbar sein?«

Gelassen schnalze ich mit der Zunge und umfasse ihr zartes Handgelenk. »Hör auf, dich selbst zu belügen. Von mir aus sei für den Moment sauer auf mich. Aber tief in dir drin weißt du, dass ich dich befreit habe. Durch mich hast du die Möglichkeit, aus deiner traurigen Existenz auszubrechen. War es wirklich dein Wunsch, Psychologie zu studieren? Hast du immer davon geträumt, in die Fußstapfen deiner Eltern zu treten? Gefiel es dir wirklich, den Launen eines funktionalen Alkoholikers zu unterliegen und wie eine Maschine zu agieren? Schau mir in die Augen und sag mir, dass du glücklich warst.«

Das Beben ihrer Lippen schwappt auf ihren gesamten Körper über und kraftlos sackt sie in sich zusammen. Ihre Wut verpufft und wird durch schiere Müdigkeit verdrängt. Hilflos senkt sie ihren Kopf und schließt erneut die Augen. »Nein, ich war nicht glücklich«, flüstert sie kaum hörbar und zieht ihre Schultern hoch. »Aber ich habe mich daran gewöhnt. Ich hatte Pläne und Ziele, um auf meine Weise daraus auszubrechen, ohne mich mit meinen Eltern zu zerstreiten. Mein Vater ist kein schlechter Mensch, J. T. Alkoholismus ist eine Krankheit und kein Wesenszug. Ein Teufelskreis, aus dem es verdammt schwer ist, auszubrechen. Und im Vergleich zu anderen Alkoholikern hat er sein Leben zum Großteil im Griff. Er schafft es jeden Morgen aufzustehen und zur Arbeit zu gehen. Wenn mir etwas passiert ist oder ich krank war, hat er sich um mich gesorgt. Außerdem hat er mich nie geschlagen, missbraucht oder mein Geld gestohlen. Wenn er nüchtern ist –«

»Dann was?«, rufe ich aufgebracht dazwischen und balle meine Hand zu einer Faust. Ich kenne Männer wie Staatsanwalt Sparks. Die denken, sie seien etwas Besseres und nur ihre Sichtweise sei richtig. Ihre Kinder bis zum Zusammenbruch pushen, nur um sie wie Accessoires ihren Freunden und Kollegen vorstellen zu können. Erwarten, dass ihre Kinder immer perfekt sind und einen bestimmten Weg einschlagen. »Dann hat dein Vater dir also nie die Schuld an euren Streitereien gegeben? War nicht sauer, wenn du ihm widersprochen hast? Hat nie erwartet, dass du zu einer Art Mini-Version von ihm wirst? Wie oft musstest du hinter ihm aufräumen, weil dein Vater besoffen auf dem Sofa eingeschlafen ist und deine Mutter arbeiten oder mit ihren Freundinnen unterwegs war? Wie oft musstest du alles zusammenhalten und auf deine eigenen Hobbys und Träume verzichten? Du bist viel zu früh erwachsen geworden und hattest nicht einmal die Chance, herauszufinden, wer du wirklich bist! Es ist nicht die Aufgabe der Kinder, ihren Eltern die erhoffte Bestätigung zu schenken und für deren Fehler einzugestehen.«

Mein Blut kocht und rauscht laut in meinen Ohren. Ein dicker Kloß bildet sich in meinem Hals und mit jedem Wort werde ich lauter. Ein Vater sollte seine Tochter beschützen und in ihren Zielen unterstützen. Shit, warum zur Hölle macht mich das so wütend? Wieso schafft Lia es, meinen Beschützerinstinkt ihr gegenüber zu wecken? An meine Menschlichkeit zu appellieren und mich an meine eigene Kindheit zu erinnern? Mir bewusst zu machen, dass wir beide uns in gewisser Weise ähnlicher sind, als ich dachte? In all den Jahren habe ich mir ebenfalls mühsam eine Mauer errichtet, um die seelischen Schmerzen, die meine Eltern mir zugefügt haben, abprallen zu lassen. Zu verdrängen, wie sehr ich es meine gesamte Kindheit über vermisst habe, eine liebevolle Beziehung zu meinen Eltern zu haben. Als meine Mutter noch bei uns war, hatte mein Vater regelmäßig Zeit für uns. Meine Mutter hingegen ging lieber mit ihren Freundinnen aus. Und dann verschwand sie endgültig aus unserem Leben. Zog uns alle in den Ruin. Sorgte dafür, dass unser Vater Levin und mich völlig überfordert uns selbst überließ. Je älter ich wurde, desto deutlicher wurde mir, dass mein Vater mich schamlos ausnutzte. Mit 15 wurde ich erwachsen. Kümmerte mich um Levin und den Haushalt, während er arbeiten ging oder bei seinen Kollegen war. Er amüsierte sich und ich half Levin bei seinen Hausaufgaben, brachte ihm das echte Leben bei und sorgte dafür, dass er nie mit leeren Magen ins Bett ging. Zeigte ihm, wie man ein Kondom benutzt und erklärte ihm, wie er die Mädels seiner Schule um den Finger wickeln kann. Gut, vor ein paar Jahren hatte er es einmal vergessen, aber bedenkt man seine Vielzahl an One-Night-Stands ohne anschließende Vaterschaft, kann ich mir eindeutig auf die Schulter klopfen. Ich verdrängte meine eigenen Interessen und opferte meine gesamte Freizeit auf. Die Nächte verbrachte ich auf der Straße, lernte gewisse Personen kennen und entschied, dass ich eines

Tages eine mächtige Person in Portlands Unterwelt sein werde. Doch all das habe ich mittlerweile überwunden. Ich bin stolz darauf, wer ich heutzutage bin. Habe die Kraft gefunden, Vater zu verzeihen und mit meinem Leben glücklich zu sein. Also warum schafft Lia es, diese alten Themen wieder zu wecken? Ich muss so schnell wie möglich Abstand zu ihr gewinnen.

»Du kennst mich nicht«, flüstert Lia und schüttelt vehement den Kopf. »Woher willst du wissen, wer ich bin und was ich will? Ich weiß es doch selbst nicht einmal.«

Langsam hebt sie ihren Kopf und sieht mir in die Augen. Mein Herz setzt für einen kurzen Moment aus und überrumpelt hole ich Luft. Sanft lege ich meine Hand an ihre Wange und schlucke schwer. »Weil ich dich lange genug beobachtet habe. Und weil ich einst so verloren war, wie du es bist. Wenn ich eines gelernt habe, dann dass es nie zu spät ist, sein Leben umzukrempeln. Die Kontrolle über sich zurückzugewinnen und nach den Sternen zu greifen. Es liegt an dir, ob du mit deinem Leben zufrieden bist. Du musst es nur wollen. Und manchmal muss man sich erst verlieren, um sich selbst zu finden. Aus der eigenen Umgebung ausbrechen und die Brücke zur Vergangenheit niederbrennen. Dafür brauchst du deine Eltern nicht, ohne sie bist du besser dran.«

Irritiert legt Lia den Kopf schief und mustert mich mit einem durchdringenden Blick. Seit wann mutiere ich zu einem scheiß Philosophen? Ich rede nicht über Gefühle! Meine Vergangenheit geht niemanden etwas an.

»Du hast etwas Ähnliches durchgemacht, oder? Was hat dich so ruiniert, dass du deinen Respekt durch Folter verdienst?« Ihre Stimme ist sanft und voller Mitgefühl und entsetzt reißt sie ihre Augen auf. »Was hat dein Vater dir angetan, dass du so eine Abneigung gegen Eltern hast? Er hat dich verlassen, oder?«

Vorsichtig legt sie ihre Hand auf meinen Oberschenkel und zieht tröstend kleine Kreise auf meiner Haut.

»Das geht dich einen feuchten Kehricht an«, knurre ich und balle meine Hände zu Fäusten. »Halt dich aus meinem Leben raus, wenn du es nicht bereuen willst.«

In diesem Moment fährt Steven in die Garage meines Luxusappartements. Mein Herz pocht wild in meiner Brust und noch ehe mein Fahrer zum Stehen kommt, reiße ich die Autotür auf und springe raus. Wie durch Watte höre ich, wie Steven Lia korrigiert. Immerhin war es meine Mutter, diese verräterische Schlampe, die uns zurückgelassen und verraten hat. Die meinem Vater das Herz gebrochen und ihn ruiniert hat. Durch ihr kaltes Herz habe ich schon als Kind gelernt, dass Liebe und Vertrauen nur für Narren ist. Lernte, dass ich mich nur auf mich selbst und auf meinen Bruder verlassen kann. Es war mitten in der Vorweihnachtszeit, als sie Hals über Kopf aus unserem Leben verschwand. Behauptete, dass sie lediglich für wenige Tage verreisen und am Weihnachtsmorgen wieder da sein würde. Machte uns falsche Hoffnungen, während sie längst plante, ihren Tod vorzutäuschen und uns für immer zu verraten. Ihretwegen hat mein Vater über Jahre hinweg gelitten. Nur ihretwegen hat die kitschigste Zeit des Jahres seinen Charme für mich verloren, bevor ich ihn richtig greifen konnte.

Mit wild klopfenden Herzen laufe ich schnellen Schrittes Richtung Aufzug und atme schwer. Alles um mich herum beginnt sich zu drehen, und wütend schlage ich mit der Faust gegen die Wand. Fluchend lehne ich mich gegen sie und schließe für einen Moment die Augen. Auf keinen Fall lasse ich mir von einem kleinen Prinzesschen in die Seele schauen. Es reicht, dass eine Frau mein Vertrauen missbraucht hat, dieser Fehler wird mir kein zweites Mal passieren! Lia ist mein Spielzeug, und wenn ich mit ihr und ihren beschissenen Eltern durch bin, lasse ich sie fallen. Ich werde sie ficken wie kein Mann zuvor und dazu bringen, mich um mehr anzubetteln. Und wenn sie sich in Sicherheit wähnt, hole ich sie auf den Boden der Tatsachen zurück. Entschieden reiße ich die Tür zu meinem Penthouse auf, schnappe mir meine Zigarre und flüchte auf den Balkon. Dieses Weihnachten gehört mir und niemand wird mich davon abhalten.

Kapitel Neun

Lia

Irritiert starre ich ihm hinterher und schüttle sprachlos den Kopf. Was zur Hölle war das denn? Er hat mich provoziert! Wieso ist er derjenige, der wegläuft? Schnaubend verschränke ich die Arme. Dieser Mann ist unmöglich! Will alles kontrollieren und beherrschen, aber kaum gibt es eine Gegenfrage, haut er einfach so ab!

»Geben Sie ihm Zeit, Miss Sparks«, ertönt Stevens ruhige Stimme hinter mir und kurz darauf steht der ältere Chauffeur neben mir. Väterlich legt er seine Hand auf meine Schulter und drückt sanft zu.

»J. T. ist nicht der verwöhnte Schnösel, für den ihn alle halten. Das reiche Kind, das aus Trotz rebelliert hat und anschließend den falschen Weg einschlug. Seine Vergangenheit hat ihn zu dem Mann gemacht, der er heute ist, und er hat nie gelernt, damit umzugehen oder mit irgendwem darüber zu reden. Er wird sich Ihnen nicht so einfach anvertrauen.«

Verwirrt hebe ich den Kopf und fahre mir durch die Haare. Ich sollte sauer sein. Darüber, dass er mich gnadenlos aus meinem Leben gerissen und anschließend einfach stehen gelassen hat. Und das bin ich auch. Aber vor allem fühle ich mich ausgelaugt. Meine Beine sind schwer, meine Augenlider drohen mir immer wieder zuzufallen und meine Konzentration lässt mit jeder Sekunde mehr nach.

»Das ist mir so was von egal«, murre ich, schnappe meine Tasche und steuere entschlossen auf den Fahrstuhl zu. Aus den Augenwinkeln sehe ich, wie Steven die Schultern strafft und mir mit meinem Gepäck folgt. Unbeirrt fahre ich mit meiner Schimpftirade fort: »Denkt er, dass er seine Kindheit immer als Ausrede für sein mangelndes Benehmen vorschieben kann? Nur, weil er von seinem Daddy nicht genügend Liebe und Aufmerksamkeit bekommen hat? Herzlich willkommen im Club! Davon kann ich ein ganzes Lied singen. Mein Vater hat mich nicht gerade mit Samthandschuhen angefasst. Wenn ich in der Schule eine Drei geschrieben habe, bekam ich Hausarrest und musste das gesamte Wochenende über lernen. Einmal habe ich es gewagt, mich mit meinen Freundinnen auf ein Konzert zu schleichen. Das Ergebnis war, dass ich anschließend für ein Jahr auf ein strenges Internat abgeschoben wurde, um an meiner Disziplin zu arbeiten. Wenn ich nur einmal nicht wie eine Maschine funktionierte, war ich ihm nicht gut genug.«

In meinen Augen beginnt es, verräterisch zu brennen, und schniefend fahre ich mir mit der Hand durch die Haare. Ich sehe die langen Nächte, in denen ich weinend an meinem Schreibtisch saß, vor mir, und mit einem Mal überkommt mich eine altbekannte Kälte. Mein Magen beginnt zu rumoren und mein Herz zieht sich zu. Schluchzend lege ich den Kopf in den Nacken und schließe meine Augen.

»Ich kann mir kaum vorstellen, was Sie durchgemacht haben«, erwidert Steven ruhig und schluckt hörbar. »Wir leben in einer Zeit, in der Geld und Erfolg wichtiger sind als Familie und Verstand. In einer Gesellschaft, in der Perfektionismus und Egoismus zu Tugenden werden. Aber glauben Sie nicht, dass Ihr Vater Sie tief in seinem Inneren immer auf seine eigene Art geliebt hat? Und Ihre Mutter –«

»Sie meinen diejenige, die immer nur feige weggesehen hat?«, rufe ich aus und lache kalt auf. »Ich denke nicht, dass mein Vater jemals in der Lage war, wen anderes als sich selbst und seinen Job zu lieben. Na ja, unseren Staat und unsere Gesetze noch, aber das war's. Meine Mom hingegen hat sich bemüht, immer für mich da zu sein. Je kälter Dad mit mir umsprang, desto mehr Liebe bekam ich von ihr. Häufig war es sogar erdrückend. Aber wenn es darauf ankam, ließ sie mich im Stich. Sie war zu schwach, um sich dagegen zu wehren, und wollte, dass auch ich mich immer wieder unterwerfe. Aber das konnte ich nicht. Was glauben Sie wohl, weshalb ich für mein Studium auf den Campus gezogen bin? Ich habe es im goldenen Käfig nicht mehr ausgehalten – und bin direkt in der goldenen Hölle gelandet. Aber, egal, was in diesem Jahr passiert: Kein Schwanzträger dieser Welt wird mich brechen können. Wenigstens dafür hat mein Vater gesorgt.«

Schweigend nickt Steven und wendet den Blick ab. Zitternd atme ich ein und aus. Versuche, mich zu beruhigen. Auf keinen Fall lasse ich zu, dass J. T. mich verheult zu Gesicht bekommt. Mich als leichte und schwache Beute einstuft. Ich kann nicht mehr ändern, was passiert ist. Es ist nicht meine Schuld, dass ich in den

Fängen des gefährlichsten Mannes unserer Stadt gelandet bin, sondern die meines Vaters. Aber ich kann aus den Fehlern meiner Vergangenheit lernen. Mein bisheriges Leben ist sowieso zerstört, dorthin werde ich nie wieder zurückkehren können. Wer einmal mit dem Teufel Portlands in Verbindung stand, ist außerhalb der Unterwelt verbrannt. Niemand mit legalem Business wird mir mehr eine Chance geben. In 365 Tagen werde ich entweder in der Unterwelt bleiben oder aus der Stadt fliehen müssen. Es ergibt keinen Sinn, etwas längst Verlorenem weiter nachzutrauern. Jetzt ist die Zeit gekommen, um auf mich selbst zu achten und für mich einzustehen. Ich werde nicht die gleichen Fehler wie meine Mutter machen und mich an einem Mann binden, der mich ruiniert. An einer Liebe festhalten, die einseitig und zum Scheitern verurteilt ist. Ich bin stark und unabhängig. Wenn J. T. Spielchen spielen will, kann er das gerne haben. Er konnte vielleicht mein Leben ruinieren, aber meinen Stolz wird er nicht brechen. Zeit, das Beste aus meiner Situation zu machen. Wir sind in der Vorweihnachtszeit und J. T. hat mir Luxus versprochen. Was gibt es Schöneres als Plätzchen, Weihnachtsmusik, unwiderstehlichen Glühwein, gutes Essen und heiße Schaumbäder?

Zuversichtlich nicke ich mir selbst zu, als sich die Türen des Fahrstuhls öffnen. Aufgeregt trete ich in den Flur der lächerlich großen Penthousewohnung und sehe mich um. Helle Spotlights sind in der Decke eingearbeitet und fluten den Bereich mit angenehmem Licht. Große Glasfronten verleihen meinem Zuhause auf Zeit ein elegantes Flair. Mit schnellen Schritten gehe ich zur Fensterfront und seufze zufrieden. Wir befinden uns im fünfzehnten Stock und ich kann auf die Stadt sowie auf den Atlantik schauen. Schillernde Weihnachtslichter leuchten fröhlich vor sich hin und lächelnd sauge ich den Ausblick in mich auf. Einzelne Schneeflocken tanzen vor dem Fenster und lassen den schwarzen Nachthimmel grau erscheinen. In einigen Metern Entfernung kann ich einen Weihnachtsbaum ausmachen. An seinem Fuß stehen mehrere Schneemänner. Verträumt blicke ich aufs Meer und sauge das Gefühl des Friedens in mich auf.

Mein Herz pocht, als ich mich umdrehe und ins Wohnzimmer laufe, während Steven in einem der anderen Räume verschwindet. J. T. sitzt lässig auf einer schwarzen Ledercouch und schaut sich irgendeine True-Crime-Serie auf seinem Flachbildfernseher an. Darüber sind drei Wandregale mit Thrillern und Krimis angebracht. Es stehen zwei überteuerte Boxen in der Ecke und ein wunderschöner Kamin aus anthrazitfarbenen Steinen zieht meine Aufmerksamkeit auf sich. Das Feuer darin lodert und zischt, und lächelnd gehe ich darauf zu. Sanft lege ich meine Hand auf dem kühlen Stein ab und seufze.

Für einen kurzen Augenblick spüre ich die aufgeregte, zehnjährige Aurelia, die voller Freude um den Kamin ihrer Großeltern herumtanzt. Sehnsüchtig auf den Weihnachtsbaum hinter sich starrt und es kaum erwarten kann, dass der Weihnachtsmorgen anbricht und sie endlich die Geschenke bekommt, nach denen sie sich sehnt. Hinter ihr läuft fröhliche Weihnachtsmusik und während der Schnee erbarmungslos alles unter sich begräbt, sitzt ihr Großvater lächelnd am Küchentisch mit seinem Kaffee mit Baileys. Ihre Oma steht vor der Arbeitsplatte am Backofen und bereitet die besten Weihnachtskekse aller Zeiten vor.

»Ich sagte dir doch, es wird dir bei mir gefallen«, reißt J. T.s raue Stimme mich aus meinen Gedanken und irritiert schüttle ich den Kopf. Gemächlich drehe ich mich zu ihm um und schlucke schwer. Sein Jackett hat er längst ausgezogen und seine Ärmel sind hochgekrempelt. Langsam mustere ich die schwarzen Tattoos, die sich von seinen muskulösen Unterarmen über die Oberarme gehen. Unwillkürlich lasse ich meinen Blick über seinen Oberkörper wandern. James hat die obersten Knöpfe des Hemdes geöffnet und auf seiner Brust ist ebenfalls ein Tattoo verewigt. Seine Wut auf mich scheint verpufft zu sein. Gleichzeitig brennt in seinem Blick ein Feuer, das ein sanftes Kribbeln auf meiner Haut verursacht. Das Knistern des Kamins vermischt sich mit der aufgeladenen Stimmung zwischen uns beiden. Sprachlos bleibe ich stehen und fahre mir durch die Haare.

»Ja, der Ausblick ist ein Traum«, erwidere ich mit kratziger Stimme und deute schwach zu den Fenstern. »Deine Wohnung hat Potenzial für Romantik. Fehlen nur noch die weihnachtliche Deko und die passende Musik.«

Ungehalten schüttelt J. T. den Kopf und kommt bedrohlich auf mich zu. Sein Blick lodert, als er direkt vor mir stehen bleibt. »Weihnachten ist für naive, verzweifelte Romantiker, die den Sinn für die Realität verloren haben. Bisher habe ich diesen Schwachsinn nicht gebraucht, die Frauen lagen mir auch so zu Füßen. Wenn du brav bist und nach den Regeln spielst, werde ich dir die Vorteile von Sex vor dem Kamin gerne zeigen.«

Provokant streckt er seine Hand aus und legt sie an meine Wange. Er schaut mir tief in die Augen und zieht dabei sanfte Kreise auf meiner Haut. Blitze durchzucken meinen Körper und eine altbekannte Hitze macht sich in mir breit. Mein Herz pocht laut und meine Beine werden zittrig. Fuck, J. T. hatte recht. Obwohl er mich von oben herab behandelt, fühle ich mich zu ihm hingezogen. Bedächtig streicht er mit seinem Daumen über meine Lippen und ich seufze. Seine Iriden verdunkeln sich und mit einem Ruck zieht er mich in seine Arme. Seine rechte Hand wandert über meinen Rücken und bleibt auf meinem Hintern liegen. Mit einem leisen Knurren zieht er mich an sich und presst seine Lippen auf meine. Genüsslich schließe ich die Augen und strecke mich ihm entgegen. In meiner Körpermitte zieht es, als er mich gegen die Wand drängt. Forschend fährt er mit seiner Zunge über meine Lippen und bereitwillig gewähre ich ihm Einlass. Seufzend greife ich in seine Haare und gebe mich dem Hunger hin. Stöhnend presst J. T. seinen Körper an meinen und ich spüre seine Härte.

Plötzlich bin ich hellwach, schüttle benommen den Kopf und schiebe ihn von mir weg. »Nur, weil du reich und gut aussehend bist, heißt es nicht, dass ich mein Höschen für dich fallen lasse. Du bist nicht der erste heiße Kerl, der mehr will als ein harmloses Dinner, und du wirst auch nicht der Letzte sein. Bedeutungsloser Sex ist nicht so meins, außer es bringt mich meinem Ziel näher. Denn, im Gegensatz zu dir, glaube ich an die wahre Liebe. Ja, ich werde nach den Regeln spielen, aber nach meinen eigenen. Und jetzt entschuldige mich bitte. Ich bin müde und will nur noch in mein Bett – alleine.«

Lächelnd wende ich mich von ihm ab und drehe mich zu Steven um, der die letzten Minuten schweigend im Türrahmen stand und jeglichen Blickkontakt gemieden hat. Fragend schaut er zu James, der mich ansieht, als sei ich ein Alien. Langsam nickt dieser ihm zu, lässt mich jedoch nicht aus den Augen.

»Natürlich, Miss Sparks. Hier entlang, bitte«, erwidert Steven an mich gerichtet und geht vor Richtung Westseite der Wohnung. »Mr. Rivers hat für Sie ein Schlafzimmer mit eigenem Bad und begehbaren Kleiderschrank ausgesucht. In diesen Räumen können Sie sich nach Ihrem Geschmack einrichten und machen, was Sie wollen.«

Gedankenverloren nicke ich und folge ihm wie ein nasser Hund seinem Herrchen. Noch immer spüre ich James' stechenden Blick in meinem Rücken, als wir um die Ecke biegen und vor einer undurchsichtigen Glastür aus Milchglas stehen bleiben. Zögerlich drücke ich die Klinge nach unten und stürme, noch immer nach Fassung ringend, in mein Zimmer.

Kapitel Zehn

Lia

Am nächsten Morgen klingelt der Wecker viel zu früh und stöhnend drehe ich mich um. Die letzte Nacht habe ich zuerst kein Auge zubekommen und, als ich endlich einschlafen konnte, wurde ich mehrfach wach. Immer wieder begannen meine Lippen zu kribbeln und mein Körper erinnerte sich an die Berührungen im Wohnzimmer. An den Hunger in seinen Augen und seine forschende, fordernde Zunge in meinem Mund. Fuck, dieser Mann bringt mich noch um! Als ich ihn gestern das erste Mal sah, wusste ich, dass er mir gefährlich werden würde. Er ist nicht der erste gut aussehende Kerl, der denkt, dass er jede ins Bett bekommen kann. Aber bei ihm ist es anders. Seine körperliche Präsenz, seine selbstbewusste Ausstrahlung und seine gnadenlos ehrliche Art machen mich schwach. Zeit, das Spiel umzudrehen!

Gähnend steige ich aus dem Bett und quäle mich unter die Dusche. Genüsslich lasse ich das lauwarme Wasser über meinen Körper prasseln und seife mich zwei Mal ein. Nachdem ich die Haarkur ausgespült habe, stelle ich das Wasser ab und ziehe mich an. Mein Magen knurrt lautstark und mein Hirn schreit nach Kaffee. Kurzentschlossen binde ich meine geföhnten

Haare zu einem hohen Zopf, ziehe mir einen dunkelroten Pullover und eine schwarze Jeans an und kaschiere meine Augenringe mit Concealer. Anschließend trage ich etwas Puder, Rouge und Mascara auf und verlasse mein Zimmer.

Als ich die Küche betrete, sitzen J. T. und Steven schon am Küchentisch. Neben J. T. sitzt ein heißer, blonder Mann, der vermutlich zwei oder drei Jahre jünger als James ist. Seine Augen sind grün und seine Kieferpartie ist ebenso markant wie die meines Gastgebers. Er hat einen leichten Bartschatten und ein faszinierendes Funkeln in seinen Augen. Auf seinem Schoß sitzt ein kleines Mädchen, das unverkennbar seine Tochter sein muss. Ihre langen, blonden Engelslocken fallen ihr locker über die Schultern ihres rosafarbenen Prinzessinnenkleides. Ihre grün-braunen Augen betrachten mich fasziniert und neugierig und dann lächelt sie. »Lass mich runter, Daddy!«, quengelt die Kleine und beginnt, auf seinem Schoss hin und her zu rutschen. »Ich will Onkel James' Gast begrüßen!«

Moment mal, Onkel James? Durch die Recherchen meines Vaters hatte ich mitbekommen, dass J. T. einen Bruder hat. Aber ich wusste gar nicht, dass er eine Nichte hat. Ehe der Mann reagieren kann, springt das Mädchen von seinem Schoss, legt ihren Zauberstab mit Sternspitze auf dem Tisch ab und kommt auf mich zu gerannt.

»Hallo. Ich bin Joselyn. Bist du Aurelia? Daddy sagte mir, dass Onkel James für längere Zeit Besuch hat. Woher kommst du? Was machst du hier? Bist du die Freundin von James?«

Mit jeder Frage hüpft sie vor mir auf und ab und ihr Blick wird durchdringender. Meine Güte, das ist kein Kind, sondern ein lebender Flummi! Irritiert lege ich den Kopf schief und drehe die Spitze meines Zopfs in meinen Fingern. Verdammt, J. T. hätte mich vorwarnen können, dass seine lebhafte Nichte zu Besuch kommt, und mich noch vor meinem ersten Kaffee mit Fragen durchlöchern würde. Dann hätte mir eine Handvoll Koffeintabletten in den Mund geschoben.

Aus den Augenwinkeln sehe ich, wie James und sein Bruder mich mustern, als erwarten sie, dass ich raus renne. Dabei mag ich Kinder, und diese Blamage tue ich mir bestimmt nicht an. Lächelnd gehe ich vor Joselyn in die Hocke und reiche ihr meine Hand. »Hallo Joselyn. Freut mich, dich kennenzulernen. Wenn du möchtest, kannst du mich gerne Lia nennen. Das biete ich nur Menschen an, die ich mag. Wie alt bist du denn?«

Mit leuchtenden Augen fällt Joselyn mir um den Hals und drückt mich mit ihren dünnen Armen an sich. »O wie toll. Dann darfst du mich Josie nennen! Das dürfen nur Daddy, Onkel James, Steven und meine Freunde. Ich bin schon sechs Jahre alt und gehe seit drei Jahren in den Kindergarten. Sind wir Freunde, Lia? Und bist du jetzt die Freundin von Onkel James oder nicht?«

Lachend schiebe ich das Mädchen von mir und gehe zur Kaffeemaschine. Bevor ich mir jedoch mein Überlebenselixier zubereite, mache ich der Kleinen einen Kakao. Mit einem strahlenden Lächeln nimmt sie den Becher entgegen und läuft stolz zu ihrem Daddy zurück. Cleveres Mädchen.

Schmunzelnd schaue ich ihr hinterher und erwidere: »Ja, wenn du willst, können wir Freunde sein. Ich mag

Mädchen, die wissen, was sie wollen. Und was ich hier mache, weiß ich selbst noch nicht so genau.«

Seufzend lasse ich mich neben J. T. nieder und zwinge mich dazu, ihn nicht zu beachten. Von der Tür aus hatte ich einen kurzen Blick auf ihn geworfen und es sofort bereut. Shit, selbst nach wenigen Stunden Schlaf sieht er aus wie ein lebendiger Gott und das ohne Make-up. Auf keinen Fall werde ich das Feuer in meiner Mitte weiter schüren! Ich drehe meinen Kopf und begrüße Steven mit einem ehrlichen Lächeln, das er erleichtert erwidert. Dann schaue ich zu dem blonden Mann, der mir gegenüber sitzt, und setze ein freundliches Lächeln auf. »Guten Morgen, Mr. Rivers. Ist Ihre Tochter immer so voller Energie?«

»Leider ja. Ich hoffe, es hat Sie nicht überfordert. Und Sie können mich gerne Levin nennen«, erwidert er lachend und sieht mich entschuldigend an.

»Keine Sorge, Levin, ich mag Kinder. Sie sind deutlich unvoreingenommener als Erwachsene und sind nicht grundlos scheiße«, antworte ich trocken und nicke leicht in J. T.s Richtung. Ob er wohl den Wink mit dem Zaunpfahl versteht? Wortlos nehme ich mir eines der Brötchen und schlürfe an meinem Kaffee. Aus den Augenwinkeln sehe ich, wie J. T. mich eindringlich mustert und verdrehe übertrieben die Augen.

»Was willst du?«, frage ich ihn betont lässig und schmiere langsam mein Brötchen.

»Ich bin erstaunt, dass du die Weckfunktion deines Handys kennst«, erwidert er und grinst. »Und das, obwohl ich nicht einmal neben dir lag.«

Freudlos lache ich auf und schüttle ungläubig den Kopf. Ich zwinge mich dazu, ihn anzuschauen. Wie auf

Kommando pocht mein Herz erneut und ein dicker Kloß bildet sich in meinem Hals. Dennoch weigere ich mich, den Blick abzuwenden. Das ist genau das, was diese Art Mann will, und ich werde nicht nach seinen Regeln spielen! »Hättest du dich zu mir ins Bett geschlichen, müsste ich jetzt deine Leiche beseitigen. Was mir Joselyn gegenüber leidtäte. Aus einem mir nicht nachvollziehbaren Grund scheint sie viel von dir zu halten.«

James mustert mich mit zusammengekniffenen Augenbrauen, kann sich ein Schmunzeln jedoch nicht verkneifen. Er lässt mich nicht aus den Augen, als er sich an seinen Bruder wendet. »Ist meine Freundin nicht liebreizend, Levin?«

Lachend stellt der Angesprochene seinen Kaffee zur Seite, nickt geschäftlich, während Joselyn von seinem Schoß springt und mit ihrem Zauberstab in der Hand aus dem Raum läuft. »Oh, absolut. Ich glaube, ich mag sie. Endlich hast du mal jemanden, der sich traut, dir die Stirn zu bieten. Sie sieht nicht nur gut aus, sondern ist auch noch schlau und ich weiß nicht, ob du mit dieser Kombination umgehen kannst.«

Mit einem Mal verdunkeln sich die Iriden von J. T. und er ballt seine rechte Hand zu einer Faust. Seine Gesichtszüge werden hart und mit kalter Stimme erwidert er: »Danke, ich weiß, dass sie heiß ist. Hör auf, dich an mein Mädchen ranzumachen, wenn du es nicht bereuen willst!«

Entnervt rolle ich mit den Augen und stemme meine Hände in die Hüften. Könnten Blitze aus meinen Augen schießen, wäre mein Fake-Freund tot und ich wieder frei. »Ich bin nicht dein Eigentum«, zische ich ihm zu und rücke ein wenig von ihm weg. Diesen Besitztümer-

Scheiß musste ich mit meinem Ex durchmachen und auch mein Vater war nicht besser. Ein drittes Mal durchlaufe ich diese Hölle nicht. »Hör auf, deine schlechte Laune an dem Rest von uns auszulassen! Davon abgesehen, stehe ich nicht auf blonde Männer, dafür aber auf Manieren. Also, reiß dich zusammen! Können wir jetzt den Kindergarten beenden und zu dem Grund kommen, aus dem ich heute Morgen mein bequemes Bett gegen diese Hölle eintauschen sollte?«

Ungeduldig trommle ich mit den Fingern auf den Tisch und werfe ihm einen bösen Blick zu. Ja, James ist heiß, und offensichtlich wünscht sich ein Teil von mir deutlich mehr Körperkontakt zu ihm. Doch ich lasse mich nicht von ihm herumschubsen! Ich spüre, wie sich mein Körper versteift und frustriert presse ich meine Lippen aufeinander. Diese Situation gefällt mir gar nicht. Sie erinnert mich viel zu sehr an die ganzen Streitereien zwischen meinen Eltern während meiner Kindheit. Bevor meine Mutter verlernt hat, für sich selbst einzustehen. Schweiß bildet sich auf meiner Stirn, und für einen kurzen Moment scheint meine Welt sich zu drehen. Mir wird schwarz vor Augen und verzweifelt klammere ich mich an der Tischkante fest. Zu viel Testosteron in einem Raum konnte ich noch nie ertragen. Zitternd greife ich nach meinem Brötchen und beiße beherzt davon ab. Vielleicht wird mir ein stabiler Blutzucker ja dabei helfen, diese Hölle zu überleben.

»Levin und ich müssen etwas Wichtiges fürs Business erledigen und ich brauche seine Hilfe für die Organisation meines Wohltätigkeitsballes. Ich sagte dir ja gestern schon, dass du zumindest für die Abende an meiner Seite neue Kleidung brauchst, besonders für den Ball. Meine Geschäftspartner und Kunden haben gewisse Erwartungen. Steven wird mit dir und Joselyn shoppen gehen. Ich erwarte euch spätestens zum Abendbrot wieder zurück.«

Ich seufze laut und erhebe mich langsam von meinem Platz. Mir war klar, dass das kommen würde, als ich gestern diesen Deal mit ihm eingegangen bin. Und ich werde bestimmt keinen Rückzieher machen! Außerdem ist dieser Tag meine Chance, für ein paar Stunden Abstand zu ihm zu gewinnen. Seiner Kontrollsucht und seinem verboten heißen Körper aus dem Weg zu gehen und hoffentlich einen klaren Kopf zu bekommen. Ein langer Spaziergang an der verschneiten Promenade, schöne Kleidung und leckeres Essen sollten helfen, mich wieder auf den richtigen Weg zu bringen. Nickend stelle ich mich neben J. T. »Wenn du bezahlst, gehe ich doch gerne shoppen! Ich schätze, da unterscheide ich mich von den wenigsten Frauen. Und gegen etwas Abstand zu dir habe ich erstrecht nichts einzuwenden.«

Fordernd strecke ich die Hand aus und warte auf seine Kreditkarte. Lachend holt J. T. sein Portemonnaie heraus und zieht die Karte. »Steven kennt die PIN und er ist der Einzige, der damit bezahlen darf. Und wag es nicht, ihn zum Scheißebauen zu motivieren. Solltest du heute Abend nicht mit angemessener Kleidung zurückkommen, ist Steven arbeitslos und unser Deal ist vom Tisch.«

Zähneknirschend starre ich ihn an und nur mit Mühe kann ich ein erneutes Augenrollen unterdrücken. »Du bist ein Arschloch, weißt du das? Du solltest aufhören, die Leute gegen dich zu hetzen, denn irgendwann wird jemand zurückschlagen. Pass auf, dass du dich nicht verbrennst, Rivers.« Mit diesen Worten drehe ich mich auf dem Absatz um, schnappe mir meinen Mantel und meine Handtasche und verlasse hoch erhobenen Hauptes seine Wohnung.

Kapitel Elf

J. T.

Mit zusammengepressten Lippen sehe ich Lia, meiner süßen Nichte und Steven hinterher und knalle meine Kaffeetasse auf den Tisch. Was zur Hölle fällt ihr ein, so mit mir zu reden und dann auch noch vor meinem Bruder und meinem Chauffeur? Verdammt, ich sollte diese Kleine endlich zum Schweigen bringen. In mein Bett zerren und sie um den Verstand vögeln, bis sie sich mir unterwirft. Der gestrige Kuss hat meine Fantasie angekurbelt und mir eine heiße Nacht beschert. Am liebsten wäre ich zu ihr ins Bett gestiegen und hätte mir meine Erleichterung besorgt. Lia ist ebenso scharf auf mich wie ich auf sie. Ich habe ihre Lust gespürt und mit Sicherheit hätte sie ihre Beine gespreizt und mich rangelassen. Aber so schnell gebe ich nicht nach. Ich werde dann die Kontrolle verlieren, wenn ich es will, und keine Sekunde früher.

»Können wir?«, knurre ich meinem Bruder zu und deute zum Wohnzimmer. »Wir haben einiges zu besprechen und ich habe nicht ewig Zeit.«

Amüsiert zieht Levin seine linke Augenbraue hoch und mustert mich eindringlich. Seine Augen funkeln und erheitert grinst er. »So ist das also. Du willst die

Kleine. Das war so nicht geplant, nicht wahr? Du wolltest sie brechen und wie Dreck behandeln, um ihrem Daddy eine klare Botschaft zu schicken. Es pisst dich an, dass du scharf auf sie bist, und sie deine Pläne durcheinanderwirbelt. Dass sie den Mumm hat, dir gegenüber den Mund aufzumachen und –«

»Halt's Maul!«, knurre ich und reiße mit voller Kraft die Tür auf. Schnellen Schrittes laufe ich auf das Sofa zu und lasse mich fallen. Die Hitze breitet sich in meinem Körper aus, mein Atem beschleunigt sich und aufgebracht ziehe ich meine Augenbrauen zusammen. Unwillkürlich wandert mein Blick zu dem Kamin und vor meinem inneren Auge spielt sich die Kussszene von gestern ab. Mein Schwanz zuckt erwartungsvoll und wütend starre ich Levin an. »Du bist wegen des Geschäfts hier, nicht um mein Sexleben zu beurteilen. Also, was hast du für mich?«

Entschieden deute ich auf seine Tasche. Für mich ist das Thema mit Lia vom Tisch. Es reicht, dass diese Frau nachts meinen Schwanz und meine Träume kontrolliert. Tagsüber hat sie in meinem Kopf nichts verloren. Davon abgesehen werde ich bestimmt nicht vor meinem Bruder zugeben, dass eine Frau die Kontrolle über mich hat. Ich würde Lev ohne mit der Wimper zu zucken mein Leben anvertrauen. Auch wenn wir uns immer wieder streiten, ist er derjenige, dem ich am meisten vertraue. Aber bei meinem Sexleben hört der Spaß auf. Mein kleiner Bruder muss nicht alles wissen.

»So schlimm also«, erwidert Levin schmunzelnd und kramt gemächlich in seiner Tasche. »Ich verstehe dich, Bruderherz. Du stehst auf brave Prinzessinnen aus reichem Hause, die keine Ahnung von unserer Welt haben. Und diese langen Haare erst. Was man damit alles anstellen kann ...«

Eine unbekannte Wut flutet meinen Körper und mit einem Knurren springe ich auf. Ehe ich mich versehe, habe ich einen Dolch gezogen und halte ihn meinem Bruder an die Kehle. Mein gesamter Körper ist angespannt und für einen Moment sehe ich rot. »Wag es nie wieder, so über Lia zu reden«, knurre ich und drücke ein wenig zu. »Sie ist meine Freundin und wenn du noch einmal mein Eigentum so anstarrst, haben wir beide ein ernstes Problem. Such dir deine eigene Frau, es laufen genügend heiße Exemplare in unseren Straßen rum. Aber lass deine Pfoten von dem, was mir gehört!«

»Was zur Hölle?«

Mit großen Augen starrt Levin mich an und das amüsierte Lächeln weicht einem besorgten Ausdruck. Nicht um sein Leben. Das würde ich ihm nur nehmen, wenn er mich verraten würde. Nein, die Sorge in seinem Blick gilt mir. Und ich weiß auch, warum. Es ist das erste Mal, dass ich wegen einer Frau eifersüchtig bin. Etwas in ihr sehe, das es mir unmöglich macht, sie so zu behandeln, wie ich es einst vorhatte.

»Pass auf dich auf, James«, röchelt Levin und bedenkt mich mit einem strengen Blick. »Bevor sie dir endgültig deinen Verstand, und noch schlimmer, dein Herz raubt. Liebe ist gefährlich. Du hast es an Dad gesehen. Moms Verrat hat ihn in den Abgrund gestürzt. Ich will nur nicht, dass dir das Gleiche passiert.«

Seufzend lasse ich Levin frei und setze mich wieder neben ihn aufs Sofa. Irritiert schüttle ich den Kopf und fahre mir durch die Haare. Diese scheiß Weihnachtszeit ist an allem schuld! »Mein Verstand erfreut sich bester Gesundheit und mein Herz ist sicher verschlossen, Lev. So abgefuckt bin ich nicht. Es ist einfach nur zu lange her, dass ich eine Frau aus ihrem Milieu im Bett hatte. Keine verkorkste Tussi, die sich für eine gefährliche Gangster-Braut hält, aber nicht einmal den Schneid hat, dem Feind das Hirn wegzupusten. Davon abgesehen steckt in Lia mehr als die brave Studentin aus reichem Hause. Sie hat es faustdick hinter den Ohren. So eine Frau hatte ich noch nie im Bett und du weißt, wie sehr ich die Abwechslung liebe. Außerdem kann sie verflucht gut küssen.«

Grinsend lecke ich mir über die Lippen. Was ihr Mund wohl mit meinem Schwanz anstellen könnte, wenn ich sie ließe?

»Ihr habt rumgeknutscht, aber hattet keinen Sex? Du lässt doch sonst nichts anbrennen, wenn eine Frau dir gefällt. Es sei denn ...«

Seine Augen werden groß und beginnen zu leuchten. Ein breites Grinsen legt sich auf seine Lippen und wissentlich zwinkert er mir zu. »Du hast es versucht, aber sie hat dich abblitzen lassen und ist ohne dich ins Bett gegangen!«, ruft Levin belustigt aus und klatscht in die Hände. »Meine Fresse, dass ich das mal erleben darf. Wann wurdest du zum letzten Mal von einem Mädchen abgewiesen? In der Unterstufe, wenn ich mich recht erinnere. Ich wette, das hat höllisch an deinem Stolz gekratzt und nun willst du sie noch umso mehr. Ich sagte dir doch, dass du dir an der Kleinen nur die Finger verbrennen kannst und ...«

Wütend fixiere ich meinen kleinen Bruder und atme tief ein und aus. Mein Kiefer schmerzt vom Aufeinanderpressen und mein Blut rauscht in meinen Ohren. Warum zur Hölle müssen kleine Brüder eigentlich immer so anstrengend sein und sich in Dinge einmischen, die sie einen Scheiß angehen? »Halt die Fresse, Lev«, zische ich mit drohendem Unterton. »Die Kleine hat einen Namen und in meiner Anwesenheit wirst du sie nie wieder so nennen, kapiert? Außerdem werde ich sie noch ins Bett bekommen. Und je öfter sie mich zuvor abblitzen lässt, desto mehr Spaß wird es machen, wenn ich sie endlich flachlege.«

Lachend schüttelt Levin den Kopf und zieht seine Augenbraue langsam hoch. »Du hast schon gemerkt, dass sie mit aller Macht gegen deine Avancen ankämpft, oder? Und nach meinem Eindruck ist sie ziemlich stark. Such dir lieber ein anderes Mädchen fürs Bett, davon hast du mehr.«

Mit einer wegwerfenden Handbewegung schüttle ich den Kopf, verenge ich meine Augen zu Schlitzen und schnaube. »Ich weiß, was ich mache, Lev. Ich habe ein Jahr, um Lia ins Bett zu bekommen. Noch ehe diese Zeit vorbei ist, hat sie mich mindestens einmal an sich rangelassen und bettelt um mehr. Du wirst schon sehen.«

Schweigend starren mein Bruder und ich uns an und keiner von uns beiden wagt es, als Erster den Blick abzuwenden. Ich weiß nicht, wie viel Zeit vergeht, ehe er sich räuspert und mich mit einem vielsagenden Funkeln in seinen Augen ansieht. »Wenn du dir so sicher bist, hast du sicherlich nichts gegen eine kleine Wette einzuwenden. Solltest du sie nach Ablauf eures Deals nicht an dich gebunden und mindestens einmal gevögelt haben, überlässt du mir den Ruf als Teufel von Portland und gibst mir 40 Prozent Anteile an deinem Club. Schaffst du es jedoch, werde ich fünf Jahre lang jede deiner Leichen für dich entsorgen und mich um deine Feinde kümmern. Also, was sagst du?«

Einen Augenblick lang beobachte ich Levin und suche nach Anzeichen für einen Trick. Doch er meint es absolut ernst und grinsend schüttle ich seine Hand. Wenn Lev sich um meine Drecksarbeit kümmert, kann ich mich stärker auf meinen Club konzentrieren. Ich werde Lia ins Bett bekommen! »Wette angenommen«, rufe ich aus und nicke.

Zufrieden lächelt Levin und nickt Richtung Haustür. »Nachdem wir nun ausführlich die Situation deines Schwanzes analysiert haben, würde ich mich gerne angenehmeren Themen widmen. Komm mit, wir haben einen wichtigen Termin.« Schwungvoll steht er von meinem Sofa auf, wirft sein Jackett über seine Schulter und verlässt meine Wohnung.

Kapitel Zwölf

J. T.

Sein Fahrer lässt das Fenster ein Stückchen herunter, startet kommentarlos den Motor und kämpft sich durch den Schneesturm. Menschenmengen rennen durch die Straßen und ziehen sich verzweifelt ihre Kapuzen über den Kopf. Der Wind pfeift mir um die Ohren und die Fußstapfen im Schnee verschwinden sekündlich mehr. Während wir durch die Straßen fahren, passieren wir einige Schneemänner. Draußen ist es so dunkel, dass die leuchtenden Weihnachtslichter in den Fenstern schmerzhaft blinken. Während der gesamten Fahrt schweigen wir, zumindest was das Business angeht. Ich weiß, dass Levin seinem neuen Fahrer nur das Nötigste anvertraut. Erst, wenn Nelson sich bewiesen hat, darf er Teil geheimer Unterhaltungen werden.

Gedankenverloren starre ich aus dem Fenster, während wir durch die Straßen von Old Port fahren und unserem Ziel im Arts District näher kommen. Auch ohne Levins Pläne zu kennen, weiß ich, dass er Fernandos Café in der Center Street nahe der öffentlichen Bibliothek im Visier hat. Fernando ist ein alter Schulfreund von uns beiden und stellt seine Räumlichkeiten regelmäßig für unsere Meetings zur Verfügung. Mein

Blick gleitet immer wieder aus dem Fenster und augenrollend beobachte ich die Autos mit stadtfremden Kennzeichen, die sich ihren Weg durch die Straßen quälen. Vermutlich irgendwelche untreuen Geschäftsmänner, die zur Weihnachtszeit daran denken, dass sie zu Hause Frau und Kinder haben. Vom Geist der Weihnacht manipuliert werden und sich plötzlich wieder danach sehnen, ihre Liebsten in die Arme zu schließen. Sich dem Schauspiel und Gedränge der Gesellschaft anpassen und sich einem Leben unterordnen, das nach all den Jahren nicht mehr zu ihnen passt. Sich so lange selbst etwas vorspielen, bis sie ihre eigenen Lügen glauben. War das der Grund, weshalb meine Mutter irgendwann die Reißleine gezogen hat? Ist sie geflohen, weil sie sich selbst nicht mehr im Spiegel ansehen konnte? Dachte sie, es sei das Beste für alle, wenn sie verschwindet, ehe die Familie daran zerbricht? Meinte sie es im Endeffekt gar nicht böse? Doch selbst wenn, spielt es keine Rolle. Es gibt keinen guten Grund, seine eigene Familie zu belügen und im Stich zu lassen. Sie hätte mit Vater reden und sich scheiden lassen können. Stattdessen hat sie sich von uns abgewendet und uns gegen einen wertlosen Flachwichser eingetauscht. Offensichtlich ist Liebe tatsächlich die gefährlichste Krankheit der Welt. Sie bringt dich dazu, Dinge zu tun, die absolut falsch sind. Und sie macht dich abhängig, bis du daran zerbrichst. Vielleicht hat Levin recht und ich sollte aufpassen, bevor Lia mir zu sehr zu Kopf steigt und ich ebenfalls den Verstand verliere.

Als der Schneesturm ein wenig abnimmt, lasse ich das Fenster ein weiteres Stück nach unten und bereue es sofort. Aus den vorbeifahrenden Autos dringen diverse Weihnachtslieder in mein Ohr und von irgendwo kann ich den Geruch nach Zimt und Lebkuchen vernehmen. Hier und dort öffnen sich die Türen und ein offensichtlich langersehnter Gast wird freudig in eine Umarmung gezogen. Angewidert wende ich den Blick ab. Die Menschheit hat offensichtlich vollkommen ihren Verstand verloren! Den meisten davon geht es doch in Wahrheit nur um Sex, Geld und Ablenkung.

»Kannst du das Kotzen verhindern, bis wir ausgestiegen sind? Ich will mein Auto ungern zur Reinigung geben. Außerdem sind wir jetzt da«, reißt Levins' erheiterte Stimme mich aus den Gedanken.

Entnervt werfe ich ihm einen bösen Blick zu und schlage ihm gegen die Schulter. »Wie war das mit dem Maul halten? Aber du kannst gerne vor mir auf die Knie gehen und mich anbetteln. Vielleicht werde ich dein Auto dann verschonen.«

»Du wirst meinen Wagen verschonen, weil du keine Kugel in deinem Oberschenkel haben willst. Davon abgesehen überlasse ich es gerne den Frauen, vor dir auf die Knie zu gehen. Den einzigen Schwanz, der mich interessiert, ist mein eigener.«

Angewidert von diesem Bild, schnalle ich mich ab und betrete das Café. Levin, der sich garantiert keinen einzigen Abend selbst einen runterholen muss, steht neben mir. In diesem Moment kommt Fernando auf uns zu, begrüßt uns mit einem High Five und grinst breit. Seine Familie ist Mitglied in einem Kartell, das alle italienischen Restaurants, Eisdielen und Cafés im Viertel kontrolliert. Das macht Fernando zu einem idealen Geschäftspartner. Er hat keine Probleme damit, sich die Hände schmutzig zu machen und besorgt uns ausgezeichnete Waffen und Drogen. Dafür bringen wir ihm neue Opfer, die den Fehler machen, einen Kredit bei Fernando aufzunehmen, und überbringen hin und wieder tödliche Botschaften für ihn. Keine von ihm gelieferten Waffen können nachverfolgt werden und sein Stoff hat eine astreine Qualität. Das Kartell weiß von unserer Kooperation und toleriert sie, schließlich profitieren sie ebenfalls davon. Wer in der Unterwelt Erfolg haben will, braucht zuverlässige und loyale Partner, die es mit der Moral nicht allzu eng nehmen.

»Levin, J. T.«, begrüßt Fernando uns strahlend und breitet seine Arme aus. Er ist ebenso muskulös wie wir und der Herzensbrecher seines Viertels. »Ich habe euren Platz in der hintersten Ecke vorbereitet und vor jeglichen neugierigen Blicken verborgen. Ich bin gleich bei euch. Kann ich etwas für euch tun?«

Schnaubend sehe ich mich um, deute auf die widerlich kitschige Weihnachtsdeko und zucke bei dem Bullshit, der aus den Lautsprechern dröhnt, zusammen. Die massiven Holzmöbel des rustikalen Cafés sind durchweg mit Kunstschnee bedeckt. Auf jedem Tisch liegen abwechselnd rote und goldene Servierten, in der Mitte stehen Weihnachtsgedecke. In der Ecke zwischen Tresen und Tür steht ein überdimensionaler Tannenbaum, der geschmückt ist und von falschen Geschenken umgeben ist.

»Nicht du auch noch.« Ich stöhne entnervt auf. »Du könntest deinen Verstand zurückgewinnen und den ganzen Müll verbrennen. Und bring mir einen Kaffee mit Baileys.«

Ohne seine Antwort abzuwarten, steuere ich unseren Standardtisch an. Normalerweise versuche ich, in der Vorweihnachtszeit Geschäfte mit ihm zu vermeiden. Ich weiß, dass Fernando nichts dafür kann. Nach außen hin ist sein Business sauber und in der Weihnachtszeit steigen seine Umsätze erheblich an. Besonders, wenn es zum Kotzen kitschig eingerichtet ist. Zu seinem Glück hat er unseren Tisch verschont. Ich höre keinen Ton des Gedudels und kann keinen Schnee oder Gesteck entdecken. Zufrieden lehne ich mich zurück und warte darauf, dass unser Gastgeber sich zu uns gesellt.

Wenige Minuten später sitzen wir zu dritt mit alkoholisiertem Kaffee um den Tisch versammelt. Lächelnd holt Levin seinen Koffer hervor und reicht Fernando die Einladung zu unserem Charity-Ball. »Du bist in den letzten Jahren ein guter Geschäftspartner geworden, Fernando. Mein Bruder und ich wissen diese Zuverlässigkeit zu schätzen. Du hast dich uns gegenüber bewiesen und deshalb möchten wir dich gerne zu unserem Weihnachtsball einladen. Selbstverständlich kannst du entweder eine Begleitung mitbringen oder ein hübsches Mädchen vor Ort kennenlernen.«

Skeptisch zieht Fernando die Karte zu sich und dreht sie langsam in seiner Hand. Aufmerksam liest er den Standardtext und schnaubt. »Als ob ihr damit unseren Deal honorieren wollt«, murmelt er und schüttelt den Kopf. »Ihr wollt mir doch nur das Geld aus der Tasche ziehen.«

Belustigt hebe ich eine Augenbraue und lehne mich vor. Wie ein Raubtier, das seine Beute umkreist, beobachte ich unseren Freund eindringlich. Mit einem charmanten Lächeln schüttle ich den Kopf. Vermutlich hat Levin tatsächlich vor, Fernando etwas Geld für einen guten Zweck abzuknüpfen und ihn in unsere Scheiße hineinzuziehen. Aber das muss ich dem Kartell-Mitglied nicht auf die Nase binden.

»Glaubst du wirklich, wir wären so bescheuert, dich in deinem eigenen Laden, umgeben von deinen bewaffneten Lakaien, abzuzocken? Ich habe nicht einmal meinen Check-Block dabei. Wir sind nicht hier, um dich irgendetwas unterschreiben zu lassen. Stattdessen dachten wir, dass du dich über einen Geschäftsboost freuen würdest«, gehe ich auf das Spielchen meines kleinen Bruders ein und nicke geschäftig.

»Ach, und inwiefern soll eure Scharade für mich von Nutzen sein?«, fragt Fernando noch immer skeptisch und schaut zwischen Levin und mir hin und her. »Der Deal war, dass wir nach außen hin nichts miteinander zu tun haben, damit die Bullen uns nicht auf die Schliche kommen können. Bin ich bei eurem Ball, wird es Fragen aufwerfen.«

»Gut möglich«, erwidere ich und schmunzle. »Deshalb laden wir dieses Jahr weitere reiche Leute ein, die nach außen hin nichts mit uns zu tun haben. Und genau darin liegt deine Chance, Fernando. Wir brauchen für den Abend eine größere Menge hochqualitativen Stoff. Ein kleiner, elitärer Kreis, der sich die Abende etwas angenehmer gestalten will und nichts mit dem Drogenhandel am Hut hat, ist ebenfalls anwesend und sucht nach etwas Spaß. Demnach sind es keine Konkurrenten für dich, sondern potenzielle neue Kunden. Durch diesen Deal gewinnen wir alle.«

Lächelnd lehne ich mich zurück und warte die Reaktion ab. Ich weiß, dass Fernando geldgierig ist und den gesamten Drogenhandel Portlands für sich und seine Leute beanspruchen will. Wohlhabende Geschäftsleute, die nur konsumieren und nicht dealen wollen, sind eine gute Einnahmequelle und zugleich eine Möglichkeit, im Kartell aufzusteigen. Gleichzeitig hinterfragt er jeden Deal, was ihm schon häufig den Hintern gerettet hat.

»In Ordnung, Jungs«, erwidert Fernando nach einer halben Ewigkeit und lächelt. »Der Deal klingt fair für uns alle. Und wie mir zu Ohren gekommen ist, hast du neuerdings ein Mädchen an deiner Seite, J. T.? Den Gerüchten meiner Freunde nach, soll es sich dabei um die Tochter eines einflussreichen Staatsanwalts handeln, die zudem ziemlich heiß ist. Stimmt das, oder war sie nur ein weiterer One-Night-Stand auf deiner Liste?«

Im Spiegelbild des Fensters sehe ich, dass meine Augen aufleuchten und positive Aufregung macht sich in mir breit. Mein Plan scheint genauso aufzugehen, wie ich es gewollt habe. Ich habe darauf gebaut, dass die Männer und Frauen der Unterwelt ihr Maul aufreißen, sobald sie mich und Lia eng aneinander gekuschelt auf der Straße sehen. Zu vertraut für Freundschaft oder bedeutungslosen Sex. Es sollte nicht lange dauern, bis die Gerüchte auch zum Staatsanwalt durchdringen. Ihn an seiner Tochter zweifeln lassen und vor den Kollegen in Erklärungsnot bringen. Die leise Hoffnung in ihm hochkommt, dass es Lügen seiner Konkurrenten sind, die ihm seinen Posten streitig machen wollen. Diese Hoffnung werde ich befeuern, bevor ich ihm am Abend meines Balls endgültig den Boden unter den Füßen wegreiße. Einen Keil zwischen Lia und ihren Vater treibe, der beide im Rahmen des Staatsdienstes ruinieren wird. Merry Christmas, Arschloch!

»Du hast davon gehört?«, frage ich möglichst erstaunt und sehe ihn lächelnd an. »Das geht schneller rum, als ich dachte. Es stimmt, Lia ist mein Mädchen und das nicht nur für wenige Nächte. Aber behalte es noch für dich. Schon klar, das Gerücht ist gestreut und die Leute labern. Allerdings möchte ich es erst am Abend des Balls öffentlich machen. Deswegen ist dieser Ball wichtiger als in den letzten Jahren.«

Lachend schlägt Fernando ein und klopft mir anschließend auf die Schulter. »Meine Fresse, wer hätte gedacht, dass ausgerechnet du einmal sesshaft wirst? Darauf müssen wir einen trinken!«

»Ich gebe dir absolut Recht. Dass mein Bruder mal eine Frau kennenlernt, die es nicht auf sein Geld abgesehen hat, gleicht wirklich einem Wunder. Meinst du nicht auch?« Schmunzelnd hebt Levin sein Getränk an und prostet Fernando zu, ehe sein Blick feixend auf mir liegt. Dieses verfluchte Arschloch! Aber wenn er denkt, dass er mich so schnell kleinkriegt, hat er sich gewaltig geschnitten.

»Kein Grund, so einen Aufriss zu machen! Wer weiß, wie lange das zwischen mir und Lia überhaupt hält. Aber wenn es euch glücklich macht, bin ich gerne für einen Drink zu haben. Noch glücklicher wäre ich jedoch, wenn mein Ball besonders wird, wenn ihr versteht.«

»Ich werde euch den Koks rechtzeitig besorgen und ich werde auf dem Ball erscheinen. Allerdings habe ich ein großes Problem, bei dem ich eure Hilfe brauche. Ein

Wichser hat mich bestohlen. Dieser Vollpfosten sollte den Transporter fahren. Statt meine Waffen jedoch an mich zu liefern und sich den vereinbarten Lohn abzuholen, ist er mit meiner Beute verschwunden. Ich will meine Sachen wiederhaben. Wenn ihr beide den Wichser ausfindig macht, meine Waffen unversehrt zu mir bringt und seinen Körper verschwinden lasst, verzichte ich auf die Provision und berechne euch nur den Verkaufswert.«

Levin und ich wechseln einen vielsagenden Blick und dezent nicken wir beide. Interessiert nehme ich die Liste mit den Waffen entgegen und schnuppere an dem Glas Whiskey, das jemand von Fernandos Lakaien vor mir abgestellt hat. Wir bleiben noch für zwei Stunden und besprechen die Details. Am frühen Nachmittag verlassen Levin und ich das Café und laufen zurück zum Wagen. Ehe wir einsteigen, halte ich meinen Bruder am Arm fest und drehe ihn zu mir um. »War das die ganze Zeit dein heimlicher Plan? Ich kenne dich, Brüderchen. Wenn es dir um einen klassischen Deal mit Fernando geht, hättest du mich eingeweiht.«

Schmunzelnd legt Levin den Kopf schief und grinst. »Ich mag unseren guten Freund. Besonders, nachdem er sich im Kartell hochgearbeitet, und sich einen Namen gemacht hat. Viele Männer und Frauen der Unterwelt kennen ihn und haben großen Respekt. Mir sind Gerüchte zu Ohren gekommen, dass wohl jemand aus unseren Kreisen plant, den Abend zu sabotieren. Sehen sie jedoch ein wichtiges Mitglied der Mafia auf unserem Ball, dürften sich die Leute doppelt überlegen, ob sie gegen uns vorgehen. Keine Sorge, der Abend wird gut laufen. Meine Männer hören sich weiter um und verteilen fleißig ihre Drohungen. Konzentriere du dich lieber darauf, Lia zu beeindrucken und deinen Schwanz zu befriedigen, ehe sie sich verpisst und mich die Wette gewinnen lässt.«

Schnaubend rolle ich mit den Augen und steige ein. »Erstens werde ich Lia flachlegen und dafür sorgen, dass sie von mir abhängig wird. Zweitens wirst du die Wette verlieren. Und drittens: Sobald du weißt, welcher Wichser uns sabotieren will, gib mir Bescheid. Ich müsste dringend meine Folter-Fähigkeiten trainieren. Sie scheinen ein wenig eingerostet zu sein.«

Lachend gesellt sich mein Bruder zu mir ins Auto und weist Nelson an, zu meinem Club zu fahren.

Kapitel Dreizehn

Lia

Gut gelaunt ziehe ich mit Josie und Steven durch die Läden der Maine Mall im Süden unserer Stadt. Ich drehe mich im Kreis und genieße das hektische Treiben. Die Mall ist voll mit gut gelaunten Menschenmengen, die sich mit leuchtenden Augen auf die Geschäfte stürzen. Ich kann ihre Euphorie verstehen, auch für mich gibt es kaum etwas Schöneres als das Weihnachtsshopping. Die gesamte Mall ist ausgiebig geschmückt und kleine Kinder laufen zu Santa und klettern kichernd auf dessen Schoß. Von den Decken baumeln Mistelzweige und an einigen Stellen fällt Kunstschnee auf uns Besucher herab. Die Cafés und Restaurants servieren fleißig diverse Weihnachtsspezialitäten. Ein riesiger Weihnachtsbaum zieht seine Aufmerksamkeit auf mich und verträumt lächle ich. Schon als kleines Kind habe ich stundenlang vor diesem Baum gesessen. Mit einem Buch in der Hand und einem großen Kakao neben mir. Auf diese Weise bin ich vor der Hölle in meinem Elternhaus geflohen und habe mich in einer fremden Realität versteckt. Es genossen, die Buchfiguren bei ihren Abenteuern zu begleiten. Zwischendurch habe ich aufgeschaut und die lachenden und spaßenden Kunden beobachtet und mir gewünscht, ich wäre Teil ihrer heilen, zufriedenen Welt. Bis heute ist die Mall, abgesehen von der Promenade, während der Weihnachtszeit mein Lieblingsort.

Seufzend wende ich den Blick ab. Aus den Lautsprechern dröhnt bekannte Weihnachtsmusik, und einzelne Tannenzweige, verschönert mit roten Schleifen, liegen in den Schaufenstern der Läden. Während manche Geschäfte sich auf klassische Weihnachtsdekoration konzentrieren, haben andere ein völlig neues Level erreicht.

»O wow!«, ruft Josie und rennt auf ein Schaufenster eines Damenbekleidungsgeschäftes zu. »Sieh nur, Lia! Ist das nicht der Wahnsinn?« Ihre Augen werden groß und leuchten, als sie dem mechanischen Schauspiel zusieht. Eine Familie aus Teddybären sitzt versammelt in der Küche. Der gesamte Raum ist weihnachtlich eingerichtet. Vor den Kindern stehen Schüsseln und Geschirr zum Ausstechen der Plätzchen. Einzelne Mehlflecken und fertige Kekse lassen das Bild realistischer wirken. Mama-Bär hantiert am Backofen. In dem Moment steht Papa-Bär auf und watschelt auf seine Frau zu.

Schmunzelnd gehe ich neben Josie in die Hocke und lege ihr meine Hand auf die Schulter. »Ja, das ist wirklich gut gemacht«, erwidere ich und nicke zustimmend. »Und es bereitet dich sofort auf das echte Leben vor. Denn in den meisten Familien sind es bis heute die Mamas, die mit ihren Kindern die Kekse backen, während die Väter am Tisch sitzen und Zeitung lesen oder anderweitig beschäftigt sind. Gleichzeitig sind sie die Ersten, die die fertigen Plätzchen verschlingen.«

»Bei uns nicht«, erwidert Josie und ihr Blick wird wehmütig. »Weißt du, ich habe meine Mama nie kennengelernt. Ich glaube, dass sie tot ist, aber Daddy will dazu nichts sagen. Aber das ist okay, weil Daddy jedes Jahr mit mir zusammen in der Küche steht und Plätzchen packt. Und Onkel James hilft manchmal mit, obwohl er Weihnachten nicht mag. Ich glaube, Daddy mochte die Weihnachtszeit auch nicht, bevor ich da war. Ich brauche keine Mommy, die mit mir backt und durch die Mall läuft. Weil Daddy sich immer Zeit dafür nimmt. Ich frage mich nur manchmal, wie es ist, so eine Familie zu haben, wie bei den Bären. Wo alle zusammen in der Küche sind und sich lieb haben und backen.«

Traurig sieht sie mich an und ein Kloß bildet sich in meinem Hals. Ich weiß genau, was die Kleine meint. Auch ich habe mir jahrelang genau so eine Familie gewünscht, in der es nur um die gemeinsame Zeit und den Spaß geht. Nicht um das Geld oder das Ansehen nach außen. Seufzend ziehe ich sie in meine Arme und streiche ihr liebevoll über den Kopf.

»Ich weiß, was du meinst. Meine Familie war auch alles andere als durchschnittlich. Mein Vater hat sich nie für meine Mutter und mich interessiert. Er war nie anwesend, wenn wir Plätzchen gebacken oder alles dekoriert haben. Mom hat versucht, mich davor zu bewahren, aber am Ende haben sie sich immer nur gestritten. Aber was meintest du eben? Dein Onkel, der Grinch höchstpersönlich, backt mit dir und deinem Dad Kekse? Passt das überhaupt zu seiner Ich-hasse-Weihnachten-Einstellung?«

Kichernd wendet Josie sich vom Fenster ab und sieht mich hoffnungsvoll an. »Ich glaube nicht, dass er Weihnachten wirklich hasst. Daddy sagte mir, dass ihre Mommy damals abgehauen ist. Bestimmt ist er deswegen immer ganz traurig an Weihnachten. Vielleicht ändert es sich ja dieses Jahr?« Ihre Augen werden groß und hoffnungsvoll knabbert sie auf ihrer Unterlippe. Nervös fahre ich mir durch die Haare und schlucke schwer. Irgendetwas sagt mir, dass J. T. seiner Nichte etwas versprochen hat, wofür er einen Arschtritt verdient hat.

»Wie meinst du das?«, frage ich möglichst gelassen und sehe sie irritiert an.

»Na, weil du jetzt da bist! Onkel James hat mir versprochen, dass du mit mir backen wirst, wenn ich dich ganz lieb frage! Willst du mit mir Plätzchen machen, Lia? Wir sind doch jetzt Freundinnen, und so kann Daddy James bei den Geschäften helfen!«

Schnaubend rolle ich mit den Augen und atme einmal tief aus. Was fällt diesem selbstgerechten Idioten eigentlich ein, in meinem Namen Versprechungen zu machen? Ich habe mich darauf eingelassen, seine Fake-Freundin zu sein und nicht, seine Nichte zu babysitten! Doch ihr Blick ist so hoffnungsvoll und traurig, dass er mich direkt ins Herz trifft. Josie kann nichts dafür, dass ihr Onkel ein verfluchter Mistkerl ist. Das schreit nach Rache. Und ich weiß auch schon, wie.

Lächelnd nicke ich Josie zu und ziehe sie ins Geschäft rein. »Okay, wenn du so lieb fragst, kann ich kaum Nein sagen. Natürlich werden dein Onkel und ich zusammen mit dir Plätzchen backen, damit dein Daddy etwas Zeit für sich hat. Und wir werden das richtig machen: Mit vielen Weihnachtsliedern, Kakao und lautem

Gesang. Und, wenn er sich weigert, werden wir ihm gemeinsam einen ganz bösen Streich spielen. Denn man bricht keine Versprechungen.«

Mit leuchtenden Augen fällt Josie mir um den Hals und überrumpelt lache ich auf. »Danke, danke, danke!«, ruft sie freudig und hüpft auf und ab. »Aber wir müssen noch die Zutaten kaufen und ich brauche neue Ausstechformen. Und viele bunte Streusel und Lebensmittelfarbe.«

Strahlend drehe ich mich zu Steven um. Sein Gesicht ist kalkweiß und nervös spielt er an den Knöpfen seiner Jacke. Offenbar findet er es nicht ganz so lustig, was Josie mir alles über ihren Onkel verrät und was wir planen. Doch mir ist das egal. Wenn J. T. denkt, dass er mir das Leben zur Hölle machen kann, muss jemand ihn zurück auf den Boden der Tatsachen holen.

»Miss Sparks«, murmelt Steven und fährt sich langsam durch die Haare. »Wir haben nicht mehr allzu viel Zeit, bis James uns wieder in seinem Penthouse erwartet und Josie muss ebenfalls bald nach Hause. Und der Sinn des Ausfluges war, dass Sie sich grundlegend neu einkleiden, besonders mit einem Kleid für den anstehenden Ball. Sie haben bisher nur wenige Outfits zusammen und ich möchte meinen Boss nicht unnötig verärgern.«

Ich seufze laut und nicke resigniert. »Dann machen wir das so: Ihr beide kauft die Deko und die Lebensmittel, und ich suche mir Outfits heraus, die J. T. garantiert gefallen. Wenn ihr durch seid, kommt ihr wieder her und Sie, Steven, können mit J. T.s Karte meinen Einkauf bezahlen.«

Einen Augenblick lang mustert der Chauffeur mich skeptisch, bevor er vorsichtig nickt. Als die beiden verschwunden sind, betrete ich einen Laden und sehe mich mit großen Augen um. Es gibt wunderschöne Kleider und Jumpsuits in unterschiedlichen Farben und Größen für alle möglichen Events und ich probiere mehrere Outfits an. Ich drehe mich im Takt der Musik und lasse mir Zeit, mich ausgiebig im Spiegel zu betrachten. Nach einigen Versuchen habe ich fünf neue Outfits zusammen, bei denen ich mir sicher bin, dass sie genau den Geschmack von J. T. treffen. Außerdem fühle ich mich in diesen Kleidern wohl. Jedes davon ist sexy-elegant, ohne dass sie wie eine zweite Haut meinen Körper einpferchen.

Auf dem Weg zur Kasse komme ich an reizvoller Unterwäsche vorbei und bleibe stehen. J. T. will doch, dass ich mich sexy einkleide und was ist heißer als Reizwäsche mit Spitze? Besonders in Kombination mit weihnachtlicher Stimmung und einem einladenden Kaminfeuer? Denn ja, ich will, dass J. T. mir näher kommt. Ich verachte diesen Mistkerl, aber mein letzter Sex ist länger her und sein Körper bringt mich um den Verstand. Außerdem liebt er es, Spielchen zu spielen. Wer sagt, dass ich mich an seine Regeln halten muss?

Ehe ich es mir anders überlegen kann, sehe ich Steven und Josie um die Ecke biegen. Entschlossen nicke ich mir selbst zu und gehe zur Kasse. Kaum hat die Kassiererin meine Beute sicher verstaut, betritt Steven den Laden und zückt J. T.s Kreditkarte. Dieses Weihnachten wird ein riskantes Spiel und ich bin bereit, mir die Finger zu verbrennen!

Kapitel Vierzehn

Lia

Ungeduldig schiele ich zur überteuerten Designer-Uhr und seufze. Nachdem wir aus der Mall zurückkamen, hat J. T. etwas zu Essen bei einem Lieferservice bestellt und hat sich anschließend auf den Weg in seinen Club gemacht. Und dafür mussten wir uns abhetzen? Garantiert hat er mich nur deshalb um Punkt 18 Uhr nach Hause zitiert, um die Kontrolle zu behalten. Doch die wird er bald verlieren!

James meinte, dass er gegen zwei Uhr morgens nach Hause kommen wird. Er bot mir an, mitzukommen, doch ich entschied mich dagegen. Wegen meiner sensiblen Haut trage ich keine Kleidung, die ich nicht zuvor gewaschen habe. Zuerst hat er ein wenig gemurrt, allerdings war der Tag so anstrengend, dass ich Augenringe und ziemlich schlechte Laune hatte. Vermutlich erlaubte er mir nur deshalb unter Stevens Aufsicht, in der Wohnung zu bleiben. Kaum war James verschwunden, habe ich mir einen Wellness-Abend gegönnt. Doch meine Körperpflege dient noch einem weiteren Zweck. Seit ich J. T. in seine abgrundtiefen Augen geschaut habe, wusste ich, dass er mir gefährlich werden könnte. Dass er Seiten in mir wecken würde, die ich niemals sehen wollte. Womit ich jedoch nicht gerechnet habe, ist, dass dieser Bastard mir unter die Haut gehen und ein einziger Kuss meine Vagina feucht werden lässt. Gott, ich hasse diesen Mann so sehr, dass ich ihn zugleich mit all meinen Sinnen begehre. Ich mir vorstelle, wie er mich grob in sein Bett zerrt und mir Töne entlockt, für die sich jedes brave Mädchen schämen würde. Mir beweist, dass er zu mir ebenso grob sein kann wie zu seinen Geschäftspartnern und Feinden. Er ist wie die verbotene Sahnetorte während einer Diät – unglaublich gefährlich und anziehend zugleich. J. T. ist der Teufel auf Erden und er liebt es, Spielchen zu spielen. Mit jeder Minute, die ich in seiner Nähe verbringe, weckt er das innere Monster in mir. Er treibt mich zur Weißglut, zwingt mich in die Knie. Doch heute Nacht werde ich den Spieß umdrehen. J. T. will, dass ich das Bad-Girl in mir wecke, und er wird derjenige sein, der die Kontrolle verliert. Ich bin bereit, mich auf sein gefährliches Spiel einzulassen und die Regeln neu zu definieren.

***

Pünktlich um zwei Uhr morgens höre ich, wie er den Schlüssel ins Schloss steckt. Mein Herz pocht angespannt in meiner Brust und eine erwartungsvolle Aufregung macht sich in mir breit. Mein Blut gerät in Wallung, und mit einem breiten Lächeln nehme ich eine meiner Haarsträhnen zwischen meine Finger. Ich atme einmal tief ein und aus und streiche die Dessous glatt, die ich mir vorhin auf seine Kosten gekauft und sofort nach seinem Verschwinden gewaschen habe. Zum Glück waren sie rechtzeitig trocken. Nun sitze ich in meiner dunkelroten Reizwäsche aus durchsichtiger

Spitze auf seinem Sofa. Sie bedeckt meine Brüste notdürftig, liegt eng auf meinem Bauch auf und läuft unter meiner Vagina v-förmig zusammen. Zusammengehalten durch einen Druckknopf, der J. T. in wenigen Sekunden den Weg zu meinem Eingang gewährt. Meine Nägel habe ich im selben Farbton lackiert und auch mein Lippenstift ist in der gleichen Farbe gehalten. Mein braunes Haar fällt mir in Beach Waves über meine Brüste.

»Lia? Bist du noch wach? Ich bin zu Hause!«, dröhnt J. T.s tiefe Stimme durch den Flur und ein wohliger Schauer läuft mir über den Rücken.

»Bin im Wohnzimmer«, flöte ich unschuldig und unterdrücke ein Grinsen, als seine schweren Schritte durch den Flur hallen. Wie eine dunkelgraue Gewitterwolke schwebt sein sündhaft teures Aftershave zu mir herüber. In meinem Rücken kribbelt es verräterisch und langsam drehe ich mich um.

»Wieso hast du mir nicht geantwortet? Ich sagte dir doch –«

Mit einem Mal verstummt er. Ich höre, wie sein Kiefer mahlt, und langsam hebe ich meinen Kopf. Sehe ihn herausfordernd an.

»Ich war damit beschäftigt, mich fertig zu machen. War es etwas Wichtiges?«

Seine Augen wandern langsam über meinen Körper. Saugen auf, was er bisher nicht zu Gesicht bekam, und das Zucken an seinem Kiefer zeigt mir, dass es ihm gefällt. Sein Blick durchbohrt meinen Körper, löst Blitze in meiner Mitte aus. Doch ich bleibe standhaft. Lasse nicht zu, dass das Begehren in seinen Augen mich in die Knie zwingt. Das Knistern des Kamins heizt mir ein und langsam zwirble ich die Strähne zwischen meinen Fingern. »Das Make-up sollte zum Outfit passen, oder nicht? Da kann ich mich nicht ablenken lassen und dauernd auf mein Handy starren.«

Langsam lässt er seinen Blick erneut über meinen Körper wandern, hebt dann ruckartig den Kopf und starrt mir geradewegs in die Augen. Seine Iriden verdunkeln sich und ein leises Knurren entweicht seinen Lippen. Mit schnellen Schritten umrundet er das Sofa und steht mit einem Mal vor mir. »Was soll das werden, Prinzesschen?«, flüstert er und beugt sich bedrohlich über mich.

Plötzlich vernehme ich seinen Duft nach dunkler Schokolade und Whiskey. Mein Herz flattert und das Blut rauscht mir in den Ohren. Für einen kurzen Moment wird mir schwindlig, dennoch halte ich dem Blick stand. »Was meinst du denn?«, erwidere ich unschuldig und lächle süß. »Du sagtest doch, ich solle mich neu einkleiden. Gefällt es dir etwa nicht? Ich dachte, es würde genau deinen Geschmack treffen.«

Seine Augen beginnen zu funkeln und auf einmal verziehen sich seine Lippen zu einem spöttischen Lächeln. Gleichzeitig ballt er die rechte Hand zur Faust, kämpft mit jeder Faser seines Körpers um Kontrolle. Aber diese Nacht gehört mir! Ich weiß, dass ich mit dem Feuer spiele, aber es ist mir egal. Ich will diesen Mann in mir. Will, dass er mir zeigt, wie ich den Verstand verliere. »Zieh dir sofort etwas an, sonst wirst du es bereuen.« Seine Stimme ist ein Zischen, das die Hitze in meiner Mitte weiter anheizt. Leise Weihnachtsmusik dudelt im Hintergrund. Die Schneeflocken klatschen gegen die

Fenster und das Wohnzimmer riecht nach dem sündhaft teuren Glühwein, den ich mir ohne Erlaubnis ein-
gegossen habe. Ich weiß, dass J. T. kein Mann für romantische Nächte ist. Aber wer sagt denn, dass die
Weihnachtszeit immer gemütlich sein muss?

Langsam strecke ich meine Hand aus und umfasse
seine Krawatte. Vorsichtig ziehe ich ihn an mich, ohne
ihn dabei aus den Augen zu lassen. »Und wenn nicht?«,
erwidere ich leise und klimpere unschuldig mit meinen
Augen. »Wirst du mich dann bestrafen?«

Ich höre, wie er tief und zischend einatmet. Die Luft
um uns herum ist wie elektrisiert und mit einem Mal
wird mir unerträglich heiß. Mein Herz galoppiert, als
wolle es direkt in seine Hände springen. Meine Kehle
wird staubtrocken und wie hypnotisiert starre ich auf
seine Lippen. Die Zeit scheint still zu stehen und als sein
Blick erneut meinen Körper streift, zieht sich meine
Mitte schmerzhaft zusammen. Langsam und genüsslich saugt er jeden Zentimeter meines Körpers mit seinen Blicken auf, als wisse er nicht, welchen Teil er zuerst vernaschen soll. Mit einem Mal verzieht sich sein
Mund zu einem entschlossenen Grinsen. J. T. beugt sich
vor, bis seine Lippen mein Ohr berühren. »Du willst
also, dass ich dich ficke?«, flüstert er gefährlich leise
und eine Gänsehaut zieht sich über meinen Körper.

Ungewollt lecke ich mir über die Lippen. Bei dem Gedanken daran erschaudere ich und nicke langsam.
Denn, Gott, genau das ist es, wonach ich mich sehne.
Egal, wie sehr ich ihn dafür hasse, dass er meine Familie und mein Leben zerstören will, genauso sehr will ich
ihn in mir spüren. Seine Lippen schmecken. Erfahren,

wie sich seine rauen Hände auf meiner nackten Haut anfühlen.

»Du willst, dass ich dich so hart ran nehme, wie ich meine Feinde foltere? Dir zeige, wer das Sagen hat? Dich dazu zwinge, die Kontrolle zu verlieren? Dass du feucht wirst und dich nach meinem Schwanz verzehrst? Denn dann gibt es kein Zurück mehr.« Mit jedem Wort, das er sagt, wird sein Tonfall rauer und seine Stimme leiser. Es ist eine Drohung und mir ist bewusst, dass er jedes Wort so meint. Wer den Teufel von Portland einmal an sich ranlässt, der gehört für immer ihm.

»Ich weiß«, hauche ich und schlucke schwer. Mag sein, dass alles, wofür ich bisher stand, über Bord werfe. Aber ich kann mich nicht dagegen wehren. Und ich will es auch nicht.

»Dann sag es. Sag mir, was du willst. Ich will es aus deinem Mund hören. Jedes dreckige Detail in deinem hübschen, unschuldigen Kopf.«

Ich zittere und mein Herz pocht nervös. Meine Hände werden schwitzig und kurz dreht sich alles um mich herum. Ohne Vorwarnung legt er seine linke Hand an meine Wange, fährt mit seinem Daumen langsam über mein Kinn meinen Hals hinab. Meine Haut brennt wie Feuer und das Verlangen wird unerträglich. Ich schlucke erneut und schließe ergeben meine Augen. Meine Stimme zittert, als ich erwidere: »Ich will, dass du mich um den Verstand vögelst, James Thomas Rivers. Mir zeigst, wo meine Grenzen liegen und mich fickst, bis ich dich um Erlösung bitte.«

Meine Wangen brennen vor Scham, doch für Reue bleibt keine Zeit. In dem Moment fasst J. T. mir in die

Haare. Zieht meinen Kopf leicht zurück und presst seine heißen Lippen auf meine. Erleichtert seufze ich, als ich sein Gewicht auf meinem Schoss spüre. Er leckt mit seiner Zunge über meine Lippen und bereitwillig gewähre ich ihm Einlass. James schmeckt nach Whiskey. Gierig lockere ich den Knoten seiner Krawatte und schmeiße sie achtlos zu Boden. Kralle mich in sein Hemd, als seine Hand den Knopf meines Dessous findet. Langsam fährt er mit seinem Daumen über meine entblößte Vagina. Obwohl meine Augen noch geschlossen sind, spüre ich seinen hungrigen Blick auf mir. Lust durchzuckt mich und bereitwillig öffne ich meine Beine. Provokant massiert er meine äußeren Schamlippen, ehe er mit seinem Finger in mich eindringt. Mich von innen dehnt und mich langsam massiert. Verzweifelt drücke ich mich in das Sofa, komme ihm mit meinem Becken entgegen.

»Gefällt es dir, Babe?«, flüstert er und eine neue Hitzewelle überkommt mich.

»Fuck, ja!«, stöhne ich und passe mich dem Rhythmus seiner Hand an. Das Zucken meiner Mitte wird stärker und mit beiden Händen kralle ich mich im Sofa fest und reiße meine Augen auf.

Mit einem Mal nimmt er einen zweiten Finger hinzu. Bahnt sich seinen Weg zu meinem empfindlichsten Punkt und massiert mich auf eine Art, die kein Mann zuvor an mir ausprobiert hat. Ohne mich aus den Augen zu lassen, zieht er seine Finger ein Stück aus mir raus, nur um heftiger zuzustoßen.

»James«, stöhne ich und löse eine Hand vom Sofa. Lege sie auf seine Hand und halte ihn an Ort und Stelle. Will, dass er weiter macht. Mich massiert, wie kein Kerl zuvor es je gewagt hat. Der Gedanke daran und die gekonnten Bewegungen seiner Finger lassen mich noch feuchter werden und das Denken setzt aus.

J. T. lacht leise, löst meine Hand von seiner und pinnt mich mit beiden Handgelenken ans Sofa. »Wenn du spielen willst, dann nach meinen Regeln. Ich gebe das Tempo vor. Wenn du kommst, bevor ich es will, hast du ein großes Problem mit mir. Also sei brav, lass deine Hände genau dort, wo sie sind, und lass mich weitermachen.«

»Und wenn nicht?«, flüstere ich, und presse meine Schenkel zusammen. Das Verlangen ist zu stark und ich will endlich die süße Erlösung. »Was passiert, wenn ich kein braves Mädchen bin?«

»Dann«, knurrt er leise in mein Ohr, »nehme ich meine Hand weg und ziehe mir in der Dusche einen Porno rein, ohne dass du zum Orgasmus kommst. Und fuck, denkst du, ich spüre nicht, wie scheiße feucht du bist? Deine Pussy sich nach meinem Schwanz sehnt – du dich danach sehnst, bis du alles um dich herum vergisst und explodierst? Also spreiz deine Beine, Sparks!«

Sein Tonfall ist gefährlich leise und lässt keinen Widerspruch zu. Ich sollte mich für seine Worte schämen, doch sie törnen mich an. In meinem Kopf breitet sich ein willkommener Nebel aus und ich tue wie geheißen. Ich hätte wissen sollen, dass ich keine Chance gegen ihn habe. Dass ich die Kontrolle verliere und wie Eis in seinen Händen schmelze. Und ich liebe es, mich seinen Befehlen zu beugen und mich ihm hinzugeben. Erwartungsvoll stelle ich meine Beine auf und mache ihm Platz.

»Braves Mädchen«, murrt er leise und ich spüre, wie das Sofa unter mir nachgibt. Erwartungsvoll lege ich den Kopf in den Nacken. Seine linke Hand hält meine Handgelenke noch immer über dem Kopf zusammen gepinnt, während seine rechte quälend langsam meine Seite entlangfährt. Sehnsüchtig winde ich mich unter ihm. Jede Stelle, die er berührt, brennt wie Feuer. Ich schmecke das Salz meines Schweißes. Meine Nerven sind zum Zerreißen gespannt und in meinem Schritt pocht es verräterisch, als er mit seinem Daumen meinen G-Punkt massiert.

Plötzlich lässt er meine Hände los und reißt mir das Dessous vom Leib. Hungrig gleiten seine Augen über meinen Körper und erwartungsvoll leckt er sich über die Lippen. Das Begehren in seinen Augen spornt mich an, lässt mich wie die begehrenswerteste Frau der Welt fühlen.

Entschlossen drückt J. T. mich in die Kissen und platziert sich wie ein Löwe über mir. Er senkt seinen Kopf und nimmt den Nippel meiner linken Brust zwischen seine Lippen. Saugt daran, während seine Hand über die Innenseite meines Schenkels streift.

»Fuck, James!«, stöhne ich und drücke mich tiefer in die Kissen. Greife verzweifelt nach der Couch und kralle mich fest. Obwohl ich liege, zittern meine Beine wie Espenlaub. Langsam zieht er seine Finger aus meiner Vagina und stößt erneut zu. »Niemand nennt mich James ohne meine Erlaubnis«, knurrt J. T. und hebt drohend seinen Kopf. Seine Iriden sind so dunkel wie der Himmel während eines Tornados und in ihnen tobt ein Sturm.

»Nicht einmal deine Freundin?«, stoße ich schwer atmend hervor. Alles in mir zieht sich zusammen. Ich brauche mehr. Ich brauche ihn.

»Erstrecht keine Liebhaberin«, murmelt er und zieht seine Hand aus mir. »Die stöhnen normalerweise so laut, dass ich kein Wort verstehe. Ihnen fehlt die Kraft, meinen Namen deutlich auszusprechen.«

Ehe ich seine Worte realisieren kann, schiebt er seinen Kopf zwischen meine Schenkel. Seine Zunge vereinnahmt meinen Schritt und ungeduldig streicht er mit der Spitze darüber. Gott, dieser Mann treibt mich in den Wahnsinn! Die süße Lust sammelt sich in meiner Körpermitte und schwach greife ich mit meinen Händen in seine Haare. Ziehe ihn näher an mich heran und suche gleichzeitig Halt. Ich bin so feucht, dass er problemlos in mich gleiten kann. Er fickt mich so hart mit seiner Zunge, dass ich Sterne sehe. Als seine Spitze meinen Kitzler erreicht, ist es um mich gesehen. Ich stemme mein rechtes Bein gegen die Sofalehne, um ihm mehr Platz zu machen. Während seine Zunge mit meiner Pussy spielt, streicht seine Hand über meinen Oberschenkel. Blitze zucken durch meine Körpermitte und verzweifelt drücke ich meinen Rücken durch.

»J. T.!«, schreie ich lustvoll und kralle mich mit den Händen ins Sofa. Noch einmal zieht er seine Zunge zurück, nur um sie erneut in mich gleiten zu lassen. Alles in mir zieht sich zusammen, bevor ich endlich explodiere.

Ich atme schwer, als J. T. sich zurückzieht und sich auf seine Beine stemmt. Ein zufriedenes Leuchten tritt in seine Augen, als er seinen Blick über meinen ausgepowerten Körper gleiten lässt, und Hitze sammelt sich in meinen Wangen. Schmunzelnd tritt er vom Sofa weg und geht wortlos zur Tür. Dort dreht er sich noch einmal um und hebt seine Augenbraue. »Ich hoffe, diese Nacht ist dir eine Lehre. Ich ficke eine Frau erst dann mit meinem Schwanz, wenn ich es will. Ich entblöße mich nur vor ihr, wenn ich vorhabe, ebenfalls in ihr zu explodieren. Denn in meiner Wohnung spielen wir nach meinen Regeln, Prinzessin. Nächstes Mal verlierst du nicht nur die Kontrolle, sondern auch deinen Stolz. Wenn du noch einmal versuchst, mich zu verführen, vögle ich dich so hart, dass du es danach nie wieder wagen wirst, mir zu widersprechen. Dass du mich nach mehr anbetteln wirst.« Mit diesen Worten dreht er sich um und lässt mich verwirrt und befriedigt auf dem Sofa zurück.

Kapitel Fünfzehn

J. T.

Fluchend knalle ich die Tür meines Badezimmers hinter mir zu und springe unter die kalte Dusche. Fuck! Was fällt diesem verdammten Mädchen ein, mich herauszufordern? Niemand hat das Recht, mich, den Teufel von Portland, zu provozieren und dabei ungestraft davon zu kommen! Ich sollte in ihr Zimmer platzen und sie an ihr Bett fesseln. Sie erneut lecken und fingern, bis sie ihren eigenen Namen nicht mehr kennt, und anschließend hart und gnadenlos in sie eindringen. Dafür sorgen, dass sie wimmert und sich mir unterwirft. Dass sie nie wieder von einem anderen Mann gefickt werden will. Und, verdammt, alles an meinem Körper schreit danach, mir zu nehmen, was mir gehört. Mein Schwanz ist steinhart und pocht schmerzhaft, als ich mich unter die Dusche stelle und das kalte Wasser über mich prasseln lasse. Ihre Feuchtigkeit klebt noch immer an meinen Fingern und genüsslich rieche ich daran. Lia riecht und schmeckt wie die verbotene Frucht im Garten Eden und die Töne, die sie von sich gegeben hat, törnen mich an. Aber so leicht werde ich es ihr nicht machen. Ich weiß, dass sie mich ebenso sehr begehrt wie ich sie und, Gott, ich wusste nicht, dass in dieser scheinbar braven Studentin ein Alpha steckt.

Ohne es zu wollen, habe ich irgendetwas in ihr getriggert, das sie dazu bringt, ebenfalls die Kontrolle behalten zu wollen und die Spielregeln neu zu definieren. Normalerweise mag ich es nicht, wenn jemand vergisst, wo sein Platz ist, und eigentlich kommt diese Person nicht ungestraft davon. Doch bei Lia sagt mir mein Instinkt, dass es anders ist. Sie provoziert ein Spiel, dessen Regeln sich täglich ändern und um dessen Kontrolle ich kämpfen muss. Und, fuck, ich liebe es! Es ist viel zu lange her, dass eine Frau eine Herausforderung für mich war. Ich werde dieses Game gewinnen und sie zerbrechen. Am Ende der 365 Tage gehört sie mir und ich werde es genießen, sie zu meinem Eigentum zu machen. Wenn ich mit ihr durch bin, wird sie die Freiheit nicht mehr wollen. Sie wird mich anflehen, sie zu behalten.

Bei der Vorstellung, wie ich sie von hinten an die Wand drücke, ihre Schulter küsse und meine Härte in sie schiebe, kommt mir ein leichtes Stöhnen über die Lippen. Zufrieden schließe ich die Augen und lasse meiner Fantasie freien Lauf. Stelle mir vor, wie ihre zarte Hand meinen Schwanz einseift, während sie ihre andere Hand über meinen Körper fahren lässt. Das Wasser prasselt gnadenlos auf ihren Körper, als sie meinen besten Freund zwischen ihre Lippen nimmt und sanft an mir saugt. Dieses Bild ist besser als jeder Porno und viel zu schnell bekomme ich die sehnsüchtige Erleichterung.

Schwer atmend lehne ich mich an die Wand. Gott, wenn der Gedanke an sie ausreicht, um mich glücklich zu machen, wozu sind dann ihre Zunge und ihre Pussy in der Lage? Erneut erscheinen ihre großen Augen und ihre perfekten Lippen vor meinem inneren Auge und seufzend fahre ich mir durch die Haare. Ihr angenehmer Duft nach Glühwein und Rosen dringt in meine Nase und mein Herz pocht lautstark. Eine unbekannte Wärme breitet sich in meinen Adern aus und mein Schwanz macht sich erneut bemerkbar. Frustriert stoße ich mich von der Wand ab und öffne die Augen. Wie zur Hölle hat Lia es angestellt, mir so schnell unter die Haut zu gehen? Sie weiß genau, dass ich guten Sex ebenso liebe wie die Kontrolle. Das war Absicht von ihr! Sie wollte mich dazu bringen, meinen Stolz aufzugeben und ihr die Macht zu überlassen, und dafür wird sie bezahlen. Ich kann es kaum erwarten, sie auf meine Weise zu verführen und ihr eine heiße, angemessene Lektion zu erteilen!

Entschlossen steige ich aus der Dusche und begebe mich in mein viel zu einsames Schlafzimmer. Ich liebe es, dass dieser große Raum alleine mir gehört, aber ab und zu ist es schön, mir mein Bett für wenige Stunden mit einer Frau zu teilen, die genau weiß, wie sie mich verwöhnen muss. Die meisten Frauen, besonders die aus der Unterwelt, schmeißen sich mir alleine wegen meiner Macht, meines Aussehens und meines Geldes an den Hals. Wenn sie den Kamin sehen und mit mir zusammen teuren Champagner schlürfen, werden sie zu willenlosen Schoßhündchen. Und wenn sie dann mein teuer ausgestattetes Schlafzimmer mit maßgeschneiderten Möbeln sowie das Badezimmer mit Whirlpool sehen, verfallen sie mir vollkommen. Versuchen, mich mit ihren Fähigkeiten, von etwas Langfristigen zu überzeugen und stürzen am nächsten Morgen verheult aus meiner Wohnung. Aber bei Lia wird es nicht so sein. Ich werde sie erst in mein Wasserbett schubsen und wenn sie denkt, dass sie nicht mehr kann, lasse ich sie im Whirlpool neue Grenzen kennenlernen. Am nächsten Morgen wacht sie in meinen Armen auf, bereit für den nächsten Fick. Es wird keinen Zentimeter in diesem Raum geben, den ihr heißer Knackarsch nicht berühren wird. Selbst meinen schwarzen, auf Hochglanz polierten Kleiderschrank wird sie einweihen. Ihre Lust auf mich wird nicht nach einem Fick verbrannt sein, dafür werde ich sorgen! Zufrieden lasse ich mich in mein Bett gleiten und schlafe ein.

***

Am nächsten Morgen werde ich von lautem Gelächter aus meinem grandiosen Traum gerissen und fluche leise. Was zur Hölle ist das denn? Seit wann habe ich einen verfluchten Kindergarten in meiner Küche eröffnet? Knurrend springe ich aus dem Bett, ziehe mir in Rekordgeschwindigkeit etwas über und steuere geradewegs auf meine Küche zu. In der Tür bleibe ich wie vom Blitz getroffen stehen und presse wütend die Lippen aufeinander. Entsetzt betrachte ich das Schlachtfeld vor meinen Augen und lasse meinen Kiefer rhythmisch mahlen. Aus den Lautsprechern dröhnt *Christmas Every Day* von Simple Plan, und meine verräterische Nichte grölt zusammen mit Lia um die Wette. Kitschige Weihnachtslichter hängen an meinen Fenstern und auf den Fensterbrettern stehen diverse Kuscheltiere im Santa-Claus-Kostüm, Mini-Weihnachtsbäume und Kunstschnee. Meine Arbeitsplatte wurde zu einer

Backstube umfunktioniert und unzählige Ausstecher verpesten meine Designer-Küche. Mehl liegt überall verstreut und drei Teigmatten liegen mit Nudelhölzern bereit. Vielleicht sollte ich eines davon zur Mordwaffe umfunktionieren? Sicherlich ginge das unter diesen Umständen als Notwehr durch! Wütend knete ich meine Hände und laufe schnellen Schrittes auf die beiden Verrückten zu.

»Habt ihr den Verstand verloren?«, knurre ich und wedle aufgebracht mit meinen Händen vor Lias Augen. »Was zur Hölle soll das werden? Und wo, verdammt nochmal, ist Levin?«

Mit leuchtenden Augen und verklebten Händen läuft Josie auf mich zu und zieht mich in eine Umarmung. Als sie sich von mir löst, grinst sie breit und hüpft überglücklich auf und ab. »Onkel James!«, begrüßt sie mich quietschend und kuschelt sich wieder an mich. Dieser verdammt süße Bengel wird eines Tages zu Teufel Junior, wenn ich nicht aufpasse. Sie weiß genau, wie sehr ich Weihnachten hasse, und dass ich nur ihr zuliebe ein bis zwei Ausnahmen im Jahr mache und versuche, dieser Zeit zumindest irgendetwas anderes als Verachtung abzugewinnen.

»Endlich bist du wach!«, reißt Joselyn mich aus meinen Gedanken und entnervt seufze ich. »Weißt du, Lia und ich haben nur auf dich gewartet! Du hast mir versprochen, dass Lia mit mir Plätzchen backen wird und dann meinte sie zu Daddy, dass er mich hier absetzen kann. Weil du, Lia und ich den ganzen Tag backen, singen und spielen werden. Oh, ich bin so froh, dass du dabei bist! Schnell, zieh dir eine Schürze an! Heute gibt es Kekse zum Frühstück!«

Trällernd drückt sie mir eine Schürze in die Hand und begibt sich wieder an ihren Platz.

What the fuck? Langsam wie ein Raubtier, drehe ich mich zu Lia um und fixiere sie mit meinen Augen. Sie grinst mich frech an und wirft mir einen Luftkuss zu. Dieses verdammte Miststück! Ich hätte sie vögeln und anschließend vor die Tür schmeißen sollen! Wie ein Feuerball breitet sich die Wut in meinem Magen aus und setzt meinen gesamten Körper in Brand. Mein Stolz würde sie am liebsten erschießen und in Geschenkpapier gewickelt vor der Tür ihrer Eltern ablegen. Mein Schwanz hingegen hat eine ganz andere Idee von Bestrafung im Sinn. Ehe ich mich versehe, stehe ich vor Lia. Zwischen uns passt kein Blatt Papier mehr. Zähneknirschend presse ich sie an die Wand hinter mir und kessle sie ein. Ich drücke ihre Hände an die Wand, sodass sie mir nicht entkommen kann. »Hatte ich dir gestern nicht deutlich gemacht, wer von uns beiden das Sagen hat, Babe?«, flüstere ich ihr bedrohlich ins Ohr und atme genüsslich ihren Duft ein.

»Nun, du bist ja wie ein Feigling weggerannt, anstatt dir zu nehmen, was du wirklich wolltest. Entsprechend habe ich gewonnen, J. T. Und das ist der Preis, den du dafür zahlen darfst. Wenn du lieb bist, ist der Spuk ganz schnell vorbei. Wenn nicht, habe ich ein wunderschönes Kostüm für dich arrangiert. Ich wette, die Kids würden sich über einen verfrühten Santa Claus freuen, der durch die Straßen streift und Süßes verteilt. Also, Schatz, was darf es sein?«

Ihre Stimme gluckst amüsiert und als ich aufschaue, funkeln ihre Augen unschuldig.

»O nein«, erwidere ich leise, löse meine rechte Hand von der Wand und lasse sie über ihre Wange streifen. »Soweit ich mich erinnere, warst du die Einzige, die stöhnend auf dem Sofa lag und nach mehr gebettelt hat, während mein Schwanz in meiner Hose blieb. Das hat nichts mit feige zu tun, Prinzessin, sondern mit Disziplin. Ich habe gewonnen und das weißt du. Warum lösen wir diesen Kindergarten nicht auf und du machst dich nützlich? Mein Charity-Ball steht an und ich könnte noch Leute für die Deko gebrauchen.«

Mit jedem Wort, das ich sage, wird meine Stimme leiser. Langsam ziehe ich kleine Kreise auf ihre Wange, streichle ihren Hals und hebe anschließend mit meinem Daumen ihr Kinn an. Sie schaudert leicht, aber ich weiß, dass sie keine Angst vor mir hat. Es ist die aufgeregte Erwartung in ihren Augen, die mich für einen kurzen Moment verstummen lässt. Die Zeit scheint still zu stehen, während wir uns ein Blickduell leisten. Keiner von uns beiden ist bereit, den Blick abzuwenden. Die Luft um uns herum ist elektrisiert und die Weihnachtslieder rücken in den Hintergrund. Ich nehme Lias Duft nach Zimt und Milchschokolade wahr und fahre mir mit der Zunge über die Lippen. In diesem Moment öffnet sie ihren Mund ebenfalls einen Spalt. Das Blut rauscht mir in den Ohren, alles in mir schreit danach, die letzten Zentimeter zu überbrücken und dort weiterzumachen, wo wir gestern aufgehört haben.

Plötzlich senkt Lia den Blick und räuspert sich lautstark. »Du willst doch nicht deine kleine Nichte enttäuschen, oder J. T.?«, flüstert sie leise und nickt unauffällig in Josies Richtung. »Sie ist das einzige weibliche Wesen, das dich nicht für das größte, selbstgefälligste und ignoranteste Arschloch der Welt hält. Diesen Vorteil solltest du nicht verspielen, nur um deinen Stolz zu wahren.«

Wortlos starre ich sie an. Brauche einen Moment, um ihre Worte zu verstehen. Erneut hat sie es geschafft, mich mit ihrem Temperament und ihren vollen Lippen aus dem Konzept zu bringen. Mein Körper brennt vor Verlangen, als ich mich hart gegen Lia presse und meinen Mund auf ihren drücke. Meine gesamte Wut in einen stürmischen Kuss packe. Seufzend schlingt sie ihre Beine um meine Hüfte und greift in meine Haare, als ich sie anhebe. Meine Härte pocht in meiner Hose und als ich sie gegen Aurelia drücke, stöhnt sie leise auf.

»Onkel James? Lia? Können wir jetzt backen? Ihr könnt später spielen! Jetzt bin ich dran«, durchdringt die nörgelnde Stimme meiner Nichte den Nebel in meinem Kopf.

Frustriert löse ich mich von Lia und setze mein charmantestes Lächeln auf. Ich liebe Josie, aber an ihrem Zeitgefühl müssen wir eindeutig arbeiten. Mein Blick wandert zu Lia, die noch immer schwer atmend an der Wand steht und mich abwesend mustert. Pfeifend drehe ich mich um und gehe zu meiner Nichte.

»Aber natürlich, Süße«, erwidere ich möglichst gelassen und nehme die Schokolade in die Hand. »Lass uns zuerst Schoko-Tannenbäume machen, ja? Die liebst du doch so sehr!«

»O ja! Aber du musst die Schoki schmelzen. Daddy sagt, ich darf nicht an den Herd! Können wir dabei *Last Christmas* von Wham anmachen? Ich liebe diesen Song!«

Schnaubend schütte ich die Masse in den Topf und schüttle den Kopf. Lia will einen auf heile Familie machen und gemeinsam backen und kochen? Dann wird sie diejenige sein, die sich verbrennt.

Kapitel Sechzehn

J. T.
17. Dezember, Tag des Charity-Balls

Vor zweieinhalb Wochen ist Lia in mein Leben getreten und sie schlägt sich deutlich besser in der Rolle meiner Freundin, als ich erwartet hatte. Mittlerweile habe ich sie einigen wichtigen Geschäftspartnern vorgestellt und dafür gesorgt, dass die Gerüchte um uns stetig zunehmen. So sehr ihr heißer Körper mich jede verfluchte Nacht um den Verstand bringt, und ich ihr vorlautes Mundwerk am liebsten für immer verschließen möchte, gefällt mir das Spiel zwischen uns mit jedem Tag besser. Es ist das erste Mal seit Langem, dass ich ein Mädchen an meiner Seite habe, das sich nicht ungefragt unterwirft und mich anhimmelt. Das ihre eigenen Vorstellungen und Erwartungen hat und für sich selbst kämpft. Ironischerweise habe ich das Gefühl, dass die Beziehung zwischen Lia und mir realistischer ist als jede Beziehung, die ich davor hatte. Schnaubend starre ich mein eigenes Spiegelbild an und schüttle den Kopf. Mach dich nicht lächerlich, James! Lia ist ein Spielzeug. Ein heißes Mittel für einen verdammt wichtigen Zweck und keine Frau, für die es sich lohnt, etwas zu riskieren! Meine Augen funkeln mir höhnisch entgegen, als wolle mein Verstand mich auslachen. Dafür, dass ich drohe,

zum ersten Mal in meinem Leben eine echte Schwäche
für eine Frau zu entwickeln. Der einzige Grund, weshalb ich nicht klar denken kann, ist, dass ich sie noch
nicht gevögelt habe. Es wird Zeit, dieses Problem aus
der Welt zu schaffen!

Beherzt nicke ich mir selbst zu und ziehe einen
schwarzen Anzug aus dem Schrank. Dieses Mal breche
ich meine eigene Kleidungsregel und kombiniere kein
weißes Hemd dazu. Für mein vermutlich blutiges An-
liegen ist es von Vorteil, vollständig schwarz gekleidet
zu sein. Auf diesen Vormittag habe ich mich fast so sehr
gefreut wie auf den anstehenden Abend. Es ist wichtig,
meinen Ruf als Teufel von Portland regelmäßig zu un-
termauern. Besonders jetzt, da mich viele Leute an Lias
Seite gesehen haben. Ich muss ihnen beweisen, dass ich
mich nicht wegen einer Frau verändert habe, und noch
immer zuverlässig Aufträge ausführe. Pfeifend
schließe ich die Manschettenknöpfe an meinem Ärmel
und ziehe eine teure Rolex an. Zufrieden binde ich mir
eine blutrote Krawatte und schließe meine Tür hinter
mir.

Lia sitzt hoch konzentriert am Küchentisch über ihrem Laptop. Neben ihr liegen einige Psychologiebücher
kreuz und quer verteilt. Von der Tür aus habe ich einen
guten Blick auf ihr Seitenprofil und mustere sie ausführlich. Sie trägt einen beigefarbenen Kaschmirpullo-
ver, der ihre perfekte Figur umspielt und eine dunkelblaue Jogginghose. Dazu hat sie ein weißes Paar Ku-
schelsocken an. Ihre Haare hat sie zu einem chaoti-
schen Dutt gebunden und obwohl sie keines der knap-
pen Outfits der letzten Tage trägt, schleicht sich bei ihrem Anblick ein Lächeln auf meine Lippen. Egal, was

sie trägt, sie ist von Natur aus wunderschön. Nachdenklich knabbert Lia an ihren Fingernägeln und seufzt frustriert auf. Langsam nähere ich mich ihr und lege meine Hand auf ihre Schulter. Überrascht zuckt sie zusammen und dreht sich langsam zu mir um. Ihre Augen funkeln mich böse an und abschätzig schürzt sie ihre Lippen.

»Verdammt, J. T.! Du hast mich erschreckt. Mach das nie wieder!« Um ihren Worten mehr Ausdruck zu verleihen, verschränkt sie ihre Arme vor der Brust und mustert mich abfällig.

»In meiner Wohnung erteile ich die Befehle«, erwidere ich schmunzelnd und ziehe amüsiert eine Augenbraue hoch. »Wie ich sehe, hast du dich in deinem neuen Leben eingelebt und machst endlich etwas Nützliches mit deiner Freizeit. Ich wusste gar nicht, dass angehende Psychologen fleißig sein können.«

»Sei kein Arsch«, murrt sie, doch ihre Augen leuchten verräterisch. Ich weiß, dass sie den Schlagabtausch zwischen uns genauso liebt, wie ich, und den Höhepunkt kaum erwarten kann. »Im Gegensatz zu anderen Personen hier im Raum, halte ich mich bevorzugt an das Gesetz. Meine Masterarbeit schreibt sich nicht von alleine und ich halte nichts davon, Plagiat in Form von KI-geschriebenen Texten zu begehen. Und was hast du vor? Jemandes Beerdigung ruinieren?«

Schmunzelnd beuge ich mich vor, sodass meine Lippen ihr Ohr berühren. Langsam lasse ich meine Hand über ihren Hals wandern und spüre ihren schnellen Puls. Ihr angenehmer Duft strömt in meine Nase und in meiner Hose wird es gefährlich eng. »Nein, Beerdigungen sind nicht mein Ding. Ich erschaffe lediglich die Leichen. Ich muss jemanden beiseiteschaffen und einen wichtigen Deal absegnen. Wenn ich zurück bin, erwarte ich, dass du fertig für den Ball bist. Ich brauche nicht lange, um das Blut von meinem Körper zu waschen und mich umzuziehen.«

Meine Stimme ist ein gefährliches Flüstern, dennoch versteht sie jedes Wort. Lia erschaudert bei meinen Worten, und als ich mich von ihr löse, starrt sie mich gebannt an. Ich habe ihr gerade gebeichtet, dass ich jemanden umbringen werde. Statt mich ängstlich zu mustern und von mir abzurücken, sieht sie mich interessiert an. Fuck, was zur Hölle stimmt nicht mit ihr? Wie kann sie sich zu einem Mörder hingezogen fühlen und wieso fasziniert es mich so an ihr?

»Wehe, jemand beobachtet dich bei dem Mord und schickt die Polizei hier her! Ich will nicht damit in Verbindung gebracht werden. Das würde den Abend ruinieren und das könnte ich dir nie verzeihen. Ich wollte schon immer auf einen Weihnachtsball, und nur, weil ausgerechnet du meine Begleitung bist, muss es nicht zu einem Albtraum werden.«

Ungläubig schüttle ich den Kopf und lache heiser. »Babe, ich mache das schon seit fünf Jahren und bisher konnte keiner meiner unzähligen Opfer zu mir zurückverfolgt werden. Wenn du brav bist, bekommst du heute Abend deinen Traumprinzen. Aber mein Herz kann ich dir nicht schenken. Soll ich dir ein anderes mitbringen?«

Augenrollend steht Lia auf und schlendert gemütlich zur Kaffeemaschine. »Nein, danke. Kannibalismus ist nicht mein Geschmack. Das überlasse ich gerne dir.«

Obwohl ihr klar sein muss, dass ich es ernst meine, lassen meine Worte sie kalt. Was hat sie erlebt, dass sie so abgebrüht ist? Und wie ist es möglich, dass zugleich eine verträumte Studentin in ihr steckt, die noch immer auf ein Happy End mit ihrem Traummann wartet?

»Sehe ich so aus, als würde ich die kaputten Organe eines Junkies essen? Dann lieber ein blutiges Rindsteak oder eine saftige Schweineleber.«

Lässig greife ich in die Kiste mit den Lebkuchen und beiße genüsslich ab. Das Gerede über Essen macht mich hungrig. Ich räuspere mich und will gerade zur nächsten Andeutung ansetzen, doch ehe ich die Unterhaltung mit Lia vertiefen kann, piept mein Handy. Ein Blick aufs Display zeigt, dass die Nachricht von meinem Bruder ist.

Levin [09:23 Uhr]: Wo bleibst du James? Wir haben einen Job zu erledigen.

Seufzend drücke ich Lia einen fordernden Kuss auf den Mund, schnappe mir mein Jackett und verlasse meine Wohnung. Seit unserem Treffen mit Fernando hat Levin seine Kontakte spielen lassen. Mittlerweile wissen wir, wo sich Alejandro mit den gestohlenen Waffen aufhält. Offensichtlich dachte dieser Vollpfosten, dass er allen Ernstes ein Kartell bestehlen und ungestraft dessen Ware verticken kann. Und dann hat dieser Wichser sich in einem leer stehenden Lagerhaus in der Walnut Street im East End versteckt und Connections zum Schwarzmarkt geschaffen. Levin und ich haben uns als Interessenten ausgegeben, die sich gerne die Ware ansehen, und bei Interesse kaufen möchten. Da dieser Schwachkopf noch nicht lange in Portland ist, hat er offenbar keine Ahnung, in welcher Beziehung wir zur Mafia stehen. Vermutlich hat er nur unsere Namen gecheckt und sich damit zufriedengegeben, dass wir garantiert keine Bullen sind. Sein Fehler!

Während der Fahrt von meiner Wohnung zum Treffpunkt gehen Levin und ich unseren Plan bis ins kleinste Detail durch und achten dabei auf mögliche Fehler und unerwartete Wendungen. Kein Plan ist perfekt, unserer jedoch ist idiotensicher. Während ich den guten Bruder mit dem Gewissen mime, spielt er den knallharten Bad-Boy. Ich war schon immer besser darin, Fragen zu stellen. Levin hingegen wurde früh zu einem wahren Meister der Folter. Mit dieser Kombination haben wir bisher jeden Gegner zum Reden gebracht und auch heute wird sich nichts daran ändern. Ein paar Minuten später hält Levins Fahrer einige Meter vom Lagerhaus entfernt und mit einem kurzen Blick zu den Seitenstraßen steigen wir aus. Räuspernd rücke ich mein Jackett, unter dem ich diverse Waffen und Folterspielzeuge versteckt habe, zurecht und betrete als Erster das Lagerhaus.

»Alejandro?«, rufe ich in den leeren Raum hinein und bleibe mit erhobenen Händen stehen. »Mein Name ist J. T. Rivers und ich glaube, wir beide sind verabredet.«

Für einen Moment ist es totenstill und ich nutze die Zeit, um mich unauffällig umzusehen. Die Halle ist circa zwanzig Quadratmeter groß und nur wenige Möbel stehen verteilt. Auf den ersten Blick kann ich weder Kameras noch Fluchtwege ausmachen. Entweder ist er wirklich blöd und geht unvorbereitet in ein solch prekäres Treffen oder er ist besser vorbereitet als erwartet.

Wenige Sekunden später höre ich es scheppern und kurz darauf steht der Spanier vor mir. Ohne Back-up, dafür aber mit einer Pistole ausgestattet, läuft er auf mich zu und bleibt in einem gewissen Sicherheitsabstand stehen. Oje, das wird ein leichtes Spiel für uns. Skeptisch mustert er mich von oben nach unten und fixiert mich anschließend mit zusammengekniffenen Augen. Er dürfte gerade einmal Anfang 20 sein. Offiziell wurden seine Eltern ermordet und nach seiner Flucht in die USA wurde er vom Kartell aufgenommen. Schade für ihn, dass seine erbärmliche Existenz endet, noch ehe er sein erstes Weihnachten hier erleben durfte.

»Mr. Rivers? Schön, dass Sie es geschafft haben. Ich weiß, dass Sie eine Waffe versteckt halten. Schieben Sie sie rüber, nur zur Sicherheit. Danach zeige ich Ihnen gerne meine Schätze. Wo ist Ihr Bruder? Wollte er nicht mitkommen?«

Gespielt ahnungslos zucke ich die Schultern und greife langsam in meinen Hosenbund. Vorsichtig zeige ich ihm die Pistole, beuge mich vor und schiebe sie zu ihm rüber. Kaum hat er mir meinen Akt der Unterwerfung abgekauft, steckt er seine Waffe wieder ein. Im selben Moment sehe ich aus den Augenwinkeln, wie sich mein Bruder von hinten anschleicht und dem Mistkerl seine Schusswaffe an den Kopf hält.

»Ich bin doch hier, Alejandro«, säuselt mein Bruder amüsiert und übt ein wenig Druck auf Alejandros Schläfe aus. »Sei ein braver Junge und führe uns zu deinem Depot. Dann passiert dir nichts. Machst du Ärger, wirst du bluten. Verstanden?«

Mit großen Augen sieht der Möchtegern-Gangster zwischen Levin und mir hin und her und deutliche Schweißperlen bilden sich auf seiner Stirn. Seine Beine zittern, als er uns unter der Bedrohung zu den gestohlenen Waffen führt.

»M-Meine Herren«, stottert er verzweifelt und gestikuliert wild mit seinen Händen. »Ich verstehe nicht, was das hier soll! Ich dachte, wir wollten einen Deal abschließen. Kein Grund, mich zu bedrohen!«

»Halt's Maul!«, knurrt Levin und schubst Alejandro unsanft zu Boden. Panisch versucht der Junge, davon zu krabbeln. Schmunzelnd beobachte ich seinen Versuch und zähle innerlich bis drei. Gerade als der Versager hinter einem Sessel verschwinden will, hebt Levin seine Pistole und schießt Alejandro in die Kniekehle. »Komm zurück, oder mein nächster Schuss zielt auf deine Wirbelsäule«, ruft Levin deutlich und heulend kommt unser Opfer zurück.

»Sei nicht so gemein, Lev«, tadle ich meinen Bruder lachend und deute auf das Blut am Boden. »Du weißt doch gar nicht, ob Alejandro mit uns kooperieren wird. Gib ihm doch wenigstens eine Chance, seinen Fehler wiedergutzumachen. Du hast deinen Standpunkt deutlich gemacht.«

Mein Bruder weiß, dass ich kein Wort davon ernst meine. Wer so dumm ist, sich mit der Mafia anzulegen, hat es nicht verdient, lebend aus der Sache herauszukommen. Außerdem ist Fernando unser Freund und wer sich mit unseren Freunden anlegt, muss bezahlen.

Augenrollend geht Levin auf mein Spiel ein und schnalzt mit seiner Zunge. »Laber keinen Scheiß, James. Der Idiot hat Fernando bestohlen. Was wäre ich für ein Freund, wenn ich ihm die Rache verweigere? Außerdem muss ich ein wenig Stress abbauen. Deine rothaarige Schlampe kann zwar gute Blowjobs, aber zu mehr ist sie nicht zu gebrauchen. Du solltest sie feuern.«

Ich schnaube verächtlich und verschränke die Arme vor der Brust. Vermutlich hat er wirklich mit meiner Kellnerin geschlafen, aber ich hatte sie besser in Erinnerung. Vielleicht war ich auch einfach zu betrunken und nicht mehr ganz so urteilsfähig.

»Er ist ein Arsch, oder Alejandro?«, frage ich rhetorisch und seufze. »Nur, weil eine Frau ihn nicht befriedigen kann, muss er sie nicht gleich beleidigen oder wahllos auf Leute schießen. Ist ein wenig übertrieben, meinst du nicht auch?«

Sichtlich überfordert schaut er zwischen meinem Bruder und mir hin und her und schluckt sichtbar. »Ja, schon«, murmelt er zitternd und schaut zu Boden.

Schnaubend tritt Lev auf ihn zu und zielt auf Alejandros Schulter. Heulend vor Schmerz drückt er seine Hand auf die Wunde und lehnt sich kraftlos an die Wand.

»Falsche Antwort«, knurrt Levin und bleibt über seinem Opfer stehen. »Mein Bruder scheint ein wenig zu verweichlichen, seit er nur noch die gleiche Pussy leckt. Als Nächstes labert er noch irgendeinen Bullshit von Weihnachtsgeist und Vergebung. Willst du einen Pfarrer her zitieren, Bruderherz? Oder wirst du wieder zu dem Mann, den ich kenne?«

Knurrend trete ich neben ihn und schlage ein wenig fester auf Levins Schulter. »Lia kann ziemlich gut meinen Namen stöhnen, und, fuck, ist sie eng. Und ehrlich gesagt, schmeckt sie verdammt lecker. Ich wüsste nicht, weshalb ich darauf verzichten sollte. Was den Pfarrer betrifft, passe ich. Deine Seele kann sowieso niemand mehr retten. Können wir uns jetzt auf diesen Versager konzentrieren? Es wäre unangebracht, zu meinem eigenen Ball zu spät zu kommen.«

Levins Augen leuchten, als er den Kopf schief legt und mich einen kurzen Moment mustert. Ich sehe nahezu, wie es in seinem Hirn rattert. Vermutlich wiegt er gerade ab, ob es nicht spannender wäre, mehr über mein Sexleben und den Stand unserer Wette zu erfahren. Gott sei Dank entscheidet er sich anders und legt seinen Fokus erneut auf Alejandro. Mein Bruder braucht nicht zu wissen, dass ich meine Fake-Freundin bisher nur geleckt und nicht gefickt habe, und seine Chancen, die Wette zu gewinnen, gar nicht so schlecht stehen.

»Nun gut, Alejandro«, donnert mein Bruder durch die Halle und seine Stimme echot an den Wänden. Zitternd sackt der Junge vor uns zusammen und schlingt schützend seine Arme um seinen Körper. Als ob diese Geste ihn noch retten könnte.

»Mein Bruder wird dir ein paar Fragen zu den Waffen und deinem Betrug gegenüber dem Kartell stellen. Jedes Mal, wenn du lügst, feige stotterst oder dich hinter Ausreden versteckst, lasse ich dich leiden. Stellst du eine Frage, blutest du ebenfalls. Zu deinem eigenen Wohl rate ich dir, zu kooperieren und das Ganze schnell zu beenden. Hast du das verstanden?«

Zögerlich nickt Alejandro, doch offenbar ist er unfähig, aus seinen Fehlern zu lernen. Langsam hebt er den Kopf und sieht mich an. »Wenn ich eure Fragen beantworte, lasst ihr mich dann gehen?«

Frustriert stöhnt mein Bruder auf und presst seine Lippen aufeinander. Dann macht er einen Schritt nach vorne und tritt mit voller Wucht auf Alejandros Knie. Das laute Knacken geht im Heulen fast unter, und mit aufgerissenen Augen sieht er uns an. »Ich sagte doch«, knurrt Levin und holt zu einem Schlag gegen Alejandros Kiefer aus, »dass du keine Fragen stellen sollst. Muss ich dir erst jeden einzelnen Zahn ausschlagen, damit du es kapierst?«

Zitternd schüttelt Alejandro den Kopf und zufrieden nickt mein Bruder mir zu. Entschlossen trete ich neben Lev und als unser Opfer zusammenzuckt, lache ich leise auf.

»Hey, vor mir brauchst du keine Angst zu haben. Ich bin nur derjenige, der dich am Ende tötet. Mit der Folter habe ich nichts zu tun. Und je eher du meine Fragen beantwortest, desto weniger musst du leiden. Also: Wieso hast du Fernando betrogen und dem Kartell die Waffen gestohlen? Was wolltest du damit erreichen?«

Alejandros Lippen zittern und das Blut trieft aus seiner Nase, dem zertrümmerten Knie und seiner Schulter. Der Schmerz scheint ihn zu überwältigen und selbst das Anlehnen an der Wand kostet ihn jede Mühe. Dennoch empfinde ich kein Mitleid für dieses Weichei, sondern hauptsächlich Vergnügen.

»Das war eine Kurzschlussreaktion«, fiept unser Opfer und reißt ängstlich die Augen auf. »Ich schwöre, ich hatte es nicht geplant! A-Aber i-ich sah meine Chance und –«

Ehe er seinen Satz beenden kann, fasst Levin ihn am Hals und schlägt seinen Hinterkopf gnadenlos gegen die Wand. »Du sollst nicht stottern und dich herausreden«, knurrt er drohend und drückt am Hals zu. »Kurze und prägnante Antworten, ist das so schwer? Ich kann verstehen, dass du Schiss vor dem Tod hast, aber mit dieser Masche kommst du uns auch nicht davon.«

Dann dreht Lev sich zu mir um und schnaubt resigniert. »Ich glaube nicht, dass dieser Versager jemals eine echte Bedrohung war. Nur ein Vollpfosten, der die falschen Leute betrogen hat. Wenn du magst, kannst du ihn umbringen. Egal, wie sehr ich ihn foltere, er wird eh nicht von Nutzen sein.«

Zustimmend nicke ich und mache den letzten großen Schritt auf Alejandro zu. Das Adrenalin breitet sich wie Lava in meinen Venen aus und mit einem Mal bin ich energiegeladen. Mein Herz pocht erwartungsvoll und mit einem breiten Lächeln gehe ich vor meinem Opfer in die Hocke. Interessiert mustere ich seinen malträtierten Körper und sauge seinen Zustand genüsslich in mir auf. Zersteche oder erschieße ich sein Herz, hält sich die Sauerei in Grenzen und er ist schneller tot. Aber will ich das wirklich? Mein Outfit ist perfekt für ein Schlachtfeld geeignet und diese Chance muss ich nutzen. Entschieden hole ich meinen Dolch heraus und ramme ihn zuerst in Alejandros Bauchhöhle, bevor ich ihm die Kehle aufschlitze. Sein Körper gleitet kraftlos zu Boden und seine Haut wird mit jeder Sekunde blasser. Das Blut fließt erbarmungslos auf den Boden, während seine Atemzüge immer langsamer und schwacher werden. Kaum hat Alejandro die Augen für immer geschlossen, rufe ich Mike an und verlasse mit meinem Bruder die Halle.

Kapitel Siebzehn

Lia

Kaum hat J. T. die Wohnung verlassen, schleiche ich auf Zehenspitzen durch die Räume. Habe ich das Glück, dass niemand außer mir hier ist? Bin ich das erste Mal seit 17 Tagen für einen kurzen Moment frei? Mein Herz pocht lautstark gegen meine Rippen und mit schweißnassen Händen öffne ich die Wohnzimmertür. Das Adrenalin flutet meinen Körper und das Blut rauscht mir in den Ohren. Der Flur liegt verlassen vor mir und es ist totenstill. »Hallo?«, rufe ich nervös und halte für einige Sekunden den Atem an. Tatsächlich scheint niemand in der Wohnung zu sein. Irritiert von James' Vertrauen, laufe ich zum Sofa und schalte Netflix ein. Endlich kann ich in Ruhe einen Weihnachtsfilm sehen, ohne mir einen dummen, von Testosteron verpesteten Kommentar über Frauen und Romantik anhören zu müssen. Meinen Plan, die Masterarbeit voranzubringen, kann ich morgen noch in die Tat umsetzen. Trällernd mache ich mir eine heiße Schokolade und setze mich vor den Fernseher. Doch bevor ich auf Play drücke, nehme ich mein Handy in die Hand und suche Mels Nummer bei WhatsApp raus.

Lia [9:37 Uhr]: Hey Süße, wie geht's dir?

Mel [09:37 Uhr]: Lia! Endlich! Ich hatte schon Schiss, dass der Mistkerl dir was getan hat! Ist alles gut bei dir? Brauchen wir einen Rettungstrupp?

Das ist so typisch für Mel! Schmunzelnd verdrehe ich die Augen und grinse in mich hinein. Wie sehr ich diese Unterhaltungen vermisse!

Lia [09:39 Uhr]: Alles gut, kein Grund, durchzudrehen. Du fehlst mir. Aber ich glaube, J. T. und ich entwickeln eine seltsame Vertrauensbasis. Vielleicht können wir uns die nächsten Tage wieder sehen.

Mel: [09:40 Uhr]: Wie, seltsame Vertrauensbasis? Ich dachte, du verachtest den Typen?! Was habe ich verpasst?

Seufzend fahre ich mir durch die Haare und knabbere auf meiner Unterlippe. Kann ich ihr davon erzählen? Aber, wenn nicht ihr, wem dann? Ich würde niemandem so sehr vertrauen wie Mel. Und vielleicht ist mein Verlangen nach J. T. s Berührungen weniger seltsam, wenn ich sie mit jemandem teile? Mit zittrigen Fingern schreibe ich:

Lia [09:43 Uhr]: Es ist kompliziert. Also er ist ein Arsch und daran wird sich auch nichts ändern. Aber dann ist da diese verdammte Anziehung zwischen uns. Und wenn er mit seiner Nichte zusammen ist, ist er ganz anders. Ach, ich weiß auch nicht! Ich will ihn, Mel! Was stimmt nicht mit mir?

Mel [09:44 Uhr]: Was nicht mit dir stimmt? Offenbar so einiges! Wie meinst du das, zwischen euch herrscht eine seltsame Anziehung? Hast du dich etwa von ihm flachlegen lassen?

Ertappt schaue ich zu Boden, obwohl ich weiß, dass Mel mich nicht sehen kann. Gott, sie kennt mich viel zu gut. Ich wusste, dass ich ihr nichts verheimlichen kann.

Lia [09:47 Uhr]: Nein, so ist das nicht. Also schon, aber … Ach, keine Ahnung. Wir haben ein wenig rumgemacht, und verdammt, seine Zunge ist echt talentiert. Wer weiß, wie das geendet wäre, wenn er es nicht gestoppt hätte? Mann, ich kann ihn nicht vergessen, Mel. Ich bin nicht verknallt oder so, aber fuck, ich will ihn!

Mel [09:47 Uhr]: Wenn es nur das ist, dann lass es zu. Du hängst eh noch ein Jahr bei ihm fest, dann kannst du dich wenigstens etwas amüsieren. Aber pass auf, dass du dein Herz nicht verlierst. Ist heute nicht so ein ominöser Ball, bei dem er eure angebliche Beziehung bekannt gibt?

Irritiert runzle ich die Stirn und lege den Kopf schief. An dem Abend, als J. T. mich erpresst hat, habe ich sie knapp darüber informiert. Aber wie soll ein Abend voller Musik und Alkohol mir helfen, ihn aus meinem System zu bekommen?

Lia [09:49 Uhr]: Ja, und? Das heißt doch nur, dass ich erneut seine Nähe ertragen muss. Was bringt mir das? Es wird die Sache höchstens schlimmer machen.

Mel [09:50]: Nutz das zu deinem Vorteil, Süße. Putz dich ordentlich heraus, amüsiere dich, genieße den Abend und verführe ihn. Ohne dabei aufdringlich zu sein. Du wirst sehen, er wird dieses Mal nicht die Finger von dir lassen können.

Nachdenklich lese ich mir ihre letzte Nachricht mehrfach durch und nicke anschließend. Mel hat recht. Wir leben in einer Zeit, in der wir Frauen ebenfalls jemanden verführen können. Und J. T. liebt Machtspielchen. Es heißt doch immer, dass Sex der Inbegriff von Macht ist. Wenn ich es schaffe, ihn für diese Nacht für mich zu gewinnen, wird er vielleicht aufhören, mich zu unterschätzen. Außerdem kann ich dann endlich über seine Anziehung hinwegkommen und ihn wieder so stark verachten, wie zuvor. Entschlossen starte ich einen Film und lehne mich gemütlich zurück. Ich habe alle Zeit der Welt und bevor ich mich fertig mache, kann etwas Entspannung nicht schaden.

Gegen 18 Uhr stehe ich vom Sofa auf und mache mich auf den Weg ins Badezimmer. Den gesamten Nachmittag habe ich damit verbracht, mir diverse Filme anzusehen, Pizza zu bestellen und mehrere Gesichtsmasken aufzutragen. Ausgeruht und euphorisch gehe ich ins Bad und stelle mich unter die Dusche. Vor meinem inneren Auge sehe ich den Ablauf des Abends vor mir und werde mit jeder Sekunde hibbeliger. Mein Plan, wie ich J. T. heißmachen kann, hat in letzten Stunden immer stärkere Züge angenommen. Von der schüchternen, naiven Lia, die ich vor diesem brisanten Deal war, ist im Moment nichts übrig. Ich weiß, dass er niemals mein Ritter auf dem weißen Pferd sein wird. Kein Held, der mir zu Füßen liegt. Aber genau diese Tatsache ist der Grund, weshalb ich ihn will. Denn ja, er hat mich aus einem Leben befreit, das ich niemals wollte, und in den letzten Tagen habe ich mich immer mehr verändert. Ich erkenne mich teils kaum noch wieder und es sollte mir Angst machen. Stattdessen fühlt es sich an, als könnte ich zum ersten Mal richtig atmen und herausfinden, wer ich wirklich bin. Und der dunklere Teil in mir sehnt sich nach J. T. Nach seinen Berührungen, seinen Lippen und seiner Zunge. Vor allem aber nach seinem Schwanz.

Nach einer ausführlichen Dusche föhne ich meine Haare und glätte sie. Anschließend ziehe ich mir das dunkelblaue Kleid an, das ich extra für diesen Anlass gekauft habe. Es endet knapp über meinen Knien und liegt figurbetont wie eine zweite Haut an. Der Ausschnitt wird von silbernen Glitzersteinen geziert. Die Ärmel sind aus durchsichtigem Stoff und enden über meinen Ellenbogen. Passend dazu ziehe ich eine silberne Halskette mit Herzanhänger und dazu gehörigen Ohrringen an und wähle ein zierliches Armband aus Sterlingsilber aus. Meine dunkelblauen Schuhe haben einen Absatz von fünf Zentimetern. Ich lasse meine Haare offen über meine Schultern fallen. Mit wenigen Handgriffen trage ich etwas Puder auf und ziehe einen Lidstrich in Schwarz. Für mehr Glamour entscheide ich mich zusätzlich für dezent schimmernden Lidschatten. Mein Herz pocht nervös in meiner Brust, als ich die

Mascara und den Lipgloss auftrage. Gerade als mein Outfit sitzt, höre ich, dass J. T. die Tür aufschließt. Ich werfe einen letzten prüfenden Blick in den Spiegel und lächle meinem Spiegelbild aufmunternd zu. Ich kann das. Diese Nacht gehört mir. Ich sehe umwerfend aus und bin bereit, nach meinen Regeln zu spielen. Mit schweißnassen Händen verlasse ich mein Badezimmer und betrete das Wohnzimmer.

Kapitel Achtzehn

Lia

J. T. steht mit dem Rücken zu mir. Er hält ein Glas Whiskey in der Hand und schaut aus dem Fenster. Ich sehe die Reflexion seiner nachdenklichen Mimik in der Fensterscheibe und bleibe einen Moment stehen. Er scheint so in Gedanken vertieft, dass er mich nicht bemerkt. Besorgt mustere ich ihn und schlucke schwer. Ist bei seinem Auftrag etwas schiefgelaufen? Irritiert über meine Gefühle, schüttle ich den Kopf. J. T. ist ein Arschloch, das mit größter Freude und in vollem Bewusstsein das Leben unschuldiger Menschen zerstört und fremde Leute tötet. Dem Moral kein Begriff zu sein scheint, und der alles tut, um die Macht zu behalten. Anderseits spüre ich, dass mehr in ihm steckt. Seine Abneigung gegen Weihnachten sowie sein Misstrauen in die Menschheit sind Überbleibsel aus seiner Kindheit, die er hinter einer Mauer aus Gewalt und Geldrausch versteckt. Was ist dem jungen James passiert, dass er zum gefährlichen Clubbesitzer wurde? Jemand, der mit der Mafia kooperiert und illegale Geschäfte fördert? Kann eine Person, die alles für ihre kleine Nichte tun würde, wirklich ein Monster sein? Und wieso zur verfluchten Hölle fühle ich mich zu diesem Mann hingezogen?

Entnervt von mir selbst, atme ich tief ein und aus, ehe ich meine Lippen für einen kurzen Moment aufeinanderpresse. Seine Gründe und sein Business gehen mich nichts an. Je mehr emotionale Distanz ich zu ihm halte, desto besser! Ich muss mich auf mein eigenes Überleben konzentrieren und in einem Jahr sehen wir uns sowieso nicht wieder. J. T. und ich sind keine Freunde. Das Einzige, das uns verbindet, sind ein fragwürdiger Deal und die sexuelle Anziehung zueinander. Nichts, das auf Dauer Bestand hat. Entschlossen nicke ich, gehe langsam auf ihn zu und berühre seinen muskulösen Oberarm. Ein angenehmer Stromschlag fährt durch meine Glieder und die Härchen auf meinen Armen stellen sich auf. Sein Duft strömt mir in die Nase und nur mit Mühe kann ich ein Seufzen unterdrücken. Gott, dieser Mann ist eine einzige lebende Versuchung. Bedächtig dreht er sich zu mir um und mustert mich von oben bis unten. Ich spüre seinen intensiven Blick und mit einem Mal wird mir heiß. Mein Herz flattert und ich schlucke schwer. Als er mir direkt in die Augen schaut, schnappe ich nach Luft. In seinem Blick liegt ein unverkennbarer Hunger, der meine Hirnzellen zum Schmelzen bringt. Wie ferngesteuert schaue ich zu ihm auf, warte schweigend auf seine Reaktion. Sein Kiefer mahlt und er schluckt sichtbar. Das Wissen darüber, dass er mit jeder Faser seines Körpers gegen sein Verlangen nach mir ankämpft, löst ein angenehmes Ziehen in meiner Mitte aus.

»Du siehst umwerfend aus«, murmelt er mit rauer Stimme und die Schmetterlinge in meinem Bauch tanzen Salsa.

»Danke, du auch«, erwidere ich leise und erlaube mir, ihn ebenso einvernehmend zu betrachten. Offensichtlich hat er sich in seinem Büro oder auf der Fahrt umgezogen, denn sein schwarzer Mafia-Beerdigungs-Anzug wurde durch einen modernen, grauen Anzug mit weißem Hemd und blauer Krawatte ersetzt. Das Hemd schmiegt sich provokant an seinen muskulösen Oberkörper und in seinem Jackett steckt ein zur Krawatte passendes Einstecktuch.

»Woher wusstest du, dass ich Blau trage? Und was ist mit deiner Vorliebe für Schwarz passiert?«, frage ich räuspernd und unterdrücke ein Seufzen. Es sollte verboten sein, dass ein Mann so heiß ist und mir das Denken unnötig erschwert.

»Tja, Babe«, erwidert er leise knurrend und bei diesem Sound setzt mein Herz für einen Takt aus. »Ein schwarzer Anzug, der nach dem Tod schreit, hätte kaum zu einer Charity-Veranstaltung gepasst, nicht wahr? Außerdem bekomme ich alles mit, was in meinem Haus passiert.«

»Aber das ist kein Haus, sondern eine Wohnung.« Provokant zwinkere ich ihm zu und grinse in mich hinein.

Mit einem Schritt überwindet er die letzten Millimeter zwischen uns und nähert sich mit seinen Lippen meinem Ohr. »Willst du mich provozieren, Prinzesschen?« Seine Stimme ist ein raues Flüstern, das sich wie heiße Lava durch meinen Körper frisst, und für einen Moment drohe ich umzukippen. Seelenruhig fährt J. T. mit seinem Zeigefinger meinen Hals entlang und hält über meinem Schlüsselbein inne.

Schwer atmend schüttle ich den Kopf und senke meine Augenlider. Mein Verstand verstummt, und das

Denken fällt mir sekündlich schwerer. Ich sollte weglaufen. Aber alles, was ich will, ist ihm um den Hals zu fallen. Das Blut rauscht mir in den Ohren, als J. T. plötzlich seine Hand unter mein Kinn legt und mich zwingt, ihn anzusehen.

»Sehr gut«, knurrt er und drückt seine Lippen hart auf meine. Leise seufzend schließe ich meine Augen und recke mich ihm entgegen. Ich spüre J. T.s Hand auf meiner Hüfte, die mich mit einem starken Ruck an seinen Körper presst. Leidenschaftlich fährt er mir mit seiner Zunge über die Lippen, und sofort öffne ich meinen Mund. Gewähre seiner heißen Zunge Einlass. Mein Körper steht innerlich in Flammen, als ich sehnsüchtig meine Hand ausstrecke und in seinen Haaren vergrabe. Hungrig ziehe ich seinen Kopf näher zu mir und genieße das Spiel unserer Lippen. Seine Hand streicht fordernd über meinen Körper, ehe er mir einen leichten Klaps auf den Hintern gibt. Angetörnt von seiner Dominanz, stöhne ich in den Kuss und schlinge meine Arme um seinen Hals. Presse mich gegen seine Härte und reibe mich an ihm. J. T. knurrt und sein Griff um meine Hüfte wird stärker.

Plötzlich vernehme ich ein lautes Räuspern hinter uns, das mich gnadenlos zurück in die Realität holt. Benommen blinzle ich und löse mich von James. In seinen Augen tobt derselbe Sturm wie in meiner Brust, und verträumt lecke ich mir über die Lippen. Schwungvoll dreht J. T. sich um und verlegen folge ich seinem Beispiel. Steven steht in der Tür und schaut perplex zwischen uns hin und her.

»Was willst du?«, zischt J. T. und legt besitzergreifend seinen Arm um meine Hüfte. »Ich bin beschäftigt.«

»Das sehe ich. Dennoch beginnt in einer halben Stunde der Einlass deiner Gäste und Levin hat gefragt, wo ihr bleibt. Ich hatte nicht vor, euch zu unterbrechen. Aber wenn ich nicht zu spät kommen wollt, solltet ihr euer Liebesspiel auf heute Nacht verschieben.«

Meine Wangen brennen und verlegen fahre ich mir durch die Haare. »Wir kommen schon«, murmle ich leicht piepsig und schiebe mich an den beiden Männern vorbei.

Ich brauche dringend eine Abkühlung und fliehe in die kalte Abendluft. Vor der Tür lehne ich mich gegen die Wand, schließe für einen Moment die Augen und atme tief aus. Einige Schneeflocken fliegen mir ins Gesicht und ein leichter Windzug spielt mit meinen Haaren. Der Duft nach Weihnachten liegt in der Luft und aus geöffneten Fenstern dringen Weihnachtsmusik und fröhliches Gelächter zu mir durch. *Ganz ruhig bleiben, Lia. Es war nur ein Kuss und kein lebenslängliches Abkommen. Er ist heiß und du bist untervögelt. Es ist nicht deine Schuld.* Genauso ist es! Bestimmt würde jeder gut aussehende Typ dieses Verlangen in mir auslösen, bis ich mal wieder richtig guten Sex hatte. Oder? Immerhin herrschte von der ersten Sekunde an diese verbotene Anziehung zwischen J. T. und mir und sein Bruder lässt mich kalt. Fuck, mit mir stimmt etwas ganz und gar nicht!

Ehe ich weiter mit mir selbst schimpfen kann, höre ich die Haustür hinter mir aufgehen. Schwungvoll drehe ich mich um und schlucke. Mein persönlicher Teufel und sein Chauffeur laufen geradewegs auf mich zu. J. T. s Blick streift mich und hocherhobenen Hauptes gehe ich an ihm vorbei und steige ins Auto. Nur, weil

175

ich scharf auf ihn bin, lasse ich mich nicht von ihm rumschubsen und mich wie eine Marionette behandeln!

»Von mir aus können wir dort weiter machen, wo wir eben aufgehört haben«, raunt er, kaum, dass er sich neben mich setzt. »Auf der Rückbank ist genügend Platz und ein paar Minuten bleiben uns noch.«

»Auf keinen Fall!«, rufen Steven und ich zeitgleich aus und entsetzt schnaube ich. »Ich habe wirklich keine Lust, deinem ehemaligen Babysitter und jetzigem Fahrer eine private Show zu liefern.« Allein bei der Vorstellung schüttelt es mich. Danach könnte ich Steven nie wieder in die Augen schauen, was ein sehr langes Jahr werden würde.

»Vielen Dank, James, aber ich bleibe lieber bei Pornos. Die lassen sich wenigstens nach meinem Geschmack auswählen«, antwortet Steven trocken, während sein Blick stur auf die Straße gerichtet ist.

J. T. fängt leise an zu lachen und langsam zieht er seine linke Augenbraue hoch.

»Du bist ein Idiot«, murmle ich und werfe ihm einen bösen Blick zu.

»Und doch kannst du es kaum erwarten, dass ich mich endlich in dir versenke und dich so hart dran nehme, wie du es dir in deinen Träumen ausmalst.«

Seine Augen funkeln amüsiert und auf seinen Lippen zeichnet sich ein leichtes Schmunzeln ab.

»Pff«, erwidere ich und verenge meine Augen zu Schlitzen. »Für den Moment will ich nur, dass du die Klappe hältst und dich wie der Gentleman benimmst, mit dem ich unter normalen Umständen auf einem Ball auftauchen würde. Google kann dir bestimmt behilflich sein.«

»Ach Babe, du willst doch gar keinen Gentleman. Denn die werden schnell langweilig und du sehnst dich nach einem Abenteuer. Nach einer Gefahr und einer Sehnsucht, die dich verzehrt und dich spüren lässt, dass du am Leben bist.«

Ich werfe ihm einen letzten bösen Blick zu und wende mich kommentarlos von ihm ab. Denn, verdammt, er hat recht. Bis ich diesem Mistkerl über den Weg gelaufen bin, wollte ich den perfekten Prinzen und ein Teil in mir sehnt sich noch immer nach diesem Happy End. Die andere Seite in mir hingegen wünscht sich eben jene Art Bad-Boy, zu der auch James Arschloch Rivers zählt. Stur schaue ich aus dem Fenster. Nicht, weil ich sauer auf ihn bin. Sondern, weil ich meinem Körper und den Überbleibseln meines Verstandes nicht traue. Ich spüre seinen intensiven Blick auf meinem Körper und sofort beginnt es in meinem Bauch zu kribbeln. Frustriert presse ich die Lippen aufeinander und versuche mit aller Macht, seine Präsenz zu ignorieren. Was mir nur mäßig gelingt. Dennoch halte ich eisern durch, bis wir endlich vor seinem schicken Club zum Stehen kommen. Rot-schwarze LEDs blinken den Namen Devilsheart. Die bodentiefen Fenster sind getönt, sodass niemand von der Straße aus reinschauen kann. Gleichzeitig wirkt der Club dadurch exklusiver, mysteriöser und gefährlicher. Vor dem Eingang kann ich Levin ausmachen, der einige drängende Gäste beruhigt. Mein Herz beginnt nervös zu klopfen, als J. T. seine Hand auf meinen Oberschenkel legt.

»Ich weiß, dass du aufgeregt bist«, haucht er mir ins Ohr und drückt sanft zu. »Aber keiner meiner Gäste wird dir ein Haar krümmen, dafür sorge ich. Niemand, außer mir, wird dir heute zu nahe kommen. Versuch, nicht darüber nachzudenken. Amüsiere dich einfach. Ich bin bei dir.«

Dankbar nicke ich ihm zu und lasse mir von ihm beim Aussteigen helfen. Händchenhaltend laufen wir auf seinen Club zu. Das Adrenalin fließt durch meine Adern. Ich spüre die neugierigen Blicke auf mir und höre, wie sie leise über mich tuscheln. Statt mich jedoch zu schämen, strecke ich meinen Rücken durch, kuschle mich an J. T. und stolziere an ihnen vorbei. Heute Abend wird er mich offiziell als seine Freundin vorstellen und ab diesem Zeitpunkt werden das Gerede und der Shitstorm erst richtig beginnen. Bis dahin sollte ich das Interesse der Reichen und Schönen an mir genießen und die gute Musik sowie das Essen und den Alkohol voll auskosten.

Kapitel Neunzehn

J. T.

Grinsend löse ich unseren Händedruck und lege meinen Arm um Lias Hüfte. Ich spüre die neidvollen und schmachtenden Blicke der Männer auf ihr, und ziehe sie enger an mich. Sie ist mein Mädchen, und das dürfen diese Idioten gerne zu spüren bekommen. Irritiert runzle ich die Stirn. Was zur Hölle ist das denn? Ich mochte es noch nie, wenn jemand mein Eigentum angestarrt hat und mir stehlen wollte. Aber seit wann bin ich eifersüchtig, wenn es um eine Frau geht?

»Ich hoffe, du hast einen guten Grund für eure Verspätung«, zischt Levin mir ins Ohr und sieht mich böse an. »Wir lassen unsere Gäste nie warten.«

Entnervt rolle ich mit den Augen, beuge mich vor und flüstere ihm ins Ohr: »O ja, den habe ich. Ich war mit Lia beschäftigt und deinetwegen mussten wir diesen grandiosen Kuss beenden. Dafür schuldest du mir was.«

Amüsiert grinst Levin und raunt mir zu: »Nicht mein Problem, dass du deinen Schwanz in ihrer Nähe nicht kontrollieren kannst. Es ist dein Ball und die Leute warten auf ihren Gastgeber.«

Knurrend dränge ich mich an meinem Bruder vorbei und weise Lia leise an, sich neben mich zu stellen. Leider kann ich es mir nicht leisten, heute Abend eine Show abzuziehen, die meinen Bruder wieder an seinen Platz erinnert. Sonst hätte er seine Lektion längst gelernt. Bevor Lia und ich miteinander zu tun hatten, hatte er es nicht nötig, sich gegen mich aufzulehnen und seine Fresse zu weit aufzureißen. Das sollte sich dringend wieder ändern. Aber das muss bis morgen warten, heute habe ich andere Probleme. Seufzend schüttle ich den Kopf und drängle mich mit Lia an meiner Seite an den wartenden Idioten vorbei. Während sich die aufgeregte Meute wartend in einer Reihe vor dem Eingang aufstellt und nacheinander auf Waffen und Drogen abgecheckt wird, nehme ich mir die Zeit, meine Gäste zu mustern. Mein jährlicher Charity-Weihnachtsball ist sowohl in Portlands Unterwelt als auch bei den reichen, nicht-kriminellen Geschäftsleuten sehr bekannt. Ich brauchte nicht groß die Werbetrommel rühren, denn die Betteleien um eine Einladungskarte kamen von ganz alleine. In den letzten Monaten habe ich jedes mögliche neue Gesicht durchgecheckt. Nicht jeder, der Geld oder Macht hat, passt in meinen elitären Kreis. Die Personen dürfen es mit der Moral nicht allzu eng sehen und sollten in der Lage sein, bei gewissen Angelegenheiten wegzusehen. Außerdem dürfen sie keine Connections zu meiner Konkurrenz haben. Unter der Menschenmenge sehe ich einige bekannte Gesichter, darunter Fernando, der mir wissentlich zuzwinkert.

Nachdem jeder meiner Gäste einen Platz gefunden und mit einem Glas Champagner ausgestattet wurde, betrete ich die Bühne. Ich warte einen Moment, in dem ich mein Mikrofon anschalte, und schlage leicht gegen mein Glas. Das aufgeregte Gemurmel nimmt ab und erwartungsvolle Augenpaare starren mich an. Lächelnd bedenke ich jeden mit einem Blick, ehe ich zu meiner alljährlichen Rede ansetze: »Sehr geehrte Damen und Herren, liebe Geschäftspartner. Ich freue mich, dass Sie es alle geschafft haben, an diesem wichtigen Abend zusammen zu kommen. Besonders freue ich mich darüber, dass unter den bekannten Gesichtern einige Neulinge sind. Ich hoffe, Sie können den Abend auch dazu nutzen, sich neu zu vernetzen. Wie Ihnen allen bewusst ist, dient dieses Event einem größeren Zweck. Seien wir ehrlich, natürlich geht es auch darum, seine neueste Armbanduhr, den Anzug oder die teure Markentasche zu präsentieren. Zu zeigen, dass Sie Teil unserer Welt sind. Und ja, es geht auch darum, sich heute Abend zu amüsieren. Nach einem stressigen Jahr ein paar Stunden nur unter unseresgleichen zu verbringen, Champagner zu trinken und sich über den neuesten Tratsch zu informieren. Und Sie sind alle herzlich dazu eingeladen, sich mit mir und meinem Bruder zusammen fallen zu lassen und die Zeit zu genießen. Aber eigentlich geht es um das soziale Engagement. Vermutlich wundern Sie sich darüber, dass der Teufel von Portland diesen Begriff überhaupt kennt.«

Amüsiertes Gelächter durchbricht meinen Monolog und wird durch tosenden Applaus begleitet. Ich spüre förmlich, wie die Anspannung im Raum nachlässt, während meine Kellner rumgehen und kleine Häppchen auf Tabletts verteilen. Als sich die Menge beruhigt hat, führe ich meine Begrüßung fort: »Ja, ich weiß, was soziales Engagement ist. Und dieses Thema ist mir wichtig. Die Tiere können sich nicht selbst helfen, ebenso wenig die Kinder in Not. Deshalb lasse ich einmal im Jahr den Weihnachtsspirit zu mir durchkommen und erweiche mich. Aber alleine kann ich nicht so viel ausrichten, wie mit Ihnen zusammen. Daher bitte ich Sie, sich an Ihr Herz zu fassen und entweder der Kinderkrankenstation oder dem örtlichen Tierheim unter die Arme zu greifen. Bevor Sie nun alle Ihre Scheckblöcke zücken und sich anschließend von der guten Laune treiben lassen, bitte ich um einen Applaus für meine Freundin Lia. Komm bitte auf die Bühne, Babe.«

Der Applaus von eben wird lauter und aufgeregtes Gemurmel geht durch den Raum. Hier und dort ertönen laute Pfiffe und als sich Lia selbstsicher ihren Weg zu mir auf die Bühne bahnt, lege ich meinen Arm um sie und ziehe sie ganz eng an mich. Jeder soll wissen, dass diese wunderschöne Frau in ihrem verführerischen Outfit zu mir gehört und für jeden anderen tabu ist. Eine leichte Röte ziert ihre Wangen, als sie ihr restliches Glas mit einem Zug leert. Ich spüre den Beschützerinstinkt in mir und lächle ihr aufmunternd zu. »Das ist meine Freundin Aurelia Sparks. Lia studiert Psychologie und ich habe großes Glück, dass ausgerechnet die Tochter eines Staatsanwaltes mit mir ausgeht. Also seien Sie nett zu ihr und behandeln Sie sie mit Respekt, wenn Sie es nicht bereuen möchten. Das war's für heute mit den Reden. Genießen Sie den Abend, amüsieren Sie sich und vergessen Sie nicht, zu spenden.«

»Ist das nicht die Tochter von Staatsanwalt Sparks, der Gerüchten zufolge hinter Ihnen her ist, Mr. Rivers?

War das etwa ein Deal nach dem Motto, Sie geben seiner Tochter eine gute Zukunft und er buchtet Sie nicht ein?«

Wütend presse ich die Lippen aufeinander und fixiere meinen Gast mit einem durchdringenden Blick. Er trägt einen teuren Anzug, allerdings von der Stange, und zählt zu den Neureichen unserer Stadt. Denjenigen, die viel zu gerne ihre Münder aufreißen. Ich werfe meinen Wachmännern einen deutlichen Blick zu, doch ehe sie einschreiten können, reißt Lia mir das Mikrofon aus der Hand.

»So einen Bullshit zu behaupten, ist sehr respektlos. Mit der Beziehung zwischen mir und James hat mein Vater nichts zu tun. Ich rate Ihnen dazu, Ihre Fakten besser zu checken und den Mund zu halten, wenn Sie nicht dafür bezahlen möchten. Ich gehe mit J. T. aus, weil ich es möchte und nicht, weil mich jemand dazu zwingt. Schönen Abend noch.« Ohne den Mann eines weiteren Blickes zu würdigen, dreht Lia sich um und verlässt die Bühne. Beeindruckt schaue ich ihr hinterher und folge ihr, während der DJ anfängt, die ersten Lieder zu spielen. Einige Leute laufen zu den Spendenboxen, andere betreten die Tanzfläche. Lia hingegen sitzt an der Bar und lässt sich gerade einen Tequila Sunrise zubereiten. Lächelnd lasse ich mich neben sie fallen und lege ihr eine Hand auf die Schulter. »Gut gekontert. Ich wusste gar nicht, dass du so schnell das Raubtier in dir zulässt. Gefällt mir, ist irgendwie sexy.«

Langsam wendet sie sich mir zu und rollt mit den Augen. Dennoch kann sie sich ein leichtes Lächeln nicht verkneifen. »Vielleicht habe ich schon nach zweieinhalb Wochen die Schnauze voll davon, dass irgendein arroganter, selbstgerechter Kerl denkt, er wisse alles über mich. Außerdem warst du ein verdammt gutes Übungsobjekt.«

Ich lache leise, fasse mir gespielt verletzt an die Brust und schaue ihr tief in die Augen. »Aber Babe, ich habe doch keinen Grund, dich zu verletzen, solange du dich an die Regeln hältst.«

»Ist klar«, erwidert sie schnaubend und schüttelt den Kopf. »Wir wissen beide, dass du keinen Deut besser bist, als dieser widerliche Kerl, der sich offensichtlich nicht entscheiden kann, ob er mich flachlegen oder vor seinen Kumpels blamieren soll.«

»Natürlich bin ich besser! Ich bin nicht nur angemessener gekleidet und sehe deutlich heißer aus, sondern kann mich auch viel besser benehmen.«

»Du und benehmen?«, ruft sie lachend aus und zieht langsam eine Augenbraue hoch. »Reden wir hier vom selben J. T.? Oder leidest du unter Wahnvorstellungen?«

Dieses Mal bin ich derjenige, der sich ein lautes Schnauben nicht verkneifen kann. Entschieden stehe ich auf und halte ihr meine Hand hin. »Ich habe dir versprochen, für heute Abend dein romantischer Traumprinz zu sein. Und ich halte meine Versprechen. Vorausgesetzt, du traust dich, mit mir zu tanzen?«

Ihre Augen funkeln und eine angenehme Wärme breitet sich in meiner Mitte aus. Als sie ihre weiche Hand in meine legt, kribbelt meine Handfläche und ich lächle zufrieden. »Dieser Versuchung kann ich weiß Gott nicht widerstehen.«

Ohne länger zu zögern ziehe ich Lia mit an den Rand der Tanzfläche, da das derzeitige Lied fast vorbei ist.

Unauffällig gebe ich dem DJ ein Zeichen und plötzlich beginnt er *Last Christmas* von Wham zu spielen. Lia sieht mich an und verzieht ihre Lippen zu einem spöttischen Lächeln. Ich weiß, dass das eines ihrer liebsten Weihnachtslieder ist und beim Backen rieb sie mir unter die Nase, dass dieser Song gut zu uns beiden passen würde. Schmunzelnd lege ich meinen Arm um ihre Hüfte und verschränke meine andere Hand mit ihrer. Sie seufzt leise, als ich sie eng an meinen Körper presse. Unsere Herzen schlagen laut und das Blut rauscht in meinen Ohren. Ihr angenehmes Parfum dringt in meine Nase und als ich beginne, sie im Takt des Liedes zu wiegen, verblasst die Welt um uns herum. Ich höre ihren stockenden Atem. Genüsslich schließe ich die Augen und lasse es zu, dass ich zum ersten Mal in meinem Leben einen Tanz genieße. Ihre Hand wird schwitzig und ihre Wangen glühen. Ich seufze leise, als sie ihren Kopf an meine Brust lehnt und sich für den Moment fallen lässt. In diesem Augenblick gibt es nur Lia und mich.

Als das Lied vorbei ist, lege ich meinen Daumen unter Lias Kinn und zwinge sie dazu, mich anzusehen. Ihre Augen strahlen vor Glück und langsam lasse ich meinen Blick zu ihren vollen Lippen wandern. Alles in mir zieht sich vor Verlangen zusammen und für einige Sekunden halte ich den Atem an. Die Luft um uns herum ist elektrisiert und mein Schwanz pulsiert in meiner Hose. »Küss mich, James Thomas Rivers«, flüstert Lia leise, und obwohl sie meinen vollen Namen benutzt, kann ich mich nicht gegen diesen Zauber wehren. Lächelnd nehme ich ihr Gesicht in beide Hände und drücke meine Lippen auf ihre.

Kapitel Zwanzig

J. T.

Seufzend erwidert Lia meinen Kuss. Mit ihren Armen klammert sie sich an meinen Hals und stellt sich auffordernd auf die Zehenspitzen. Hungrig taste ich mit meiner Hand ihren Knackarsch ab, als sie mit ihrer Zunge über meine Lippen fährt und sich unmissverständlich an meiner Härte reibt. Stöhnend öffne ich meinen Mund und spiele mit ihrer Zunge. Mein Schwanz zuckt und mein Herz schlägt wie verrückt. Ich will diese Frau. Sofort! Entschlossen schiebe ich sie von der Tanzfläche in Richtung meines Büros, als sie mir plötzlich mit ihrer Hand über meinen Schritt streicht, und ein Knurren entweicht mir. Ich hebe sie hoch und vorsichtig umklammert sie mit ihren Beinen meine Hüfte. Während ich sie mit einer Hand festhalte, öffne ich mit der anderen Hand die Tür.

»Ich will dich, Lia«, raune ich ihr ins Ohr, kicke die Tür mit meinem Fuß zu und setze Lia anschließend auf meinem Schreibtisch ab.

»Endlich«, murmelt sie erleichtert und zieht mich an der Krawatte zu sich. Das Verlangen in mir wird sekündlich stärker und langsam fahre ich mit meinem Finger ihr Schlüsselbein entlang.

»Sag, dass du mich auch willst«, fordere ich rau und schiebe meine andere Hand unter ihr Kleid.

»Das ist Erpressung«, murmelt sie, schließt jedoch genüsslich die Augen. »Und Betrug. Du hast mich schon gefingert.«

»Also magst du das hier nicht?« Provokant ziehe ich an ihrem Slip und streichle über ihre Schamlippen. Stöhnend wirft sie ihren Kopf nach hinten und greift mit ihrer Hand nach meiner.

»Das ist unfair!«, keucht sie, kaum dass ich in ihre Feuchtigkeit eindringe.

»Seit wann bin ich fair?«

Ohne ihr die Chance auf eine Antwort zu lassen, massiere ich sie intensiv. Mit der anderen Hand öffne ich den Reißverschluss ihres Kleides und entledige sie ihres BHs. Genüsslich betrachte ich ihre Brüste und lecke mir erwartungsvoll über Lippen. Der Schmerz in meiner Hose wird unerträglich und mit einem Knurren umfasse ich ihre linke Brust.

»J. T.«, haucht Lia meinen Namen und fragend schaue ich auf. Sie hat ihre Augen geschlossen und ist so feucht, dass es mich noch weiter antörnt.

»Ich kann nicht mehr lange.«

»O nein, dieses Mal nicht. Dieses Mal kommst du erst, wenn ich in dir bin.«

Langsam ziehe ich meine beiden Finger aus ihrer Vagina und umschließe nun auch ihre rechte Brust. Lege meine Lippen an ihren Hals und küsse mir meinen Weg nach unten.

Plötzlich spüre ich, wie sich ihre Hand an meinem Gürtel zu schaffen macht und keuche. Langsam öffnet sie meine Hose und ruckartig lasse ich von ihr ab. Ich will sie ansehen, während sie meinen Schwanz auspackt und meine Größe hungrig betrachtet. Provokant lächelt sie mich an und gleitet qualvoll langsam in meine Boxershorts. Mit einem festen Handgriff umschließt sie meine Härte und streichelt mit ihrem Daumen über meine Eichel.

»Fuck!«, stöhne ich und presse die Lippen aufeinander.

Langsam gleitet sie mit ihrer Hand meinen Schaft auf und ab und das Pochen wird immer qualvoller.

»Dein Freund ist groß«, flüstert sie rau und hastig umklammere ich ihre Hand.

»Nicht. So«, knurre ich atemlos und entledige mich meiner Boxershorts. Hastig öffne ich die oberste Schublade meines Schreibtisches und ziehe mir das Kondom über. Langsam trete ich wieder an den Schreibtisch und bleibe vor Lias gespreizten Beinen stehen. Ich klammere mich mit einer Hand am Holz fest und umfasse mit der anderen meinen Schwanz.

»Willst du das wirklich?« Meine Stimme ist leise und rau und nur mit Mühe schaffe ich es, ihr in die Augen zu sehen.

Sie nickt und vorsichtig führe ich meinen Schwanz in sie ein. Lia keucht und für wenige Sekunden halte ich inne. Gebe ihr die Chance, sich an meine Größe zu gewöhnen. Behutsam dringe ich weiter vor und stoße zu. Als meine Spitze ihre empfindlichste Stelle berührt, wird ihr Griff um meine Schultern stärker und ihr lautes Keuchen dringt an mein Ohr, unterstrichen von einem verzweifelten Wimmern. Langsam ziehe ich mich aus ihr zurück, um erneut zuzustoßen und noch weiter in sie einzudringen.

»Atme«, flüstere ich heiser, als ich merke, dass sie die Luft angehalten hat. »Wenn dir das schon den Atem raubt, wird dich das, was ich mit dir vorhabe, um den Verstand bringen.«

Zittrig holt sie Luft und diesen Moment nutze ich aus, um unnachgiebig und hart erneut zuzustoßen und mich dieses Mal ganz weit in ihr zu versenken. Erschrocken keucht sie, ehe ich beginne, mich gleichmäßig in ihr zu bewegen. Ich schlanker Körper erzittert unter ihrem Stöhnen und zufrieden vergrabe ich meine Finger in ihrer Hüfte. Hebe sie sanft an und schiebe mich noch weiter in sie hinein. Mit verklärtem Blick sehe ich auf sie hinab. Lia hat genüsslich ihre Augen geschlossen und gibt sich meinem Rhythmus hin.

»J. T.«, flüstert sie meinen Namen und dieses Mal ist sie diejenige, die ihre Finger in mein Fleisch bohrt.

Je schneller ich zustoße, desto intensiver spüre ich ihre Fingernägel, die auf meinem Rücken Kratzer hinterlassen. Angespornt von ihrer Reaktion, beuge ich mich nach vorne und streife ihren Hals mit meinem heißen Atem. Ich spüre, wie meine Stöße schneller werden, und ich nicht mehr weit von der Erlösung entfernt bin. Alles um mich herum verschwindet. Die letzten Zweifel haben sich in dem Moment, in dem ihre Schamlippen sich eng um meinen Schaft zusammengezogen haben, in Luft aufgelöst. Es spielt keine Rolle, dass nur wenige Meter entfernt eine große Menschenmenge feiert und jederzeit jemand in mein Büro platzen könnte. Das einzige von Bedeutung ist die siedend heiße Lust, die mich fast zum Explodieren bringt. Das gute Gefühl unserer nackten, schweißnassen Körper und Lias lautem Keuchen. Ich kann meine Lust nicht länger kontrollieren und ein qualvolles Stöhnen entweicht meinen Lippen. Die Welt um mich herum verblasst, beginnt sich zu drehen, als ich den salzigen Geschmack meines Schweißes auf meiner Zunge spüre. Mein Schwanz zuckt qualvoll, ist bereit, sich endlich in ihr zu entladen. Es ist egal, wie sehr ich versucht habe, ihr zu widerstehen und wie sehr ich diese Nacht im Nachhinein bereuen könnte. Wir beide brauchen diesen intimen Moment wie die Luft zum Atmen. Noch einmal beuge ich mich vor, drücke meine Lippen auf ihren Hals und werfe ergeben den Kopf in meinen Nacken. Mein Schwanz zieht sich ein letztes Mal zusammen, ehe ich mich endlich in ihr ergieße.

Normalerweise ziehe ich mich anschließend aus der Frau zurück, werfe sie aus dem Zimmer und schlafe zufrieden ein. Doch heute reicht es mir nicht, auf meine eigenen Kosten zu kommen. Ich will spüren, wie Lia von ihrem Orgasmus überrollt wird. Schwer atmend stemme ich meine Hände auf den Fußboden und lege meine Lippen erneut an Lias Ohr.

»Mach deine Augen auf«, befehle ich ihr mit rauer Stimme und fahre mit einer Hand ihre Hüfte entlang. »Ich will, dass du mich ansiehst, wenn du kommst. Ich will sehen, was mein Schwanz und mein Zeug in dir auslösen.«

»Okay«, murmelt Lia schwach, ehe sie meinem Befehl Folge leistet. Ihre Augen sind glasig und ihre Lippen sind leicht geöffnet. In diesem Moment holt sie zischend Luft, ehe sie sich eng um mich zusammenzieht und sich ihrer Lust hingibt.

Schwer atmend rolle ich mich von ihr herunter und ziehe sie eng in meine Arme. Atme ihren Duft ein, während ich langsam wegdämmere.

***

Am nächsten Morgen spüre ich etwas Hartes in meinem Rücken und stöhne leise. Langsam öffne ich meine Augen und halte abrupt inne. Wann bin ich nackt in meinem Büro gelandet? Und wer zur Hölle missbraucht mich als Kissen? Irritiert drehe ich meinen Kopf und schlucke. Glücklich an mich gekuschelt liegt Lia, ebenso nackt wie ich. Sie schlummert tief und fest, und streicht unbewusst mit ihrer Hand über meinen Körper. Verwirrt fahre ich mir durch die Haare und blinzle. Stück für Stück kommt die Erinnerung an den letzten Abend zurück und ich grinse breit. Zufrieden lecke ich mich über die Lippen und erlöse meinen steifen Freund. Noch nie zuvor habe ich mich morgens mit einer nackten Frau im Arm befriedigt, aber daran könnte ich mich gewöhnen. Sanft löse ich meinen anderen Arm, der unter ihr liegt, und streiche ihr sanft über die Wange.

»Aufwachen, Prinzessin«, flüstere ich und ziehe mit meinem Daumen Kreise auf ihrer Haut.

»Was?«, murmelt sie verschlafen und blinzelt irritiert.

Sie braucht einen Moment, ehe auch sie sich an die letzte Nacht zu erinnern scheint. Eine süße Röte legt sich auf ihre Wangen und mit großen Augen schaut sie zwischen unseren nackten Körpern hin und her.

191

»Ich sagte doch, dass es dir gefallen wird, wenn ich in dir explodiere. Und glaube mir, es hat dir gefallen. Deine Töne waren eindeutig.«

»Ebenso wie dein Gestöhne«, erwidert sie keck und reckt das Kinn. Doch dann wird ihr Blick ernster und mit schief gelegtem Kopf fragt sie: »Schmeißt du mich jetzt raus, nachdem du bekommen hast, was du wolltest?«

Schockiert schüttle ich den Kopf und drehe mich so, dass ich sie ansehen kann. Mit dem einen Arm stütze ich mich auf, während ich sie mit der anderen Hand streichle. »Wir haben einen Deal, schon vergessen? Vor Ablauf dieser Zeit schmeiße ich dich nicht aus meinem Haus.«

»Wohnung. Du hast kein Haus«, erwidert sie grinsend und ich stöhne genervt. Ihre neunmalkluge Art wird mir irgendwann gewaltig auf den Sack gehen.

»Doch, habe ich, nur nicht in Portland. Und jetzt hör auf zu klugscheißen«, drohe ich leise knurrend, doch Lia lässt sich davon nicht beeindrucken.

»Sonst was? Wirfst du mich doch noch raus?«

Amüsiert schüttle ich den Kopf und fahre mit meiner Hand über ihren Bauch. Sie erschaudert unter meiner Berührung und legt genüsslich den Kopf ab.

»Nein«, flüstere ich. »Nicht, bevor ich dich oft genug gefickt habe.«

Ehe sie etwas darauf erwidern kann, vibriert mein Smartphone und zeigt mir eine WhatsApp von Fernando an:

Fernando [07:29 Uhr]: Komm sofort zu mir ins Café. Levin und ich haben etwas herausgefunden, dass dich brennend interessieren dürfte. Dein Bruder holt dich in 10 Minuten ab.

Fuck! Frustriert stöhne ich auf und quäle mich hoch. Müde taumle ich durch das Büro und sammle meine Kleidung vom Vorabend ein.

»Das Business ruft«, murre ich und ziehe mich in Rekordgeschwindigkeit an. Irgendwie möchte ich nicht, dass sie meine Flucht auf sich bezieht.

»Aha, und wie soll ich nach Hause kommen?«

Amüsiert beuge ich mich über sie und grinse. »Levin holt mich ab. Ich rufe Steven an, dass er dich nach Hause bringt. Ich weiß nicht, wie lange ich weg bin. Mach dir einen schönen Tag.«

Zögerlich nimmt sie eine Haarsträhne zwischen ihre Finger und knabbert nervös auf ihrer Unterlippe.

»Ich möchte meine Eltern besuchen. Steven kann mich fahren. Keine Sorge, ich komme wieder zu dir, aber ich möchte ihnen wenigstens persönlich erklären, dass die Gerüchte stimmen.«

Einen Augenblick lang zögere ich, doch dann nicke ich. »Von mir aus. Zumindest deiner Mutter schuldest du Antworten. Aber sag ihnen nichts von unserem Deal.«

Zustimmend schüttelt sie den Kopf und erleichtert drücke ich ihr einen Kuss auf die Lippen, ehe ich mein Büro verlasse. Ich hoffe für Levin und Fernando, dass ihre Information es wert ist, mich von einem weiteren Fick mit Lia abzuhalten!

Kapitel Einundzwanzig

Lia

Irritiert starre ich J. T. hinterher und fasse mir an die Lippen. Die letzte Nacht mit ihm ist einzigartig gewesen. Sein Schwanz passt perfekt in meine Vagina und sein Rhythmus hat mich den Ärger der letzten Wochen vergessen lassen. Wir haben perfekt harmoniert, während er die grobe Führung übernommen hatte. In einem Moment ist er dominant gewesen und hat hart und gnadenlos zugestoßen. Nur, um Sekunden später meine Schulter zu küssen. Gott, wieso kann ein Mann so gut ficken? Ich dachte, so etwas gibt es nur in Filmen und Büchern.

Kopfschüttelnd stehe ich auf, ziehe mich an und verlasse das Büro. Vor der Tür wartet Steven auf mich und verlegen weiche ich seinem Blick aus. Ich knacke meine Finger und setze mich auf meinen Platz auf der Rückbank.

»Guten Morgen, Miss Sparks«, begrüßt der Fahrer mich und mustert mich interessiert. »James sagte mir, dass ich heute nur Sie nach Hause fahren soll. Hatten Sie gestern einen schönen Abend?«

Verlegen nicke ich und räuspere mich. Das ist kindisch! Wieso schäme ich mich dafür, dass ich verdammt guten Sex mit seinem unwiderstehlichen Boss gehabt habe? Ich bin eine erwachsene Frau und muss mich nicht dafür entschuldigen, mit welchem Mann ich schlafe. »Ja, der Ball war sehr gut«, erwidere ich und seufze gedankenverloren. »Hören Sie. Ja, ich habe die Nacht mit J. T. verbracht. Aber tun Sie uns beiden bitte einen Gefallen und belassen Sie es dabei, okay? Nichts gegen Sie, aber ich habe nicht vor, mit Ihnen darüber zu reden.«

Seine Augen funkeln und gutmütig lächelt er mich an. Dann erwidert er: »Glauben Sie mir, auch ich kann auf dieses Thema gut verzichten.«

Erleichtert atme ich aus und wage es endlich, Steven anzuschauen. Während er automatisch in Richtung von J. T.s Penthousewohnung fährt, erkläre ich ihm meine Pläne. Zuerst möchte ich ausgiebig frühstücken und frisch machen, bevor ich meinen Eltern unter die Augen trete. Sie müssen mir die letzte Nacht weder ansehen noch an mir riechen können. Kaum in der Wohnung angekommen, koche ich mir einen Kaffee mit Milch und mache mir mithilfe des Sandwichmakers mein Frühstück. In der Zwischenzeit setze ich mich mit knurrendem Magen an den Tisch, hole mein Handy raus und schreibe eine WhatsApp an Mel.

Lia [08:14 Uhr]: Ich hatte Sex mit J. T. und fahre nachher zu meinen Eltern.

Mel [08:15 Uhr]: WAS?!? Wann hattet ihr Sex? Wie oft? War es heiß? Hat er dich zum Orgasmus gebracht? Und, verdammt, halte dich von deinen Eltern fern!

Grinsend rolle ich mit den Augen und schreibe:

Lia [08:16]: Letzte Nacht in seinem Büro. Zwei Mal und es war der Wahnsinn. Und, fuck, er ist der erste Typ, der mich offenbar jedes verdammte Mal zum Höhepunkt bringt. Der Sex mit ihm ist ein Traum. Nein, ich muss meine Eltern sehen.

Mel [08:18 Uhr]: Halt dir den Typen warm. Ehrlich, guter Sex ist viel zu selten. Auch, wenn er ein Arsch ist. Aber bist du sicher, Süße, dass es nur Sex ist?

Seufzend fahre ich mir durch die Haare. Keine Ahnung, was ich von ihm will! Mit zittrigen Fingern tippe ich:

Lia [08:20 Uhr]: Ja! Nein. Ach, keine Ahnung. Zwischen uns ist so eine komische Spannung. Wir provozieren uns und haben großartigen Sex. Dann ist da seine sanfte, beschützende Seite, die mich total fasziniert. Und er ist so verdammt ehrlich. Shit, ich glaube, ich mag ihn.

Mel [08:21 Uhr]: Mögen oder lieben?

Lia [08:22 Uhr]: Mögen! Glaube ich ...

Mel [08:22 Uhr]: Lia!!!

Lia [08:23 Uhr]: Was? Das wollte ich nicht! Außerdem bin ich mir nicht sicher!

Mel [08:25 Uhr]: Komm nachher vorbei, wenn du bei deinen Erzeugern warst. Dann reden wir mit Eiscreme und Schoki darüber. Und ich will alle Details! Jeden dreckigen Gedanken!

Lia [08:27 Uhr]: Du bist ein Schatz!

Mel [08:28 Uhr]: Ich weiß.

Lachend schüttle ich den Kopf und mit einem Mal fühle ich mich besser. Mel versteht mich, und bei ihr kann ich immer ehrlich sein. Ich selbst sein. Interessen und Seiten an mir zeigen, die ich zu Hause verbergen muss. Bestimmt wird sie mir nachher eine ordentliche Abreibung verpassen und meine Schwärmereien für J. T. sind verschwunden. Wenn nicht, habe ich noch 347 Tage, um dieses Problem zu lösen. Ein Kinderspiel!

Genüsslich verputze ich die beiden Sandwiches und kippe meine zweite Tasse Kaffee hinunter. Ich hatte mich so sehr an mein unfreiwilliges Leben als brave Vorzeigetochter gewöhnt, dass ich vergessen hatte, nach meinen Wünschen zu leben. Es fühlt sich gut an, diese dunklere Seite in mir zuzulassen. Hemmungslosen Sex mit dem Mann zu haben, den ich begehre. Zu mir selbst zu stehen und es zu genießen. Mich ab und zu meinen Instinkten hinzugeben und an meine eigenen Bedürfnisse zu denken, anstatt perfekt zu sein. Auch wenn es in diesem Fall bedeutet, dass ich nach dem Besuch bei meinen Eltern zur Apotheke muss. Hoffentlich haben sie die Pille danach. J. T. und ich waren ein wenig zu beschäftigt, um beim zweiten Mal an das Kondom zu denken.

Seufzend spüle ich mein Geschirr ab und begebe mich in mein Zimmer. Ich lasse genüsslich das heiße Wasser auf meinen Körper plätschern und schließe meine Augen. Erlaube es mir, mir für die Körperpflege Zeit zu lassen, und meine Sorgen wegzuspülen. Was auch immer heute passiert, es macht mich stärker. Vielleicht wird mein Vater mir trotz seiner Wut verzeihen und alles wird gut. Wenn nicht, weiß ich, dass ich auch ohne sie klar kommen werde. Entschieden steige ich aus der Dusche und ziehe mir einen schicken violetten Pullover und eine schwarze Jeans an, ehe ich zu Steven ins Wohnzimmer gehe. »Von mir aus können wir los.«

Besorgt mustert er mich und nickt langsam. »Sind Sie sicher, dass Sie das wollen? Ihre Beziehung zu J. T. hat in gewissen Kreisen Wellen geschlagen, und ihr Vater wird vermutlich nicht allzu begeistert sein.«

»Genau deshalb muss ich es machen. Entweder er hat die Stärke, mir zu verzeihen, oder es wird Zeit, dass wir getrennte Wege gehen.«

»Aber sind Sie sicher, dass jetzt der richtige Zeitpunkt dafür ist? Wollen Sie nicht lieber etwas Gras über die Sache wachsen lassen und das Thema in ein paar Wochen ansprechen, wenn Sie und Ihre Eltern genügend Abstand zueinander hatten?«

Beherzt schüttle ich den Kopf und laufe geradewegs zum Fahrstuhl. Es hat mich viel Kraft gekostet, diese Entscheidung in den letzten Tagen zu fällen, und ich darf keinen Rückzieher machen. Dafür steht zu viel auf dem Spiel. Denn egal, wie mein Leben in einem Jahr aussieht: Wenigstens weiß ich, dass ich frei bin. Und diese Aussicht darf ich mir nicht versauen.

Während der kurzen Fahrt schaue ich schweigend aus dem Fenster und atme tief durch. Je näher ich meinem damaligen Zuhause komme, desto mulmiger wird mir. Ich bin nicht nervös, stattdessen kochen die negativen Emotionen wieder hoch. Bilder von Abenden, die ich weinend in meinem Zimmer verbracht habe, nachdem Dad mir wegen einer mittelmäßigen Schulnote Hausarrest gegeben hat. Die Morgende, an denen ich schweigend mit meinen Eltern gefrühstückt habe, aus Sorge, ich könnte meinen Vater verärgern. Die einsamen Nächte, in denen Mom mir den Rücken zugekehrt und Dad unterstützt hat. Alles in mir sträubt sich dagegen, erneut in den goldenen Käfig zurückzukehren. Aber ich muss mich meinen Dämonen stellen, und dieses Mal werde ich mich nicht entschuldigen.

Als Steven vorfährt, schnalle ich mich mit zittrigen Händen ab und steige aus. Nach zwei Schritten drehe ich mich noch einmal um. »Holen Sie mich ab, sobald ich Ihnen schreibe, dass ich fertig bin?«

Gütig lächelt er und nickt. Dankbar erwidere ich sein Lächeln und laufe mit pochendem Herzen und einem dicken Kloß in meinem Hals auf das Tor zu.

Kapitel Zweiundzwanzig

Lia

Mit klopfendem Herzen bleibe ich vor der Tür meiner Eltern stehen und drücke auf die Klingel. Meine Nerven sind zum Zerreißen gespannt und meine Knie sind weich wie Wackelpudding. Es fühlt sich an wie in Zeitlupe, während ich nervös auf eine Reaktion warte. Neugierig spitze ich die Ohren, doch es ist mucksmäuschenstill. Sind die beiden vielleicht verreist? Doch warum haben sie mir nichts gesagt? Normalerweise informieren sie mich, bevor sie wegfahren, damit jemand nach dem Haus sieht. Oder ist es deren Art, mir zu zeigen, dass sie längst mit mir abgeschlossen haben? Dass sie von mir und J. T. erfahren haben, und ich ab sofort keinen Platz mehr in ihrem Leben habe? Ich schlucke schwer und für einen Augenblick setzt mein Herzschlag aus. Soll es das gewesen sein? Bekomme ich nicht einmal eine Chance, mich zu erklären und zu verabschieden?

Gerade als ich mich umdrehen und verschwinden möchte, höre ich leise Schritte. Hoffnungsvoll halte ich den Atem an und wage es nicht, mich zu bewegen. Die

Schritte kommen immer näher, und kurz darauf öffnet sich die Tür.

»Lia?« Ungläubig starrt meine Mutter mich an und mustert mich von oben nach unten. »Bist du das wirklich? Lass dich ansehen!«

»Hi, Mom«, erwidere ich zaghaft und mache einen Schritt auf sie zu. »Ich weiß, ich habe mich in den letzten Monaten kaum gemeldet. Aber so kurz vor meinem Abschluss und mit dem Job, hatte ich einfach zu viel um die Ohren.«

Verständnisvoll nickt sie und einige Tränen sammeln sich in ihren Augen. Schluchzend zieht sie mich in ihre Arme und drückt mich fest an sich. Seufzend schließe ich die Augen und erwidere die Umarmung. Genüsslich atme ich den Duft nach Glühwein ein und vergrabe mein Gesicht an ihrer Brust. Meine Mutter war nie besonders gut darin, mir gegen meinen Vater Rückendeckung zu geben. Doch diese wenigen Abende in der Vorweihnachtszeit, an denen Dad viele Überstunden gemacht hat, fehlen mir. In diesen Momenten waren wir frei, tranken Glühwein und heiße Schokolade und schauten zusammen Märchen.

»Es ist so schön, dich endlich wiederzusehen«, holt Moms Stimme mich aus meinen Gedanken und erleichtert nicke ich. »Ich war so besorgt um dich und konnte dich nicht erreichen. Wir hatten zwar nie die beste Beziehung, aber du kannst dich ruhig mal melden, Lia. Möchtest du reinkommen? Wir haben einiges nachzuholen.«

Behutsam folge ich meiner Mutter ins Haus und sehe mich unauffällig um. Seit meinem Auszug vor fünf Jahren, in denen ich nur drei Mal zu Hause war, hat sich nichts verändert. Die gesamte Deko ist so wie damals. Dennoch stellt sich kein heimeliges Gefühl bei mir ein. Im Gegenteil, keines der Bilder weckt irgendwelche Emotionen in mir. Es fühlt sich an wie ein bedeutungsloser Traum, und seufzend folge ich meiner Mutter in die Küche.

»Was möchtest du trinken? Eine Tasse Glühwein so wie früher?«

Dankbar schüttle ich den Kopf und erwidere: »Nein, ich war gestern feiern und werde heute auf Alkohol verzichten. Ein Glas Wasser reicht mir vollkommen aus. Aber darf ich mir einen von deinen Keksen nehmen? Die haben immer so himmlisch geschmeckt!«

Lachend reicht meine Mutter mir die Dose und gierig greife ich zu. Voller Vorfreude rieche ich daran, während im Hintergrund irgendwelche Weihnachtslieder in Klassik-Version laufen. Der Duft frischen Teigs und geschmolzener Schokolade strömt mir in die Nase und genüsslich beiße ich ab. Seufzend schließe ich die Augen und konzentriere mich auf die Geschmacksexplosion in meinem Mund.

»Da hat wohl jemand Hunger!« Grinsend nimmt sie die Dose und unsere Getränke und zusammen laufen wir ins Wohnzimmer.

»Nein, nur Appetit«, erwidere ich und setze mich neben ihr aufs Sofa.

Erleichtert stelle ich fest, dass mein Vater nirgends zu sehen ist, und atme tief aus. Entspannt plaudern meine Mutter und ich darüber, was in diesem Jahr alles in meinem Leben passiert ist. Den Jobwechsel, den Rausschmiss aus dem Studentenwohnheim sowie meinen Deal mit J. T. lasse ich außen vor. Dafür erzähle ich ihr, dass ich alle Kurse mit Bestnoten bestanden habe und die Zusage in einer erfolgreichen Marketingfirma für nächstes Jahr habe, sofern ich eine gute Masterarbeit schreibe. Ich erkläre ihr, dass Psychologiekenntnisse im Marketing sehr gefragt sind und informiere mich über Moms Zeichnungen. Auf diese Weise schaffte sie es immer, vor Dads Alkoholismus zu fliehen.

Die Zeit vergeht wie im Flug und Mom und ich unterhalten uns ausführlicher als jemals zuvor. Dabei amüsieren wir uns und beinahe habe ich den Grund für meinen Besuch vergessen. Bis die Haustür aufgeht und ich die schweren Schritte meines Vaters höre. Mit einem Mal versteife ich mich und balle meine Hände zu Fäusten. Ich zähle innerlich bis zehn, als die Wohnzimmertür aufgeht und ich in sein wutverzerrtes Gesicht schaue.

»Was will sie denn hier?«, blafft er und ich rieche seine Fahne auch aus einigen Metern Entfernung. Offenbar hat er seine Überstunden in der Bar verbracht.

»Dad«, beginne ich möglichst sachlich und stehe auf. »Ich bin hier, um mit euch zu reden.«

»Dafür ist es zu spät. Du hättest mir früher sagen sollen, dass du mit meinem Feind schläfst!«, brüllt er und poltert auf mich zu. »Vielleicht hätte ich dir dein schlechtes Gewissen dann abgekauft und dir möglicherweise nach einer angemessenen Strafe verziehen. So jedoch kommst du mir nicht damit durch, Fräulein.«

»Dad, bitte. Lass es mich erklären. Ich habe es nicht gemacht, um dir eins auszuwischen oder dich zu verärgern.«

»Ach nein?!« Zornig bleibt er vor mir stehen und alles an ihm schreit nach Verachtung. Angewidert mustert er mich, bevor er mich zur Seite schubst und zu seinem Stammplatz auf dem Sofa läuft. »Es ist mir scheißegal, warum du es gemacht hast. Ob es eine eurer kindischen Wetten war oder du bekifft warst. Mit deiner Entscheidung, dich von diesem Dreckskerl flachlegen zu lassen, hast du meinen Ruf zerstört. Meine Kollegen lachen mich aus und reißen Witze. Die Staatsanwaltschaft hat eine Untersuchung gegen mich angeordnet. Deinetwegen lästern meine Kollegen hinter meinem Rücken über mich und amüsieren sich auf meine Kosten! Sie machen sich darüber lustig, dass ausgerechnet meine Tochter mit dem schlimmsten Kriminellen der Stadt schläft! Ich werde von allen Events wieder ausgeladen und niemand hat noch Interesse, mit mir Small Talk zu führen!«

»Es tut mir leid«, flüstere ich und schlucke schwer.

»Ist mir egal. Du hast dich für meinen Feind, und somit gegen mich entschieden. Nach allem, was ich dir ermöglicht habe, lässt du uns im Stich. Von nun an sind wir geschiedene Leute. Ab heute bist du nicht mehr meine Tochter. Verlass sofort mein Haus und wag es nie wieder, hier aufzutauchen. Oder ich lasse dich vor aller Augen von der Polizei abführen!«

»Dad!« Tränen sammeln sich in meinen Augen und ich kann das Schluchzen nicht unterdrücken. Wir waren uns nie einig, aber mich zu verleugnen, ist nicht fair. Er kann mich hassen und wegschicken, aber die Vaterschaft aberkennen?

»SOFORT! RAUS HIER!« Mit einem Mal springt er auf und reißt die Haustür auf.

Ich werfe meiner Mutter einen flehenden Blick zu, doch wie immer ist auf sie kein Verlass. Sie schaut mich entschuldigend an, ehe sie sich umdreht und in der Küche verschwindet. Na super! Dachte ich bis eben noch, die Beziehung zwischen meiner Mutter und mir könnte sich doch noch verbessern, wurde ich nun schmerzhaft eines Besseren belehrt.

Mit Tränen in den Augen verlasse ich das Haus und schreibe mit zittrigen Fingern eine WhatsApp an Steven, dass er mich abholen kann. Ich beschließe, dem Wagen entgegenzulaufen und die kalte Winterluft zu nutzen, um klare Gedanken zu fassen. Mit dem heutigen Tage habe ich meine Familie endgültig verloren. Schluchzend fahre ich mir über die Augen und lege meinen Kopf in den Nacken. Der Wind weht mir einzelne Schneeflocken entgegen und traurig fange ich sie mit dem Mund auf. Auf einmal kommt ein Auto mit quietschenden Reifen neben mir zum Stehen. Irritiert sehe ich auf. Doch statt der Limousine handelt es sich um einen mir unbekannten Geländewagen. Mein Herz flattert und meine Hände werden mit einem Mal schweißnass. Meine Alarmglocken schrillen, doch ich schaffe es nicht, mich abzuwenden. Plötzlich wird die Tür aufgerissen und jemand schubst mich in den Wagen. Kurz darauf höre ich, wie er die Fahrertür öffnet und davonfährt.

Kapitel Dreiundzwanzig

J. T.

Mit zusammengepressten Lippen verlasse ich meinen Club. Draußen ist es schon hell und einige Familien hetzen durch die Straßen, bringen ihre Kinder zur Schule und erledigen Einkäufe. Der Schneesturm hat eine Pause eingelegt und die Straßen vor mir sind weiß. Seufzend reibe ich mir meine kalten Hände und steige zu meinem Bruder ins Auto.

»Lange Nacht gehabt?«, begrüßt er mich und zieht spöttisch eine Augenbraue hoch.

»Offensichtlich«, antworte ich knapp und werfe ihm einen bösen Blick zu. »Und wenn Fernando mir nicht auf den Sack gegangen wäre, hätte es auch ein langer Morgen werden können.«

Schnaubend schüttelt mein Bruder den Kopf, während Nelson uns zu Fernandos Café fährt. »Sorry, dass wir dein Sexleben unterbrechen mussten, aber es dürfte dich brennend interessieren, was für herausgefunden haben.«

»Das hoffe ich für euch. Ansonsten haben wir ein ernstes Problem«, knurre ich und schaue aus dem Fenster.

Es war meine erste Nacht mit Lia und es war fantastisch. Mein Schwanz passt perfekt in ihre Vagina und wir beide kamen mehrfach zum Höhepunkt. Ich weiß nicht warum, aber mit Lia fühlte es sich anders an als mit all meinen Liebhaberinnen zuvor. Echter und vertrauter. Vermutlich liegt es daran, dass sie die erste Frau ist, die ich außerhalb meines Schlafzimmers in mein Privatleben lasse. Von der ich mehr kenne als ihre BH-Größe und ihren empfindlichsten Punkt. Und die einen Einblick in meine Vergangenheit erhascht hat. Lia weiß, wie wichtig meine Nichte mir ist, und kennt einen Teil meiner Schwächen. Fuck, ich habe sie viel zu nah an mich rangelassen. Die Verbindung zwischen uns ist tiefer und ernster, als sie jemals sein sollte. Ich muss dringend Abstand zu Lia gewinnen, bevor es zu spät ist. Bevor sie mir mehr bedeutet, als gut für mich ist!

Ich bin so tief in Gedanken versunken, dass ich gar nicht mitbekomme, wo wir lang fahren. Offenbar hat Nelson eine Abkürzung eingelegt, denn nur nach wenigen Minuten sind wir dort. Oder war der Verkehr heute geringer? Seufzend steige ich aus und laufe an meinem Bruder vorbei. Ohne jemanden zu begrüßen, steuere ich unseren Stammplatz im Café an und bestelle einen Kaffee schwarz. Nachdem ich letzte Nacht zu tief ins Glas geschaut habe, lasse ich dieses Mal den Alkohol weg. Außerdem will ich dieses Treffen so schnell wie möglich beenden und hier raus. Ein Teil in mir schreit danach, zu Lia zurückzukehren. Andererseits sehne ich mich nach Abstand und Ruhe. Entweder fahre ich hiernach zu meinem Mädchen und wir machen dort weiter, wo wir aufgehört haben. Oder ich zwinge mich zur

Vernunft und statte meinem Fitnessstudio einen Besuch ab.

Kaum habe ich mich auf meinen Platz gesetzt, gesellen sich Levin und Fernando zu mir. Sie werfen sich einen vielsagenden Blick zu, bevor sie mich skeptisch mustern. Entnervt schnaube ich und ziehe eine Augenbraue hoch. »Was? Habt ihr noch nie einen Mann nach einer heißen Nacht aus seinem Büro kommen sehen, der keine Zeit mehr hatte, sich umzuziehen, weil sein Bruder und sein Geschäftspartner ihm unbedingt auf den Sack gehen wollten?«

Levins Augen funkeln amüsiert und langsam schüttelt er den Kopf. »Dass wir dich einmal im selben Outfit sehen wie vom Vorabend, ist unsere geringste Sorge.«

Zögerlich wirft er einen Blick zu Fernando, bevor er fortfährt: »Und auch die Tatsache, dass du offenbar ein Mädchen gefunden hast, das dich restlos um den Verstand bringt, ist heute nicht das Thema. Da werden wir im neuen Jahr drauf zurückkommen müssen.«

»Wenn ihr weder mein Outfit noch mein Sexleben diskutieren wollt, weshalb zur Hölle habt ihr mich dann her zitiert? Es mag nicht so aussehen, aber ich habe einiges vor.«

Erneut wechseln Levin und Fernando einen vorsichtigen Blick und skeptisch ziehe ich eine Augenbraue hoch. Wenn die beiden solch ein Drama veranstalten, muss etwas wirklich Schlimmes passiert sein. Mit einem Mal ist meine bleierne Müdigkeit verschwunden und mein Herz pocht wild. Das Blut rauscht mir in den Ohren und ich spüre, wie das Adrenalin durch meinen Körper schwimmt. Aufmerksam mustere ich die beiden und räuspere mich ungeduldig.

»Wo ist Aurelia?«, fragt Fernando mich völlig unvorbereitet und irritiert lege ich den Kopf schief.

»Unterwegs. Wieso? Nur, weil sie bei mir wohnt und meinen Schwanz mehr als einmal beglücken durfte, heißt es nicht, dass sie mir wie ein Schoßhündchen hinterherlaufen und sich an den Geschäftstreffen beteiligen muss.«

»Na ja«, murmelt Fernando und schluckt sichtbar. »Heute wäre es aber besser gewesen, wenn du sie mitgebracht hättest. Sie ist der Grund, weshalb wir hier sitzen.«

Entnervt seufze ich und funkle ihn an. »Rede Klartext, Fernando. Wenn es dir egal ist, wie oft ich Lia ficke, weshalb ist sie dann so wichtig? Hör auf, um den heißen Brei herum zu reden. Du weißt, dass ich das hasse!«

Einen Moment ist es still und ich verdrehe die Augen. Auf diesen Kindergarten habe ich keine Lust. Sollen die beiden mich doch zurückholen, wenn sie wissen, was sie von mir wollen. Ich verbringe gerne Zeit mit meinem Bruder, und Fernando ist ebenfalls nicht die schlimmste Gesellschaft. Aber auf einen Mädelstratsch kann ich getrost verzichten. Langsam erhebe ich mich von meinem Platz und will das Lokal verlassen, als Levin mich festhält.

»Warte, James. Wir stellen dir die ganzen Fragen, weil wir wissen müssen, wie viel sie dir bedeutet. Ob sie das Risiko und den Ärger wert ist. Ist sie mehr für dich als eine Mitbewohnerin und ein heißer Gelegenheitsfick? Mehr als ein Spielzeug? Magst du sie?«

Verwirrt blinzle ich und fahre mir durch die Haare. Auf diese Frage war ich nicht vorbereitet und sie ärgert mich. Denn die Wahrheit ist, dass ich nicht weiß, was sie mir bedeutet. Ich mag Lia, und das viel mehr, als ich sollte. Bei ihr kann ich nach einem langen, harten Tag nach Hause kommen. Den kriminellen Clubbesitzer und Mörder außen vor lassen, und einfach nur ich selbst sein. Sie provoziert mich und fordert mich heraus, aber auf eine gute Art. Es fühlt sich richtig an, eine Frau auf Augenhöhe um mich herum zu haben, die mir gerne einmal widerspricht. Und der Sex mit ihr ist der Wahnsinn. Sie weiß genau, welche Knöpfe sie drücken muss und bringt mich damit um den Verstand. Aber wie viel bedeutet sie mir? Ist Lia eine gute Freundin, mit der ich mir heißen und regelmäßigen Sex vorstellen kann? Oder war ich ein Idiot und habe mich tatsächlich verliebt?

Überrumpelt räuspere ich mich und sage: »Lia ist mir wichtig. Ich will nicht, dass ihr etwas zustößt, und ja, sie ist das eine oder andere Risiko wert.«

»Du bist verliebt«, erwidert Levin und grinst breit. »Glückwunsch zu deinem größten Fehler, Bruderherz. Hoffentlich bleibe ich länger von diesem Mist verschont.«

Ich schnaube abfällig, erwidere jedoch nichts. Soll ich es abstreiten, ohne zu wissen, ob es nicht doch wahr ist?

»Sei es drum. Sie ist dir wichtig, ob Liebe oder nicht«, mischt sich Fernando ein und nickt bekräftigend. »Also ist sie das Risiko wert. Erinnerst du dich an den Mann, der gestern deine Rede unterbrochen hat und den Aurelia in seine Grenzen weisen musste?«

Ich grinse breit und nicke. O ja, diesem Mistkerl hat sie ordentlich das Maul gestopft.

»Nun, dieser Mann kam mir etwas seltsam vor, also habe ich ihn checken lassen. Er ist nicht irgendwer, J.

T.! Dieser Mann wird jahrelang auf seine Rache hinge-
arbeitet haben, und es war garantiert kein Zufall, dass
er gestern da war.«

»Von wem reden wir?«, frage ich möglichst gelassen
und ziehe an meiner Zigarre. Der Qualm beruhigt mich
und lässt mich in solchen Situationen einen kühlen
Kopf bewahren.

Jedoch ist es nicht Fernando, der mir den Boden unter
den Füßen wegreißt, sondern Levin, als er erwidert:
»Von Benjamin Meyerson. Er ist der leibliche Sohn von
John Miller. Dem Wichser, der uns unsere Mutter gestohlen hat.«

Mit einem Mal wird mir kalt und schockiert sehe ich
auf. Offenbar ist mir vor fünf Jahren ein großer Fehler
passiert, der nun zu einem Problem wird. Ich hatte über
Miller alles recherchiert, das ich finden konnte. Nirgendwo stand, dass er einen leiblichen Sohn hat.

»Ich wusste nicht, dass er existiert. Und wieso heißt
er Meyerson? Habt ihr irgendwelche Details, was der
Dreck planen könnte?«, erwidere ich kühl und schlucke.

Fernando nickt und antwortet: »Nun, er wuchs wohl
bei seiner Mutter auf, laut meinen Quellen. Und da er
nicht weiß, wie gut wir drei befreundet sind, machte es
ihm nichts aus, neben mir mit seinem Kumpel über gewisse Rachepläne zu plaudern. Wenn er es ernst meint,
ist dein Mädchen in großer Gefahr. Er hat gedroht, jemanden zu töten, der dir wichtig ist. Damit du ebenso
leidest wie er.«

Das Blut gefriert mir in den Adern und einen Augenblick lang steht die Welt still. Ich atme schwer und
fahre mir durch die Haare. Verdammt, ich hätte Lia

nicht alleine lassen sollen! Wenn ihr etwas zustößt, ist es meine Schuld. Rasend vor Wut springe ich von meinem Platz auf und stürme aus dem Café. Ich werde diesen Wichser finden und er wird mehr leiden als sein Vater. Dafür sorge ich!

Kapitel Vierundzwanzig

J. T.

Mit jedem Schritt, mit dem ich mich Levins Wagen nähere, wird die Wut in mir größer. Dieser Mistkerl will Unschuldige mit reinziehen, um mich zu ruinieren. Und wer gut genug über mich recherchiert, weiß, dass es in meinem Umfeld nur drei Personen gibt, die mir wichtig sind: mein Bruder, Lia und Joselyn. Ich könnte es verstehen, wenn er Levin angreift, aber gegen ihn hätte der Versager keine Chance. Lia und Joselyn können sich nicht so gut wehren, sind leichtere Opfer. Die Tatsache, dass sie nichts mit der Situation zu tun haben, macht es noch schwerwiegender.

Ich ignoriere die Rufe von Levin und Fernando, die hinter mir her rennen, und wähle Lias Nummer. Unruhig halte ich die Luft an, doch sie geht nicht ran. Ihr Anruf wird direkt auf die Mailbox weitergeleitet. Fuck! Hat der Mistkerl sie wirklich in seinen Fängen, oder ist sie irgendwo unterwegs? Mein Blut rauscht und ich sehe rot. Wenn der Mann einen Krieg will, kann er ihn bekommen. Ich lösche ihn und seinen Namen aus, bevor er sich hier etwas aufbauen kann! Ich werde ihn foltern, bis er mich um Erlösung bittet. Und dann werde ich ihm seine letzte Kraft nehmen. Ihm seinen letzten Wunsch abschlagen und ihn qualvoll verbluten lassen. Wenn er tot ist, werde ich ihn in Hexafluorantimonsäure auflösen, bis seine gesamte Existenz ausgelöscht ist. Dann werde ich meine Connections zu den korrupten Cops und der Mafia nutzen, damit es so aussieht, als sei er von der Bildfläche verschwunden. Er hat kaum Bekannte in dieser Stadt und es wird nicht lange dauern, bis sich niemand mehr an ihn erinnert. Wenn ich mit ihm durch bin, wird sich nicht eine einzige Menschenseele mehr um ihn scheren. Es wird sein, als hätte er nie existiert. So wie bei seinem Vater vor fünf Jahren. Außer Mike, Levin und mir wird niemand mehr wissen, dass John überhaupt existierte, und mit seinem Dreck von Sohn wird es genauso sein! Mithilfe von Geldwäsche und meinen Freunden in der Immobilienbranche werde ich sein Haus auf mich umschreiben und es anschließend auf den Markt bringen. Doch selbst der Gedanke an all das, was ich Meyerson antun werde, kann mich nicht beruhigen. Mein Blut kocht und meine Fäuste sehnen sich nach einem Körper, den sie zusammenschlagen können.

Angepisst wähle ich Stevens Nummer, der sofort ans Telefon geht. »James. Wir haben ein Problem.«

»Ja, allerdings«, begrüße ich ihn ebenfalls ohne Umschweife. »Ist Lia bei dir?«

»Nein. Sie war bis eben bei ihren Eltern und wollte, dass ich sie abhole. Gerade als ich ankam, sah ich, wie sie in einen Geländewagen gezogen wurde. Es tut mir leid. Ich –«

»Ich will, dass du auf Abruf bereitstehst«, unterbreche ich ihn harsch und schlage mit meiner Faust gegen die

Hauswand. Der Schmerz durchzuckt meine Glieder, aber mein Herz ist so taub, dass ich die Verletzung kaum wahrnehme. Die pochende Hand betäubt das seltsame Gefühl in meinem Inneren und hilft mir, stärker zu sein. Ich darf nicht schwach werden. Nicht, ehe Lia wieder sicher in meinen Armen liegt, und ich die Leiche des Mistkerls bis auf die Unkenntlichkeit verbrannt habe!

»Natürlich«, unterbricht Steven meine Gedanken und erleichtert atme ich aus. Immerhin ist auf ihn Verlass.

»Soll ich die Männer zusammentrommeln?«

»Nein, ich habe dich, Levin und Fernando. Das reicht. Zu viele Männer sorgen für zu viel Aufmerksamkeit. Schick die Schläger zum Haus meines Vaters, damit er und Joselyn Schutz haben. Nur zur Sicherheit, falls der Wichser wieder zuschlagen will.«

Ohne seine Antwort abzuwarten, beende ich das Telefonat und steige in Levin Wagen. Fernando und Levin setzen sich wortlos zu mir ins Auto und ohne Umschweife fahren wir in meine Wohnung. Für meinen idealen Racheplan ist mir jedes Mittel recht, und in meiner Wohnung laufen wir keine Gefahr, von jemandem belauscht zu werden. Auf dem Weg dorthin informiere ich Chris. Er ist das Superhirn meiner Männer, ein Technik-Genie und ein gefürchteter Hacker. Die perfekte Kombi, wenn man jemanden aufspüren und bis aufs Blut ruinieren möchte.

Chris wartet schwer bepackt mit seiner Ausstattung vor meiner Tür. Wir begrüßen ihn knapp, ehe ich aufschließe und jedem einen Drink in die Hand drücke. Scheiß auf nüchtern! Kaum haben wir alle Platz genommen, räuspere ich mich. »Okay, wir haben folgendes Problem. Vor fünf Jahren habe ich einen Mann namens John Miller abgezockt, wie ihr vermutlich noch wisst. Zur Auffrischung: Das war der Mann, dem zuvor der Club gehörte, und der unsere Mutter aus der Familie zu sich gelockt hat. Den Laden habe ich an mich gerissen, Levin hat John gefoltert und getötet. Jetzt ist sein Sohn, Benjamin Meyerson, aufgetaucht und will Rache.«

Irritiert legt Chris, der damals noch nicht Teil meiner Männer war, den Kopf schief und fragt: »Warum will er sich an dir rächen und nicht an Levin? Der hat seinen Vater doch auf dem Gewissen!«

Amüsiert ziehe ich eine Augenbraue hoch und schnaube. »Der Tod ist nicht immer die schlimmste Strafe. Ich habe seinem Vater alles genommen. Seinen Laden, seinen Stolz und seinen Namen. Und ich habe mich an der Folter beteiligt. Daher liegt Meyersons Wut vor allem auf mir.«

Ein Leuchten tritt in seine Augen und verständnisvoll nickt Chris. Obwohl er der klassische Nerd ist, ist er alles andere als brav. Schon als Kind fühlte er sich mehr zur dunklen Welt hingezogen, brachte sich mit 13 das Programmieren selbst bei und wurde mit 15 zum Hacker. Er weiß, welche Bedeutung Stolz in unseren Kreisen hat. »Verstehe, das ergibt Sinn. Wie kann ich dir helfen?«

Zufrieden nicke ich. »Nun, dieses Stück Dreck hat meine Freundin entführt. Ich will mir nicht ausmalen, was er mit ihr alles vor hat! Ich will, dass du ihn ausfindig machst. Sein Pass und seine Wohnadresse sind vermutlich gefälscht. Finde raus, wo er wirklich wohnt und unter welchem Namen er das Haus gemietet hat. Es muss ein Grundstück sein, dass keine Aufmerksamkeit auf sich zieht und wo er in Ruhe jemanden festhalten kann.«

Zustimmend legt Levin mir seine Hand auf die Schulter und fügt hinzu: »Außerdem muss es irgendwo sein, wo er wenige Nachbarn hat, aber auch nicht alleine wohnt. Ein einsames Haus zieht zu viel Aufmerksamkeit auf sich und wäre die erste Adresse, an der jemand nach ihm suchen würde. Schau nach Häusern, die in den letzten Monaten schallisoliert ausgestattet wurden. Vielleicht auch nach leer stehenden Lagerhäusern. Meyerson ist ein Mann, der nicht auffällt, wenn er es nicht will. Eine Entführung und Folter kosten Geld. Er ist vermutlich ein Neureicher und erst seit Kurzem in dieser Stadt.«

Chris schreibt alles in Rekordgeschwindigkeit mit und schaut anschließend auf. »Gut. Wenn ich das habe, suche ich seine Adresse und hacke mich in sein Handy, um ihn und seine Aktivitäten zu verfolgen.«

»Genau«, stimme ich zu und lächle zufrieden. »Und dann gibst du mir die Daten weiter, damit ich meine Kleine retten kann.«

Erneut drückt Levin meine Schulter und räuspert sich. Sein Blick ist durchdringend, als er antwortet: »Wir werden sie da rausholen, James. Aber dafür brauchen wir einen Plan.«

Wortlos breite ich einen Stadtplan sowie Papier vor uns aus. Zeit, mein Mädchen zu retten und ein deutliches Statement an alle unsere Feinde zu senden. Niemand nimmt sich, was mir gehört, ohne dafür zu bezahlen!

Kapitel Fünfundzwan-zig

Lia

Ich weiß nicht, wie lange die Fahrt dauert. Wir fahren im rasenden Tempo durch die Straßen, aber die Fenster sind getönt, sodass ich nicht sehen kann, wo wir lang fahren. Mein Herz hämmert panisch und unzählige Gedanken wirbeln mir durch den Kopf. Wer ist die Person, die mich entführt? Was will sie von mir? Was habe ich ihr getan? Ist es jemand, den mein Vater vor Jahren verurteilt hat und der sich nun rächen will? Oder vielleicht ein Feind von J. T.? Habe ich jemanden in meinem Job ungewollt verletzt? Das Blut rauscht mir so schnell durch die Adern, dass mir für einen Augenblick lang schwindelig wird. Panisch und verwirrt lehne ich den Kopf an und schlucke schwer. Obwohl die Fenster geschlossen sind, zittere ich am ganzen Körper und einzelne Tränen bahnen sich ihren Weg hinab. Wo bin ich hier nur hinein geraten? Zwei maskierte Männer sitzen neben mir und betrachten mich mit Argusaugen.

»Wer seid ihr und was wollt ihr von mir?«, rufe ich verzweifelt aus.

»Halt's Maul!«, knurrt einer der beiden gefährlich, während der andere mir eine Waffe an den Kopf hält.

»A-Aber ich habe doch niemandem was getan!«, jammere ich und nur mit Mühe kann ich ein Schluchzen unterdrücken.

»Na und? So ist das, wenn man aufhört, das brave Mädchen zu sein, und mit den falschen Männern ausgeht. Uns bist du scheißegal. Aber unser Boss hält dich für ein gutes Mittel zum Zweck. Und jetzt halt die Fresse, oder ich lasse dich einschlafen!«

Sein Kollege wedelt drohend mit der Pistole vor meinen Augen und nachgiebig nicke ich. Das kann nicht mein Ende sein. Nicht jetzt, wo ich endlich den Mut aufgebracht habe und meinen eigenen Weg gehe. Habe ich zu spät gelernt, auf mein Herz zu hören? Die klugen Glückskeks-Sprüche sagen einem immer wieder, dass jeder Tag der letzte sein kann und man deshalb nur so leben sollte, wie man es selbst möchte. Jeder Ratgeber zum Thema Achtsamkeit und Selbstliebe schreibt darüber. Doch bisher habe ich das nicht allzu ernst genommen. Noch nie wurde ich mit dem Tod konfrontiert, musste mir nie Gedanken dazu machen. Ist es nun zu spät? Nein, das lasse ich nicht zu! Ich muss herausfinden, was mein Entführer von mir will. Ihn in ein Gespräch verwickeln, und, egal wie qualvoll es wird, solange wie möglich überleben. Bestimmt hat J. T. längst mitbekommen, dass mir etwas zugestoßen ist. Ich bin offiziell seine Freundin, er betrachtet mich als sein Eigentum. Sagte er nicht zu mir, dass niemand ihm seinen Besitz wegnimmt, ohne dafür zu büßen? Sicherlich sucht er schon nach mir und irgendwann wird er mich da raus holen. Bis dahin muss ich durchhalten.

Dieser Gedanke gibt mir neue Hoffnung, als wir irgendwann zum Stehen kommen. Nervös schlucke ich und balle meine Hände zu Fäusten. Mein Herz rast noch immer, doch mein Ziel ist klar. Eine Flucht ist ausgeschlossen, Durchhalten ist die einzige Option. Die Scheibe, die die Rückbank vom Fahrersitz trennt, wird hinunter gefahren und ein Mann dreht sich zu mir um. Heilige Scheiße! Das ist doch das Arschloch, das ich gestern zurechtweisen musste. Ist er etwa angepisst, weil ich ihn vor versammelter Mannschaft zurechtgewiesen habe? Der blonde Typ muss ungefähr in J. T.s Alter sein, sieht aber deutlich weniger gut aus. Seine Kleidung wirkt aufgesetzt teuer und seine Haare hat er mit zu viel Gel nach hinten gestylt. Er sieht aus wie ein Möchtegern-Millionär und ein leichter Bauch zeichnet sich unter seinem Hemd ab.

»Okay, Püppchen«, lenkt er meine Aufmerksamkeit auf sich und ich schnaube. »Das läuft folgendermaßen ab. Wir beide gehen jetzt brav in das Haus und erregen keinerlei Aufmerksamkeit. Es wirkt so, als würdest du freiwillig mit mir kommen. Meine Männer bleiben im Auto. Machst du einen falschen Move, werden sie dich erschießen. Verstanden?«

Ich nicke und beiße mir auf die Zunge. Ihn zu verärgern, dürfte mir mehr schaden als nützen und meinen Plan durchkreuzen. »Natürlich. Wenn ihr mich erschießt, erfahre ich ja nie, warum du mich entführt hast.«

Lachend wendet sich mein Entführer von mir ab und öffnet die Tür. Mit zittrigen Beinen laufe ich hinter ihm her und lächle den wenigen Nachbarn zu. Kaum sind wir in seinem Haus, schlägt er die Tür hinter uns zu und schubst mich Richtung Dachboden.

»Was, nicht der Keller?«, murre ich sarkastisch, was ihm ein entnervtes Schnauben entlockt.

»Das ist mir zu klischeehaft. Wenn du leidest, dann auf meine Art. Wo ist sonst der Sinn einer Entführung? Wenn du brav bist und nur den Mund öffnest, wenn ich dich etwas frage, wirst du nicht allzu stark leiden. Verweigerst du eine Antwort oder provozierst mich, wird es schmerzhaft.«

Als wir auf dem Dachboden ankommen, bleibe ich wie erstarrt stehen. Hier ist offensichtlich lange niemand mehr gewesen. Staub kitzelt in meiner Nase und ich muss niesen. Der Dreck brennt in meinen Augen und die wenigen Möbel sind mit dicken Spinnweben verhüllt. Igitt, ich hasse Spinnen! Angewidert schüttle ich mich, als mein Entführer mich auf den einzigen Stuhl im Raum schubst, der sauber ist. Kommentarlos bindet er meine Handgelenke an den Lehnen, meine Fußgelenke an den Stuhlbeinen fest. Die Seile schneiden in mein Fleisch und panisch schlucke ich.

»Warum tust du das?«, flüstere ich und sehe ihn mit Verachtung an. »Wir kennen uns nicht und ich habe dir nichts getan!«

Er schnalzt mit der Zunge und schüttelt den Kopf, ehe er sich eine Kiste heranzieht und sich vor mich setzt. »Falsch, ich kenne dich. Zumindest oberflächlich. Du bist Aurelia Sparks, verwöhntes Prinzesschen eines Staatsanwaltes, die wohl dachte, dass es witzig ist, mit einem Bad Boy ins Bett zu gehen. Ich bin Benjamin Meyerson und wir beide haben eine Rechnung zu begleichen.«

Irritiert schüttle ich den Kopf. Ich kann mich beim besten Willen nicht daran erinnern, ihm in der Vergangenheit schon einmal begegnet zu sein. Anderseits kann keine Verwechslung vorliegen, so gut, wie er über mich recherchiert hat. »Was habe ich dir denn getan? Soweit ich weiß, sind wir uns gestern das erste Mal begegnet.«

Er lächelt und eine Gänsehaut breitet sich auf meinen Armen aus, als er von seiner Kiste aufsteht und sich ganz nah über mich beugt. »Richtig. Du bist nur ein Mittel zum Zweck. Dein Lover hat mir vor fünf Jahren alles genommen. Nachdem seine Mutter mit meinem Vater ausging, wollten die Rivers-Brüder Rache. James und Levin haben ihn gefoltert und sich anschließend den Club unter den Nagel gerissen. Jegliches Geld an sich genommen. Alles, was mir und meiner Mutter zustand. Ihretwegen konnten wir Mutters Medikamente nicht mehr bezahlen und kurz darauf ist sie gestorben. Ich will Rache und meinen Laden zurück.«

Ich schlucke schwer und senke die Lider. Leider kann ich nicht abstreiten, dass es genau nach dem Vorgehen klingt, das Levin und J. T. umgesetzt hätten. »Das tut mir sehr leid«, murmle ich und meine es tatsächlich ernst. Niemand sollte so etwas durchmachen müssen. »Aber was habe ich damit zu tun?«

»Nun, das ist einfach. Ich will, dass dein Wichser von Freund ebenso leidet wie ich. Ich werde unser kleines Folterspielchen aufzeichnen, sodass er dir beim Leiden und Verbluten zusehen kann. Da Vaters Leiche niemals aufgetaucht ist, wird er auch dich nie wieder zurückbekommen. Dein Freund dachte, er ist clever, hm? Nur leider lief an jenem Abend nicht alles nach Plan. Woher hätte er auch wissen sollen, dass es einen Zeugen gibt, der sich gut versteckt hielt? Er hätte jahrelang Reue zeigen können, doch nun ist es zu spät. Das Video ist das Letzte, das er jemals von dir sehen wird. Aber du kannst mit mir kooperieren und mir alles verraten, was ich wissen muss, um die Brüder zu zerstören. Dann wird es auch weniger schlimm für dich.«

»Vergiss es! Du bist krank!«, spucke ich ihm angewidert entgegen und recke mein Kinn. »Ich verrate James und Levin nicht, vor allem nicht an einen Psychopathen wie dich!«

Mit einem wütenden Schrei packt er mich an der Kehle und drückt zu. Seine Augen funkeln wild, als er genüsslich meinen Körper mustert. »Wie bedauerlich. Wir beide hätten uns so gut amüsieren können. Du bist hübsch, es wäre doch schade, dich zu verunstalten. Vielleicht werde ich dich mehrmals nehmen, bevor ich deinen Körper zur Unkenntlichkeit zerstöre. Wie klingt das?«

»Eher würde ich sterben, als mit dir zu kooperieren und dich ranzulassen.«

Er lacht laut auf und greift in seine Tasche. Mit funkelnden Augen sieht er mich an und als ich den Dolch in seiner Hand sehe, grinst er. »Vielleicht wirst du deine Meinung noch ändern. Wusstest du, dass ich eine medizinische Ausbildung habe? Ich kann zum Beispiel 37 Mal zustechen, ohne, dass du dabei verblutest. Und jeder einzelne Stich wird dich mehr leiden lassen. Also, ein letztes Mal: Was ist, abgesehen von dir, seine größte Schwäche?«

Ich schnaube nur und schüttle den Kopf. Lieber sterbe ich in Würde, als den einzigen Mann, dem ich nicht egal bin, zu verraten. Meine Reaktion scheint Benjamin anzustacheln und theatralisch seufzend packt er mich erneut am Hals. Mit der anderen Hand holt er aus und sticht in meine Hand. Brennender Schmerz breitet sich unwillkürlich aus und kurzzeitig wird mir schwarz vor Augen. Ich spüre, wie sich das Blut auf meinem Handrücken verteilt und schreie.

»Halt's Maul!«, knurrt er und drückt meinen Hals fester zu.

Panisch röchle ich und einige Tränen verschleiern meine Sicht.

»Das tut weh, oder?«, flüstert er und ängstlich nicke ich.

»Sehr gut. Der Schmerz wird dich stärker machen. Deinen Kampfwillen wecken und dich mit Adrenalin überschütten. Wir beide haben alle Zeit der Welt und je stärker du wirst, desto länger können wir spielen.«

»J. T. wird kommen und mich holen«, röchle ich, doch mein Entführer lacht nur rau.

»Darauf baue ich, Liebes. Nicht, weil du ihm wichtig bist. Du bist sein Eigentum, außerdem will er die Wette gegen seinen Bruder gewinnen. Wusstest du, dass er darauf gewettet hat, dass du bis zum Ende des nächsten Jahres bei ihm bleibst? Und auf so einen Mann wartest du?« Angewidert holt er erneut aus und sticht mir dieses Mal in den Fuß. Obwohl ich meine Schuhe trage, spüre ich, wie sich das spitze Metall durch mein Fleisch bohrt. Ich heule auf und schließe die Augen. Bin ich J. T. wirklich so egal? Was, wenn er mich hier einfach zurücklässt? Der körperliche Schmerz vermischt sich mit meinen Gedanken und verzweifelt rüttle ich an dem Stuhl. Lachend kramt Benjamin in seiner Kiste und holt einen Gegenstand aus Metall heraus. Mit großen Augen sehe ich ihn an, mein Herz pocht immer lauter. Das Blut rauscht mir in den Ohren und mein Kopf ist leer. Nickend reißt er mir die längst zerfledderte Jacke von der Schulter, sodass der linke Ärmel in der Luft baumelt, beugt er sich über mich und setzt den metallischen Stempel an meinem Oberarm an. »Ab heute gehörst du mir.«

Und plötzlich spüre ich einen Schmerz, den ich noch nie gefühlt habe. Ich rieche mein brennendes Fleisch und den Rauch, und schreie mir die Seele aus dem Leib. Panisch zucke ich nach hinten, doch ich kann nichts machen. Er hält meinen Arm fest und ohnmächtig beobachte ich, wie er mich für immer brandmarkt. Plötzlich wird mir schwindelig und ich verliere das Bewusstsein.

Kapitel Sechsundzwanzig

Lia

Ich weiß nicht, wie lange Benjamin mich schon gefangen hält. Vielleicht Stunden oder Tage, womöglich aber auch Wochen. Mein Zeitgefühl hat sich verabschiedet, ebenso jegliche schwere Gedanken. Alles, woran ich denken kann, ist, heil hier raus zu kommen. Mit oder ohne die Hilfe von J. T. Mein gesamter Körper brennt vor Schmerz und wenn ich an mir herunter schaue, sehe ich viele blutige Wunden und durchnässte Verbände. Benjamin gibt mir geradeso genügend Essen und Trinken, damit ich am Leben bleibe, und er mich weiterhin vor laufender Kamera foltern kann. Mein Kreislauf klappt immer wieder zusammen und ich habe kaum Kraft. Das bisschen Energie, das mir bleibt, will ich für meinen letzten Kampf aufheben. Denn ich bin nicht bereit, kampflos unter zu gehen!

Knarzend öffnet sich die Tür zum Dachboden und mein Entführer kommt mit einer kleinen Portion Haferbrei und einem Glas Leitungswasser zu mir. Der Duft des Breis lässt Übelkeit in mir aufsteigen, denn ich weiß, dass im Anschluss die nächste Runde Folter auf mich wartet. So wie jedes Mal. Seine schweren Schritte knarzen auf der alten Holztreppe, ehe er vor mir stehen bleibt.

»So, Püppchen. Zeit für eine kleine Stärkung. Wir wollen doch nicht, dass du stirbst, ehe ich mit dir durch bin.«

Angewidert starre ich ihn an und erdolche ihn mit meinem Hass. »Fahr zur Hölle«, murmle ich und lehne mich zurück.

»Na, na, nicht so unhöflich. So geht man nicht mit seinem Gastgeber um. Ich versorge dich mit Essen und Trinken und lasse dich bei mir wohnen. Ein bisschen Dankbarkeit wäre angebracht. Was willst du zuerst?«

Fragend hält er mir abwechselnd die Schale und das Wasser hin, doch ich drehe bockig den Kopf weg. Es ist egal, was ich will. Er hat längst seine Pläne geschmiedet und am Ende würde er sowieso nicht auf meine Wünsche hören.

»Wie du willst«, knurrt er und überbrückt den letzten Abstand zwischen uns. Mit voller Kraft greift er mir ins Haar und zieht meinen Kopf so weit nach hinten, dass es wehtut. Auf meiner Kopfhaut spüre ich ein schweres Pochen und ein starkes Ziehen. Doch das ist nichts im Vergleich zu dem, was ich bisher erleiden musste. Zufrieden hebt er das Wasserglas an meinen Mund.

»Trink, oder deine noch heile Hand badet in Säure«, befiehlt er mir und hebt, zur Untermalung seiner Worte, ein Schälchen mit beißendem Duft unter meine Nase.

Meine Augen brennen und verzweifelt nicke ich. Unfreiwillig öffne ich den Mund und lasse mir das Wasser hinein kippen. Er gießt so schnell, dass ich zwischendurch husten und röcheln muss. Der letzte Rest meines schmutzigen Kleides wird nass, doch es interessiert mich nicht mehr. Stumpf lasse ich die Folter über mich ergehen und bin froh, als es vorbei ist. Ich huste ein wenig, bis sich meine Lungen von der Überflutung erholt haben. »Zufrieden?«, zische ich und bedenke ihn mit einem weiteren bösen Blick. Nicht besonders hilfreich, aber das Einzige, das ich momentan tun kann, um mich nicht ganz zu ergeben.

»Noch nicht. Ich will, dass du das hier isst, damit du wieder zu Kräften kommst«, erwidert er kalt und stellt das Essen auf meinem Schoß ab.

»Ach, und wie? Willst du mich etwa füttern?« Entsetzt schnaube ich, doch Benjamin lacht freudlos auf.

»Nein, wozu? Du hast doch zwei Hände und einen Mund. Ich füttere dich nicht. Denn das hätte auf verquere Weise etwas mit Respekt zu tun und den habe ich vor dir nicht.«

Augenrollend deute ich mit meinem Kopf auf die gefesselten Hände. »Falls es dir nicht aufgefallen ist, sind beide Hände gefesselt und eine davon ist, dank dir, kaum zu gebrauchen. Ich verhungere lieber, als wie ein Hund aus einem Schälchen zu fressen.« Entschieden nicke ich, um die Ernsthaftigkeit meiner Worte zu untermalen.

Einen Moment lang liefern wir uns ein Blickduell. Anschließend seufzt er entnervt und hockt sich vor mich. »In Ordnung, Püppchen. Für dein Frühstück binde ich dich los, aber nur eine Hand. Sobald du gegessen hast, wirst du wieder gefesselt. Solltest du das Frühstück hinauszögern oder versuchen zu fliehen, wirst du es bereuen. Kapiert?«

Ergeben nicke ich und atme erleichtert aus, als durch mein Handgelenk wieder Blut fließt. Für einen Augenblick löst das Kribbeln den Schmerz durch die Stichwunde ab, ehe das Gefühl vollständig zurückkommt. Stöhnend bewege ich meine Hand und nehme vorsichtig den Löffeln entgegen. Meine Hand zittert aufgrund der ungewohnten Belastung und ich zische leise. Langsam führe ich den Löffel zum Mund und muss ein Würgen unterdrücken. Der Brei schmeckt nach Pappe und die Magensäure steigt in mir auf.

Plötzlich ertönt das Geräusch eines Autos und Benjamin sieht auf. Kurzzeitig verengt er die Augen zu Schlitzen, ehe er grinst. Ein Blick auf sein Smartphone scheint seine Vermutung zu bestätigen, und mit leuchtenden Augen sieht er zu mir auf.

»Das ist der Paketbote. Unser neues Spielzeug ist da. Ich will, dass du keinen Ton von dir gibst oder anderweitig auf dich aufmerksam machst. Ansonsten reinige ich deine Wunden mit Salzsäure. Das willst du nicht, oder?« Sein Grinsen ist breit und ich weiß, dass er jedes Wort so meint. Murrend schüttle ich den Kopf und zufrieden nickt er. »Iss auf! Wenn ich wieder da bin, spielen wir.«

Ohne mich eines weiteren Blickes zu würdigen, dreht er mir den Rücken zu und verlässt den Dachboden. Als die Luke hinter ihm zufällt, atme ich erleichtert aus. Das ist meine Chance! Mit klopfendem Herzen fummle ich an dem Knoten meiner gesunden Hand. Der Schmerz durchzuckt mich und leise fluchend schließe ich die Augen. *Nicht schwach werden, Lia. Du schaffst das. Du bist eine toughe Frau, die alles erreichen kann, was sie will. Du wirst diesen Psychopathen überleben.*

Während ich mir mein Mantra leise zuflüstere, kämpfe ich gegen den Schmerz an. Kurz darauf fällt das Seil zu Boden und erleichtert grinse ich. Obwohl meine Hand noch taub ist, nehme ich mir keine Zeit, sie auszuschütteln. Unter Schmerzen beuge ich mich nach vorne und mache mich an den Seilen, um meine Fußgelenke zu schaffen. Mein Herz pocht wild, das Blut rauscht mir in den Ohren und das Adrenalin überrollt mich. Gerade als ich die drohenden Schritte auf der Treppe höre, fallen auch die letzten Seile zu Boden. Erleichtert humple ich zu der Kiste nahe der Tür und verstecke mich dahinter. Mein gesamter Körper zittert vor Anspannung und sicherheitshalber lege ich mir die unverletzte Hand auf den Mund. Unterdrücke das Geräusch meines Atems und hoffe, dass er meinen Herzschlag nicht hören kann.

Plötzlich geht die Tür auf und ich sehe seinen Schatten im Eingang. Er hält irgendein monströses Gerät in seiner Hand und mir gefriert das Blut in den Adern. Erneute Panik macht sich in mir breit. Was ist das für ein Gerät? Was hat dieses kranke Monster vor? Will es mich etwa zersägen? »Komm raus, wo immer du bist. Stell dich mir freiwillig und du wirst nur einen Finger verlieren und nicht die ganze Hand.«

O Gott! Der meint das ernst! Ich schlucke schwer und wie ferngesteuert mache ich mich hinter der Kiste kleiner. Ich sehe an seinem Schatten, dass er den Dachboden nach mir absucht und bete um ein Wunder. Irgendetwas muss es doch geben, womit ich ihn auf die falsche Spur bringen kann? Fiebrig überlege ich nach einer Lösung. Mit jeder Sekunde, die vergeht, kommt er mir näher. Sein Schatten wird immer größer. Aus Panik heraus werfe ich den Löffel die Treppen hinunter und halte für einen Moment den Atem an. Irritiert dreht Benjamin sich zur Luke und schaut hinunter. Ohne zu zögern springe ich hinter meiner Kiste hervor und schubse ihn hinunter. Wütend greift er nach meiner Hand und zieht mich mit. Mein Herz pocht laut gegen meinen Brustkorb und die Umgebung um mich herum verschwimmt. Mein Kopf schlägt schmerzhaft gegen eine Treppenstufe und für einen Augenblick spüre ich nichts als den stumpfen Schmerz an meiner Schläfe. Wie benommen taste ich die Stelle ab und keuche. Das Blut klebt an meinen Händen und mit einem Mal beginnt sich alles um mich herum zu drehen. Mir wird schwarz vor Augen, doch ich zwinge mich dazu, wach zu bleiben. Denke daran, wie sehr ich diese Hölle überleben und mich erneut in J. T.s Arme kuscheln möchte. Vor meinem inneren Auge sehe ich, wie seine Iriden sich vor Wut und Sorge um mich verdunkeln und er zornig seine Augenbrauen zusammen zieht. Ich stelle mir vor, dass er bei mir ist und diese Vorstellung gibt mir Kraft, holt mich zurück ins Hier und Jetzt. Benommen rapple ich mich auf und ignoriere den stechenden Schmerz in meinem Arm. Panisch reiße ich mich von ihm los und renne orientierungslos durch das Haus. Auch mein Entführer kämpft sich wieder auf die Beine. »Verdammte Schlampe, dafür wirst du büßen!«, brüllt er lautstark.

So schnell ich kann, renne ich ins Wohnzimmer, doch er holt mich ein. Ehe ich mich versehe, hat er seine Hand zu einer Faust geballt und schlägt zu. Ich taumle nach hinten und sehe Sterne. Schwankend halte ich mich an einem Stuhl fest, während er bedrohlich auf mich zukommt. Plötzlich reißt er mir den Stuhl aus der Hand und drückt mich an die Wand. Mit der Hand packt er mich am Hals und erneut drückt er zu. Röchelnd schlage ich um mich, doch ich berühre ihn nicht. »Das war's für dich, Püppchen!«, knurrt er und löst seine Hand von meinem Hals. Doch nicht, um mich durchatmen zu lassen. Im nächsten Moment fixiert er meine Handgelenke an der Wand und streicht mit seiner anderen Hand über meinem Körper. »Ich kann dich noch nicht töten. Wir hatten noch gar keinen richtigen Spaß zusammen und ich stehe nicht auf Sex mit Leichen.« Um seine Worte zu untermalen, schiebt er seine Hand unter mein Kleid, das er mir irgendwann während meiner Gefangenschaft angezogen hat, und zerrt am Bündchen meines Höschens. Provokant streicht er darüber, ehe seine Hand unter den Stoff greift. Währenddessen starrt er mir in die Augen und grinst.

Schiere Wut macht sich in mir breit und reißt mich aus meiner Starre. Übertönt die Angst und den Schmerz und weckt meinen Kampfinstinkt. Brüllend hebe ich mein Knie an und ramme es ihm in die Eier. Ich nutze seinen Schockmoment, befreie mich und laufe zur Küche. Ehe ich die Tür hinter mir schließen kann, schiebt er seinen Fuß dazwischen. Schweißperlen tropfen von meiner Stirn und panisch sehe ich mich um. Schwer schluckend lasse ich die Tür los, trete ein paar Schritte zurück und nehme das Küchenmesser. Als das Monster vor mir steht, sehe ich rot. Wie ein wilder Stier laufe ich auf ihn zu und steche mit dem Messer in ziellos in seinen Bauch. Stöhnend geht er auf die Knie, doch ich komme erst so richtig in Fahrt. »Das war für den Stich in meine Hand«, zische ich und verpasse ihm einen Kinnhaken. Das Adrenalin gibt mir Kraft und mit einem Kampfschrei stelle ich mich über ihn, hebe das Messer an und sage: »Und das ist für die Folter vor laufender Kamera.« Und dann steche ich zu. Die Klinge schneidet in sein Herz, als wäre es weiche Butter, und seine Augen treten groß hervor. Sein Gesicht wird blass und geistesabwesend schaue ich dabei zu, wie das Leben aus ihm fließt. Unfähig, irgendetwas zu denken oder zu fühlen. Nicht in der Lage, den Blick abzuwenden. Plötzlich höre ich mehrere Schritte vor der Tür und lasse mich kraftlos zu Boden sinken.

Kapitel Siebenundzwanzig

J. T.

Die letzten Tage zogen an mir vorbei, ohne dass ich groß Notiz von ihnen nahm. Levin, Chris, Fernando, Steven und ich arbeiteten Tag und Nacht an der Suche nach Lia. Keiner von uns gönnte sich eine große Pause. Nur Levin ging abends nach Hause, um für seine Tochter zu sorgen. Seit dieser Mistkerl mir mein Mädchen genommen hat, spüre ich nichts als Wut, Hass und eine große Zerstörungslust. Jedes Mal, wenn eine mögliche Spur im Sand verlief, musste eines meiner Möbel daran glauben. Ironisch, dass man erst merkt, wie sehr man jemanden liebt, wenn diese Person einem plötzlich entrissen wird. Wie sehr man all die verstrichenen Chancen bereut. An dem Morgen nach unserem fantastischen Sex wusste ich nicht, wie ich zu Lia stehe. Dass ich sie mag und heiß finde, war mir die ganze Zeit bewusst. Doch erst in den letzten Tagen verstand ich, was sie mir wirklich bedeutet. Und ich werde nicht zulassen, dass sie stirbt, ehe ich es ihr gesagt habe.

»Ruh dich ein wenig aus, James. Mach die Augen zu und gönn dir einen kleinen Snack. Du brauchst deine Kräfte. Spätestens dann, wenn wir zuschlagen wollen.«

Levin steht hinter mir und seine Hand ruht verständnisvoll auf meiner Schulter.

»Nicht, ehe mein Mädchen nicht lebendig in meinen Armen liegt«, zische ich und atme frustriert aus.

»Wenn wir sie haben, muss sie sich vollständig auf dich verlassen können. Du musst dich um sie kümmern können und für sie da sein. Am besten kannst du das, wenn du vorher ein wenig geschlafen hast.«

Schnaubend drehe ich mich zu ihm und funkle ihn böse an. »Du verarscht mich, oder? Glaubst du allen Ernstes, dass ich im Moment auch nur einen beschissenen Gedanken an Schlaf verschwenden kann? Dafür ist nach Lias Befreiung genügend Zeit. Wäre Joselyn das Opfer, würdest du auch keine Pause machen wollen.«

»Ich verstehe dich, Bruderherz, aber –«

»Aber was, Lev? Ich kann die Situation nicht ändern und meine Wut bringt mir auch nichts? Ich soll mich beruhigen, es wird schon alles gut werden?« Wütend balle ich meine Hände zu Fäusten und mahle mit meinem Kiefer. »Denn wenn du das meinst, muss ich dich leider schwer enttäuschen. Wir sind nicht in einem Märchen, das ein beschissenes Happy End garantiert!«

»Herrgott noch mal, James! Jetzt reiß dich mal zusammen! Ja, dass Meyerson Lia entführt hat, ist Scheiße. Und ja, dafür wird er bluten. Aber du bist nicht der erste Mann aus der Unterwelt, dem das passiert.«

»Ach, und das macht alles halb so schlimm, oder wie?«

Seufzend verschränkt Levin seine Arme vor der Brust und atmet tief durch. Ich weiß, dass es in ihm ebenso kocht und er verzweifelt versucht, sich zu beruhigen. So hat er es schon gemacht, wenn wir uns als Kinder gestritten haben. Und so macht er es auch, wenn es Ärger mit Joselyn gibt. Kaum ist er ruhiger, räuspert er sich und erwidert: »Nein, natürlich nicht, aber –«

»Nichts aber! Du hast keine Ahnung, wie es ist, wenn du die Frau, die du liebst, plötzlich verlierst. Du tief in dir drin weißt, dass sie nur deinetwegen in der Scheiße steckt. Und ich werde alles dafür tun, um sie zurückzubekommen! Und jeder, der mir im Weg steht, wird büßen. Jeder! Also wenn du nichts Sinnvolles zu der Suche beizutragen hast, schlage ich vor, dass du dich verpisst oder dich verdammt noch mal nützlich machst!«

»Es reicht, James. Nur, weil du der Ältere von uns beiden bist und es deine Mission ist, hast du kein Recht dazu, mich von oben herab zu behandeln oder irgendwelche Befehle zu bellen. Ich bin dein Bruder, nicht dein Angestellter. Shit, ich bin hier, um zu helfen und nicht, um mich wie Dreck behandeln zu lassen!«

»Wenn du helfen willst, dann spar dir deine billigen Psychologiesprüche und sorg lieber dafür, dass wir vorankommen. Auf deinen moralischen Bullshit kann ich gerade getrost verzichten.«

Levin kommt gar nicht dazu, etwas zu erwidern, denn in diesem Moment klatscht Chris in seine Hände und lenkt unsere Aufmerksamkeit auf sich. »Jungs, ich hab's!«, ruft er laut aus und winkt uns zu sich.

Schnellen Schrittes laufe ich auf meinen Techniknerd zu und werfe einen Blick auf seine Bildschirme. Mein Herz hämmert wild gegen meinen Brustkorb und fühlt sich zugleich leicht und schwer an. Einerseits erwärmt es sich bei der Hoffnung, mein Mädchen zeitnah wieder in meinen Armen halten zu können. Für sie sorgen zu können und Meyerson eine Abreibung zu verpassen. Gleichzeitig zieht es sich bei dem Gedanken, dass wir womöglich zu spät kommen könnten, zusammen. Was, wenn der Mistkerl sich nicht kontrollieren konnte und den Spaß an Lias Entführung verloren hat und sie längst tot ist? Oder er damit gerechnet hat, dass wir ihm irgendwann auf die Spur kommen und er mit ihr geflohen ist? Ein dicker Kloß bildet sich in meinem Hals und das Blut rauscht mir in den Ohren. Meine Hände zittern leicht, doch ich zwinge mich dazu, meine Gedanken auf das Hier und Jetzt zu fokussieren. Darauf zu hören, was Chris zu sagen hat. Und als er mich siegessicher anlächelt, atme ich tief durch.

»Ich weiß, wo er sich aufhält. Er hat ein Haus unter dem Namen David Maynard gekauft und seinem Handysignal nach zu urteilen, ist er derzeit dort. Ich hätte nicht gedacht, dass dieser Schwachkopf es nach Tagen des Untertauchens auf einmal wieder anschaltet!«

»Schick uns das Signal aufs Handy!«, befehle ich, plötzlich wieder fokussiert, und hole meine Waffe. »Gut gemacht, Chris. Wenn wir Lia da sicher rausgeholt haben, stelle ich dir deinen Check mit einem fetten Bonus aus. Den hast du dir verdient.«

Ohne auf die anderen zu warten, renne ich in den Flur und ziehe mir meine Schuhe an. Jetzt werde ich meine Prinzessin retten. Zwar nicht auf einem weißen Pferd, aber dafür mit ordentlich Krach und einer weißen Limousine. Nur wenige Sekunden später holen die anderen mich ein und zusammen springen wir ins Auto. Fernando sitzt mit Levin und mir hinten, während Steven sich auf den Fahrersitz gleiten lässt. Mit einem Tempo wie bei einer Verfolgungsjagd bringt er uns zielsicher durch die leeren Seitenstraßen Portlands. Je näher wir dem Haus kommen, desto schneller schlägt mein Herz und meine Gedanken an Lia werden stärker. Hoffentlich weiß sie, dass ich komme, um sie zu holen. Wie es ihr wohl geht? Was, wenn dieses Arschloch sie ins Koma gefoltert hat? Wenn sie vergessen hat, wer sie ist? Solchen Männern traue ich alles zu. Ich hatte in letzten fünf Jahren einige Geschäftspartner, denen es egal war, wen sie foltern. Die nicht davor zurückschrecken, Unschuldige zu töten, um ihren Feinden einen Denkzettel zu verpassen. Männer wie Meyerson haben kein Gewissen. Das sind Psychopathen, die nur an sich denken und unfähig sind, sich in ihre Opfer hineinzuversetzen. Wenn er also vor hat, Lia um den Verstand zu foltern, wird er es um jeden Preis versuchen. Aber egal, was er meinem Mädchen angetan hat: Ich spüre, dass sie lebt. Sie ist eine Kämpferin und Überlebenskünstlerin. Ich weiß, dass ich sie lebend daraus holen werde.

»Bist du bereit, J. T.?«, höre ich Fernandos Stimme und sehe ihn irritiert an.

Ich war so sehr in Gedanken vertieft, dass ich gar nicht mehr mitbekommen habe, dass wir längst an unserem Ziel angekommen sind. Verwirrt schüttle ich über mich selbst den Kopf und räuspere mich. »Ja. Lasst uns da rein gehen und mein Mädchen holen.«

Entschlossen nicken wir uns zu und gemeinsam laufen Levin, Fernando und ich zu dem Haus. Ohne eine weitere Sekunde verstreichen zu lassen, bricht Levin die Tür auf. Der Streit zwischen uns spielt keine Rolle mehr. Ich weiß, dass er tief drin noch sauer auf mich ist, aber wenn es hart auf hart kommt, können wir uns alles verzeihen. Wir wissen, wie man Prioritäten setzt und so konnten wir die letzten fünf Jahre überleben. Weil wir im richtigen Moment als Team fungieren, uns aufeinander verlassen können und wissen, wie der andere tickt.

Kaum hat er die Tür aufgetreten, schiebe ich ihn zur Seite und drängle mich vorbei.

»Lia?«, rufe ich lautstark und meine Stimme prallt an den kahlen Wänden ab. Erzeugt ein donnerndes und drohendes Echo. Soll der Wichser doch wissen, dass wir da sind! Es ist mir egal. Hauptsache sie weiß, dass ich ihretwegen hier bin. Ein lautes Schluchzen ertönt aus der Küche und alarmiert laufe ich dort hin. Als ich die Tür aufstoße, sitzt sie am ganzen Körper zitternd und blutverschmiert auf dem Fußboden. Neben ihr liegt ein Küchenmesser und ein toter Meyerson. Lia weint zusammengekauert und mein Herz bleibt für einen Moment stehen. Meine Prinzessin sollte nicht so leiden. Vorsichtig gehe ich auf sie zu und lege meine Hand auf ihre Schulter. »Lia?«

Sie zuckt zusammen und wimmert, hebt jedoch ihren Kopf. Es dauert einen Moment, dann werden ihre Augen groß. »J. T.? Du bist hier?«

Ihre Stimme ist schwach und brüchig und zittert ebenso sehr wie ihr Körper. Ihre Haut ist blass und von Blessuren gezeichnet. Ängstlich drückt sie sich an die Wand und mein Blick fällt auf den lieblosen Verband an ihrer Hand.

Wütend presse ich meine Lippen aufeinander und gehe vor ihr in die Hocke. Vorsichtig strecke ich meine Hand aus und lege sie auf ihre Wange. Beginne, sie zu streicheln. Umgehend schließt sie ihre Augen und seufzt.

»Hey«, flüstere ich und lege vorsichtig meinen Daumen unter ihr Kinn. »Dachtest du wirklich, ich würde dich zurücklassen? Ich habe das ganze Internet auf den Kopf stellen lassen, um dich zu finden.«

Schluchzend klammert sie sich an mir fest. Seufzend hebe ich sie hoch und trage sie aus der Küche zum Wagen. Währenddessen streichle ich ihr immer wieder über den Rücken. Die anderen sehen mich fragend an und aufgebracht ziehe ich meine Augenbrauen zusammen.

»Wir bringen Lia ins Krankenhaus«, befehle ich, und setze sie vorsichtig auf der Rückbank ab. Dann wende ich mich wieder den anderen zu. »Ich weiß noch nicht, was alles passiert ist. Aber wie es aussieht, kam es kurz vor unserer Ankunft zu einem Kampf zwischen Lia und Meyerson. Sie hat ihn erstochen, hat selbst aber sehr viele Verletzungen. Sie steht völlig unter Schock und ich will, dass sie untersucht wird.«

Verständnisvoll tritt Levin auf mich zu und zieht mich in eine seltene Umarmung, ehe er mir brüderlich auf die Schulter klopft. Jegliche Wut auf mich scheint verpufft und ich sehe ihm sein Beileid deutlich an.

»Tut mir leid, dass Lia diese Entführung durchmachen musste. Kümmere du dich um sie, Fernando und ich werden das Haus auf den Kopf stellen und dafür sorgen, dass die Leiche und mögliche Beweise verschwinden.«

Dankbar nicke ich ihm und Fernando zu und setze mich ins Auto. Kaum sitze ich, steuert Steven auf das nächstgelegene Krankenhaus zu. Lia liegt in meinen

Armen, und scheint sich langsam ein wenig zu beruhigen.

»Du bist gekommen, um mich zu retten«, flüstert sie und sieht mich ungläubig an.

Schnaubend ziehe ich sie enger an mich ran und drücke ihr einen Kuss auf die Schläfe. »Ich weiß, es ist schwer zu glauben. Aber ich liebe dich, Aurelia Sparks, und kein Mann der Welt wird dich mir wieder wegnehmen.«

»Ich liebe dich auch«, murmelt sie, bevor sie ihre Augen schließt und einschläft.

Kapitel Achtundzwanzig

J. T.

Es dauert nicht lange, bis Steven vor dem Krankenhaus hält. Dankbar nicke ich ihm zu, steige aus und hebe Lia vorsichtig aus dem Auto. Sie zuckt kurz zusammen und sieht mich mit vor Schreck geweiteten Augen an. Als sie mich erkennt, lächelt sie zaghaft und kuschelt sich an mich. Beim Anblick ihrer Verletzungen und ihrer neuen Schreckhaftigkeit, kommt erneut die Wut in mir auf. Hasserfüllt presse ich die Lippen aufeinander. Hätte mein Mädchen ihn nicht getötet, hätte ich ihn um den Verstand gefoltert. Ihn bei vollem Bewusstsein kastriert und ihn gelähmt. Ihn doppelt so viele Schmerzen erleiden lassen, bis er mich um seinen Tod angebettelt hätte. Leider ist Lia mir zuvorgekommen, sodass ich nun kein Ventil für meinen Zorn habe. Ich werde mir etwas überlegen müssen, um irgendwie meine Rache zu bekommen. Es reicht nicht, dass er tot ist. Niemand stiehlt, was mir gehört, und wird vor meiner Rache verschont! Wenn ich schon nicht seinen Körper zerstören kann, muss ich mich wenigstens an seinem Stolz und seinem Namen zu schaffen machen! Egal wie, aber ich werde meine Rache bekommen.

Als Lia sich zaghaft an mich klammert, besinne ich mich auf das Hier und Jetzt. Im Moment zählt nur, sie in Sicherheit zu bringen. Um den Dreckskerl kann ich mir später auch noch Gedanken machen. Vorsichtig beuge ich mich vor und drücke Lia einen Kuss auf die Stirn. »Ich bin bei dir. Wir haben das Krankenhaus erreicht. Gleich wird dir geholfen, okay? Hältst du noch einen Moment durch?«

Kraftlos nickt sie an meiner Brust und mein Herz zieht sich schmerzhaft zusammen. Ich wollte nie, dass sie in die Fänge eines solchen Mistkerls gerät und wegen unseres Deals gefoltert wird. Aus diesem Grund wollte ich mich nie verlieben. Und deshalb habe ich nur einen kleinen Kreis an echten Freunden. Denn, je mehr Menschen dir wichtig sind, desto angreifbarer und verletzlicher bist du. Eine Situation, die dir im Untergrund das Leben kosten kann. Seufzend richte ich mich auf und trage Lia geradewegs Richtung Notaufnahme. Der Geruch von Desinfektionsmitteln strömt mir in die Nase und ein liebloser Weihnachtsbaum nimmt uns in Empfang. Hier und dort röchelt und schnieft jemand und irgendeine Durchsage, dessen Inhalt mir scheißegal ist, ertönt. Immer wieder werden wir von schockierten und besorgten Blicken gemustert, doch kaum erwidere ich den Blickkontakt, schauen sie weg. Gut so. Niemand, der nicht zum Personal zählt, sollte ihr zu nahekommen. Nicht einmal in ihre Richtung schauen oder es wagen, ihren Namen zu sagen.

Schnellen Schrittes laufe ich vor und drängle mich an den anderen Wartenden vorbei. Es ist mir egal, wie lange sie schon warten. Deren gebrochenen Knochen sind lächerlich im Vergleich zu dem, was Lia durchmachen musste. Entweder wagen sie es nicht, mich zu ermahnen, oder sie sehen es wie ich. Ohne aufgerufen zu werden, trete ich an den Empfang und räuspere mich. Die beiden Schwestern sehen mich mit großen Augen an, ehe sie Lia in meinen Armen entdecken.

»O Gott, was ist denn mit ihr passiert?«, fragt die Ältere sichtlich schockiert und schluckt.

»Meine Freundin wurde von irgendwem entführt und gefoltert. Sie braucht sofort medizinische Hilfe. Holen Sie den besten Arzt, der hier arbeitet. Es ist mir egal, wie viel es kostet. Ich will, dass sie die bestmögliche Behandlung bekommt.«

»Natürlich«, erwidert die Schwester mit erstickter Stimme und nickt. »Bonnie, gib Dr. Ashbourne Bescheid. Das arme Mädchen muss so schnell wie möglich behandelt werden.«

Kaum ist ihre Kollegin verschwunden, wendet sich Kathrine, wie sie laut Namensschild heißt, wieder mir zu. »Die beste Ärztin des Hauses wird sich sofort um Ihre Freundin kümmern. Sie ist sehr erfahren und wurde mehrfach aufgrund ihrer medizinischen Leistungen ausgezeichnet. Außerdem halte ich es für das Beste, wenn eine Frau sich die Verletzungen Ihrer Freundin ansieht. Bitte folgen Sie mir.«

Erleichtert nicke ich und trage Lia in das freie Behandlungszimmer. Behutsam lege ich sie auf der Liege ab und setze mich neben sie. Sie lehnt sich an mich und schließt ihre Augen.

»Ich bin müde, James. Mir tut alles weh«, flüstert sie brüchig und heiser.

»Ich weiß. Die Ärztin ist gleich da, Prinzessin«, murmle ich und drücke ihr einen Kuss auf den Scheitel. Bei ihrem Anblick zieht sich mein Herz zusammen und meine Sorge um sie schnürt mir die Kehle zu. Liebevoll streiche ich ihr über die Wange und nehme ihre unverletzte Hand in meine. Mit einem letzten Blick auf uns beide verschwindet die Schwester aus dem Zimmer und schließt die Tür hinter sich. Seufzend lehne ich mich an die Wand und schließe ebenfalls die Augen. Ich ertrage ihren Anblick und ihren Schmerz kaum. Es ist meine Schuld, dass sie in diesem Zustand ist. Und das nur, weil ich mich an ihrem Vater rächen wollte und sie öffentlich als meine Freundin zur Schau stellen musste. Ich bereue unseren Deal nicht, denn sonst hätte ich diese wundervolle Frau nicht richtig kennengelernt. Bis vor Kurzem habe ich mir keine Gedanken über ihre Sicherheit gemacht. Weil ich sie nicht kannte und es mir schlichtweg egal war, was mit ihr passiert. Und bis vor einer Woche hätte ich vermutlich nicht einmal solch einen Aufriss gemacht, nur um eine Frau zu mir nach Hause zu holen. Für keine andere würde ich Heiligabend im Krankenhaus sitzen und mir Selbstvorwürfe machen. Zugegeben, es war ihr süßes und hübsches Aussehen sowie ihr ambivalentes Verhalten, das mich angezogen hat. Den Wunsch in mir weckte, sie zu brechen und flachzulegen. Sie zu erobern und als mein Eigentum zu markieren. Aber ihr Charakter und ihre Art haben mich geschwächt und jetzt bin ich nicht mehr bereit, sie gehen zu lassen. Verdammte Weihnachtszeit!

Wenige Minuten später klopft es an der Tür und eine freundlich lächelnde Ärztin um die Fünfzig kommt herein. Leise schließt sie die Tür, zieht einen Hocker an die Liege und schaut Lia an. »Guten Tag. Mein Name ist Dr. Felicitas Ashbourne und ich bin die behandelnde Ärztin. Wie heißen Sie, Liebes, und was ist passiert?«

Zitternd atmet Lia ein und aus und beschützend lege ich meinen Arm um sie. Mit wachsamen Blick schaue ich die Ärztin an und erwidere: »Das ist meine Freundin, Aurelia Sparks. Sie wurde am 18. Dezember entführt, festgehalten und offensichtlich stark misshandelt.«

Bei meinen Worten zuckt Lia zusammen und kuschelt sich Schutz suchend in meine Arme. Seufzend streiche ich ihr übers Haar und schlucke schwer. »Tut mir leid, Prinzessin. Ich kann mir nicht vorstellen, was du durchmachen musstest. Aber die Ärztin muss wissen, was passiert ist, damit sie dir helfen kann.«

»NEIN!« Panisch vergräbt sie ihren Kopf in meinem Hemd und fängt an zu weinen. »Sie soll wegbleiben! NEIN!«

»Schsch, ist ja gut. Sie ist nur hier, um dir zu helfen. Damit es besser werden kann. Du musst nicht darüber reden, was passiert ist«, flüstere ich und werfe der Ärztin einen deutlichen Blick zu.

Verständnisvoll nickt Dr. Ashbourne und wendet sich anschließend mir zu. »Sir, ich muss Sie bitten, von der Liege aufzustehen. Sie können auf dem Hocker Platz nehmen, wenn Sie wollen. Aber ich muss mir einen Überblick über die Verletzungen von Miss Sparks verschaffen, ehe ich sie behandeln kann.«

»Okay«, erwidere ich heiser und presse die Lippen aufeinander. Alles in mir sträubt sich, von ihrer Seite zu weichen. Schreit danach, nie wieder Lias Hand loszulassen und sie wie ein Löwe zu verteidigen. Doch ich weiß, dass ich ihrer Behandlung damit im Weg wäre und mehr schaden als nutzen würde. Widerwillig nehme ich auf dem Hocker Platz und beobachte jeden Handgriff der Ärztin mit Argusaugen. Sie murmelt Lia etwas zu, das ich nicht hören kann, und betrachtet zuerst Lias Hand. Anschließend zieht sie meiner Freundin die Schuhe sowie die übrigen Kleiderfetzen aus und betrachtet den malträtierten Körper. Bei ihrem Anblick bildet sich ein Kloß in meinem Hals und ich spüre die Magensäure in mir aufsteigen. Wieso habe ich sie in diese Gefahr gebracht? Ich hätte auf sie aufpassen und beschützen sollen. Ab heute wird mir dieser Fehler nie wieder passieren! Von nun an lasse ich sie nicht mehr ohne Schutz rausgehen, bis sie gelernt hat, sich zu verteidigen und nie wieder von irgendwem entführt wird.

Während ich mir frustriert durch die Haare fahre und mich selbst verfluche, untersucht Dr. Ashbourne Lia mit einem Ultraschallgerät. Ab und zu zuckt Lia zusammen, doch jedes Mal, wenn ich Anstalten mache, zu ihr zu kommen, schüttelt sie den Kopf.

Eine halbe Ewigkeit später wendet sich die Ärztin mir zu. »Der Zustand Ihrer Freundin ist besorgniserregend, aber nicht lebensgefährlich. Gott sei Dank konnte ich keine schweren Verletzungen ihrer Organe und auch keine inneren Blutungen feststellen. Das ist ein gutes Zeichen, Sir.«

»Aber?«, hake ich rau nach und schlucke schwer.

»Aber die Personen, die Ihre Freundin in ihrer Gewalt hatten, haben sie am Oberarm gebrandmarkt. Außerdem steht sie unter Schock. Ich vermute, dass man ihr einige Knochen gebrochen und einen Teil der Sehnen in ihrer Hand verletzt hat. Ich bringe sie zum Röntgen und ins MRT. Bitte nehmen Sie so lange im Wartezimmer Platz. Ich –«

»DIE MISTKERLE HABEN WAS GETAN?!«, brülle ich entsetzt und blanker Hass schwingt in meiner Stimme mit. »Einen Scheiß werde ich machen. Ich komme mit!« Entschlossen springe ich von meinem Platz auf, doch die Ärztin schüttelt den Kopf.

»Das geht nicht, Sir. Es ist nicht erlaubt, eine Begleitperson mit ins Röntgen oder zum MRT zu nehmen. Das ist gefährlich.«

»Das ist mir scheißegal«, knurre ich und trete gefährlich nahe auf sie zu. Mein Herz rast und wütend balle ich die Hände zu Fäusten.

»Ist schon gut«, flüstert Lia und lächelt schwach. »Die Hölle habe ich überstanden, dann halte ich auch die Behandlung alleine aus.«

Besorgt mustere ich sie, doch in ihrem Blick liegt eine Entschlossenheit, die mich tief berührt. Frustriert nicke ich und nehme im Wartezimmer Platz.

Kaum habe ich das Behandlungszimmer verlassen und den Wartebereich betreten, sehe ich Levin, Steven und Fernando in einer Ecke, weit entfernt von den anderen Wartenden. Augenrollend laufe ich auf sie zu. Scheinbar vermuten sie, dass ich die Welt niederbrenne, sobald sie mich ohne Lia alleine lassen. Und, ehrlich gesagt, liegen sie damit nicht ganz so falsch. Während wir warten, kläre ich sie darüber auf, was die Ärztin gesagt hat. Keiner von ihnen sieht überrascht aus. Nichts Gutes ahnend, schaue ich sie der Reihe nach an und ziehe auffordernd eine Augenbraue hoch.

»Der Wichser hat sie bei seinen Taten gefilmt«, flüstert Levin und legt mir seine Hand auf die Schulter.

Entsetzt starre ich ihn an und knurre leise. »Zeig es mir!«

»Vergiss es! Ich traue dir schon jetzt nicht zu, eine Minute alleine zu sein, ohne eine unüberlegte Dummheit zu begehen. Ich möchte nicht noch mehr Öl ins Feuer gießen.« Entschieden schüttelt er den Kopf.

»Zeig. Mir. Dieses. Verfickte. Video!«, zische ich und balle meine Hand zur Faust. »Wäre Joselyn an Lias Stelle, würdest du es auch sehen wollen! Wie soll ich mich um meine Freundin kümmern und ihre Situation verstehen, wenn ich nicht einmal weiß, was sie durchmachen musste? Ich werde dich nicht noch einmal bitten!«

Entschlossen strecke ich meine Hand aus und mustere ihn mit einem stechenden Blick. Levin zögert einen Moment, bevor er seufzt und nachgibt. Fernando hat das Video auf sein Handy gespielt und mit Kopfhörern schaue ich mir das gesamte Material an. Galle steigt in mir auf, mein Inneres steht in Flammen. Ich fühle einen Hass und eine Zerstörungswut, die ich noch nie zuvor empfunden habe. Mein Herz klopft wütend in meiner Brust und entsetzt presse ich die Lippen zusammen. Nach nur wenigen Minuten halte ich es nicht mehr aus und schleudere das Smartphone zu Boden. Verzweifelt vergrabe ich meinen Kopf in meinen Händen und atme tief ein und aus. Es ist meine Schuld, dass sie so leiden musste! Wie konnte ich so arrogant sein, und ihr vorwerfen, dass ihr Vater ein gewissenloses Arschloch ist? Im Gegensatz zu mir ist er nicht dafür verantwortlich, dass sie durch die Hölle gehen musste, und Heiligabend im Krankenhaus verbringt. Er braucht sich nicht vorwerfen, dass diese Weihnachtszeit sie für immer verändern wird. Sichtbare und unsichtbare Narben hinterlässt. Nur meinetwegen leidet sie!

Wortlos drückt Levin meine Schulter, und als er mich loslässt, nicke ich ihm dankbar zu. Ich räuspere mich laut und mit belegter Stimme frage ich: »Habt ihr dieses Stück Dreck beseitigt? Ihn und seinen Namen vollständig ausgelöscht?«

Zustimmend nicken sie und Fernando erklärt mir, dass sie jegliche Beweise aus dem Haus beseitigt haben und Meyerson sowie sein Anwesen zur Unkenntlichkeit niedergebrannt haben. Sie haben den Gasherd aufgedreht und es wie einen Haushaltsunfall aussehen lassen. Zufrieden atme ich durch und lehne mich zurück. Immerhin wird niemand nun mehr behaupten können, dass Lia ihn getötet hat. Ich werde sie darüber aufklären, damit sie der Polizei gegenüber behaupten kann, dass sie einen leichten Gasgeruch wahrnahm und er deshalb abgelenkt war, sodass sie aus dem Haus abhauen konnte. Wir wollten gerade zu ihr kommen, als wir die ersten Flammen sahen. Levin und Fernando sind sehr geübt darin, Spuren zu verwischen. Niemand wird jemals erfahren, was wirklich passiert ist.

Plötzlich sehe ich Lia, die von Schwester Kathrine in einem Rollstuhl geschoben wird. Im selben Moment schreitet die Ärztin den Flur entlang und winkt mich zu sich. Mit klopfendem Herzen laufe ich auf sie zu und schlucke schwer. Hoffentlich sind Lias Verletzungen nicht allzu schlimm!

»Miss Sparks hatte großes Glück. Die Bänder ihres linken Fußes sind gerissen, können aber konservativ behandelt werden und wieder zusammenwachsen. Ihre Freundin bekommt eine Orthese und muss ihren Fuß rund sechs Wochen ruhig stellen. Anschließend muss sie zur Nachuntersuchung kommen. Ihre Hand hat es schlimmer getroffen. Es sind mehrere Knochen gebrochen und die Nerven sind verletzt.«

»Was heißt das? Wird ihre Hand wieder gesund werden? Kann Lia ihre Hand jemals wieder so benutzen wie bisher?«

Seufzend streicht Dr. Ashbourne eine Haarsträhne aus ihrem Gesicht und sieht mich mitfühlend an. »Das kann ich zum jetzigen Zeitpunkt noch nicht einschätzen. Ich werde Miss Sparks gleich operieren, mein Team bereitet alles vor. Die Knochen bekommen wir auf jeden Fall wieder hin. Es kann allerdings sein, dass sich ihre Nerven nicht zu hundert Prozent erholen werden. Die Nerven sind nicht durchtrennt, Miss Sparks wird ihre Hand also wieder benutzen können. Vermutlich wird sie jedoch bei zu starken Belastungen unter chronischen Schmerzen leiden.«

Erleichtert darüber, dass sie nicht lebensgefährlich verletzt ist, lege meinen Kopf in den Nacken und erwidere: »Danke, Dr. Ashbourne. Wie lange muss Lia im Krankenhaus bleiben?«

»Nun, zur Sicherheit möchte ich sie bis Silvester hier behalten. Dadurch kann ich sie besser behandeln. Da morgen Weihnachten ist, dürfen Sie Ihre Freundin bis zu fünf Stunden besuchen, statt der zwei Stunden.«

Seufzend stimme ich zu und bestehe darauf, dass Lia auf meine Kosten alleine ein Privatzimmer bekommt.

Anschließend verabschiede ich mich von ihr und verlasse mit meinen Jungs und Levin das Krankenhaus. Wenn sie die Feiertage im Krankenhaus verbringen muss, werde ich dafür sorgen, dass sie eine möglichst schöne Zeit hat.

Kapitel
Neunundzwanzig

Lia

Mitten im Tiefschlaf rüttelt jemand an meiner Schulter. Panisch zucke ich zusammen und mache mich automatisch kleiner. Mein Herz pocht und ich zittere am gesamten Körper. Auf einmal spüre ich eine weiche Matratze unter mir und runzle irritiert die Stirn. Wieso liege ich in einem Bett? Bin ich tot? Fühlt sich so der Himmel an? Vorsichtig öffne ich die Augen und blinzle. Vor mir steht eine Frau in einem hellblauen Kittel und lächelt mich freundlich an. Sie hat ein Tablett mit einer Schale sowie einer Flasche Wasser dabei und der Duft von Essen strömt mir in die Nase. Langsam sehe ich mich um. Ich bin in einem weiß gehaltenen Raum mit einem Tisch, zwei Stühlen und einer Terrasse. Ein paar billige Bilder hängen an den Wänden und gegenüber von meinem Bett steht ein Kleiderschrank. Daneben geht eine Tür ab, die vermutlich ins angrenzende Badezimmer führt. Plötzlich bemerke ich ein Stechen in meiner Hand und schaue alarmiert an mir herab. Meine verletzte Hand ist mit einer Schiene gestützt, die andere ist mit einem Tropf verbunden. Mit einmal Mal verstehe ich und atme erleichtert aus. Der Horror ist vorbei und ich bin in Sicherheit. »Ich bin im Krankenhaus«, murmle ich mir selbst zu und merke, wie mein Körper sich entspannt.

»Das haben Sie gut erkannt, Aurelia«, spricht die Frau mich an und ihr Lächeln wird eine Spur breiter. »Ihr Freund hat Sie gestern zu uns gebracht. Sie waren ehrlich gesagt in keinem guten Zustand. Doch unsere beste Ärztin hat Sie an der Hand operiert und Sie versorgt. Mein Name ist Schwester Marilyn und ich bin für die nächsten Tage für Sie zuständig.«

Behutsam nicke ich und versuche, ihre Worte zu verarbeiten. Als mir ihre Bedeutung bewusst wird, breitet sich eine wohlige Wärme in meiner Körpermitte aus. J. T. hat nach mir gesucht, und er hat mich gefunden! Er hat mich hier her gebracht und … »Er hat gesagt, dass er mich liebt«, flüstere ich und meine Lippen verziehen sich zu einem breiten Grinsen.

»Nun, Sie sind ja auch seine Freundin«, erwidert die Schwester irritiert und legt ihren Kopf schief.

»Schon, aber bisher hat er das nicht gesagt. Ich wusste nicht einmal, dass er so für mich empfindet. Wissen Sie, das mit uns ist ein wenig … kompliziert.« Verlegen räuspere ich mich und spüre, wie mir das Blut in die Wangen schießt. James ist, abgesehen von meinem Ex, der erste Mann, für den ich mehr empfinde und ich hätte nie gedacht, dass er überhaupt in der Lage ist, eine Frau zu mögen. Und bis vor wenigen Tagen hätte ich es niemals für möglich gehalten, dass mein Herz für einen Bad-Boy schlagen kann. Ich sollte mich nicht so darüber freuen, sondern mich stattdessen schämen, dass ich mich zu einem Kriminellen hingezogen fühle. Einen gefährlichen Mann, der tötet und foltert und mit illegalen Waren und Substanzen handelt. Doch ich kann es nicht ändern. Die Art, wie er mit Joselyn und seinem Bruder umgeht. Wie er mich behandelt. Sein heißer Körper und seine Prinzipientreue. Gott, dieser Mann wird mein Untergang sein, aber es interessiert mich nicht. Es ist mir egal, dass ich seinetwegen durch die Hölle gegangen bin. Denn ich würde es wieder tun. Keine Folter der Welt kann mich davon abbringen, zu J. T. zurückzukehren.

»Das ist das wahre Wunder von Weihnachten«, reißt Marilyn mich aus meinen Gedanken und verwirrt blinzle ich. »In dieser Zeit wird uns bewusst, was wirklich wichtig ist und im Leben zählt. Wir vergeben den Menschen, die wir lieben, und akzeptieren, was passiert ist. Sind bereit, für das neue Jahr nach vorne zu schauen, unsere Wunden heilen zu lassen und uns in das nächste Abenteuer zu stürzen. Geben Sie sich Zeit, zu heilen. Akzeptieren Sie, was Sie durchmachen mussten, und lassen Sie den Schmerz zu. Irgendwann sind auch Sie bereit, mit der Vergangenheit abzuschließen.«

Nachdenklich nicke ich, als plötzlich mein Magen knurrt. Verlegen schaue ich auf das Tablett und die Schwester lächelt.

»Ich habe Ihnen Frühstück mitgebracht. Es ist halb acht und in zwei Stunden kommt Ihr Freund Sie besuchen. Wenn Sie Hilfe beim Duschen brauchen, drücken Sie einfach auf die Klingel und ich bin zur Stelle.«

»Ist die Besuchszeit nicht erst nachmittags?«

»Ja, normalerweise schon. Aber heute ist der 25. Dezember und an diesem Tag machen wir jedes Jahr eine Ausnahme.«

Dankbar lächle ich ihr zu und kaum ist Marilyn verschwunden, stürze ich mich auf mein Frühstück. Kurz nach zehn klopft es an meiner Tür und aufgeregt schaue ich auf. Nach dem Frühstück war ich mithilfe einer Schwester duschen und habe mir etwas Schickeres angezogen. Offenbar hat jemand gestern eine Tasche mit Kleidung für mich gebracht, sodass ich wenigstens etwas festlich gekleidet bin. Allerdings fehlte mir die Kraft, mich zu schminken und auch meine Haare lasse ich lediglich locker über meine Schulter fallen.

»Herein«, flöte ich, während mein Herz einen Takt schneller schlägt. Als sich die Tür öffnet und J. T. im Raum steht, kann ich mich nicht mehr zurückhalten. Freudig klettere ich aus dem Bett und schwanke auf ihn zu.

»Lia, was machst du da?« Besorgt stellt er eine Tüte ab und rennt auf mich zu. »Ich wäre doch zu dir gekommen.«

»Aber ich konnte nicht mehr warten. Ich habe dich so vermisst!« Tränen der Freude sammeln sich in meinen Augen und schluchzend falle ich ihm um den Hals.

»Ich dich doch auch, Babe«, erwidert er rau und zieht mich behutsam in eine Umarmung.

Genüsslich lege ich meinen Kopf an seine starke Brust und atme seinen Duft ein. Die Schmetterlinge in meinem Bauch tanzen und ein schwerer Stein fällt mir vom Herzen. Lächelnd genieße ich seine Streicheleinheiten und seufze leise.

»Du hast gesagt, dass du mich liebst«, erinnere ich ihn und grinse wie ein Honigkuchenpferd.

»Stimmt, aber gewöhn dich nicht daran«, flüstert er mir drohend ins Ohr und amüsiert rolle ich mit den Augen. »Denn ich bin immer noch das gefährliche Arschloch, das sich nimmt, was es will. Daran wird auch eine wunderschöne Frau nichts ändern können.«

»Ich weiß«, antworte ich und grinse breit. »Aber genau diese Seite liebe ich an dir.«

Seine Augen funkeln, als er unsere Umarmung löst und mit einem Schmunzeln legt er seinen Daumen unter mein Kinn. »Wenn das so ist, sollte ich dringend das hier erledigen«, murmelt er, bevor er seine rauen Lippen auf meine drückt. Seufzend schließe ich meine Augen und erwidere den Kuss. Klammere mich an ihm fest, weil der heiße Tanz unserer Zungen meine Beine in Wackelpudding verwandelt. Drücke mich an ihn, während seine Hände auf Wanderschaft gehen und mich mit einem Ruck hochheben. Ich lächle in den Kuss hinein und schlinge meine Beine um ihn. Vergesse alles um mich herum, bis ein Pieksen in meiner Hand mich in die Realität zurückholt. Schmerzerfüllt löse ich mich von ihm und starre auf meine Hand. Besorgt legt J. T. mir seine Hand in den Rücken und schiebt mich entschlossen zu meinem Bett. Ohne mich zu fragen, hebt er mich darauf und legt sich neben mich.

»Ich denke, bis du wieder gesund bist, sollten wir es langsamer angehen.« Sein entschlossener Blick lässt keine Widerrede zu und ergeben seufze ich. Immerhin ist er bei mir und lässt zu, dass ich mich in seine Arme kuschle. Plötzlich zieht er ein kleines Päckchen aus der Tasche seines Jacketts und hält es mir hin.

»Frohe Weihnachten, Prinzessin«, flüstert er und mit großen Augen nehme ich das Geschenk an. Meine Hände zittern, während ich die Schleife löse und das Papier langsam öffne. Nur mit Mühe kann ich den Drang unterdrücken, das Papier wild aufzureißen. Nervös knabbere ich auf meiner Unterlippe und mein Herz pocht. Auf einmal kommt ein kleines, in Leder gebundenes Notizbuch zum Vorschein. Es ist in Schwarz gehalten und mit türkisfarbenen Blumen verziert. Daneben liegen ein Füller und ein kleines Tintenfass. Ungläubig starre ich ihn an. Unfähig, etwas zu sagen.

»Deine beste Freundin sagte mir, dass du dir gerne wichtige Gedanken und schöne Erlebnisse aufschreibst, um sie nie wieder zu vergessen. Also dachte ich, dass du dich darüber mehr freuen würdest als über irgendein Schmuckstück.«

Tränen sammeln sich in meinen Augen und gerührt schluchze ich auf. Noch nie zuvor hat irgendwer, außer Mel, sich Gedanken darüber gemacht, was mir Freude bereiten könnte. Es ist nicht nur das Geschenk an sich, das mein Herz schneller schlagen lässt. Sondern viel mehr die Tatsache, dass er sich meinetwegen bemüht. »Danke«, murmle ich und drücke ihm einen Kuss auf die Wange. »Das ist das beste Geschenk, das mir jemals irgendwer gemacht hat.«

Zwischenzeitig bringt die Schwester mir das Mittagessen und am späten Nachmittag schaut Dr. Ashbourne vorbei. Sie erklärt mir, dass ich mit meinen Verletzungen Glück im Unglück hatte und fasst die Diagnose kurz für mich zusammen. Anschließend erklärt sie mir, dass ich an Silvester entlassen werde und erleichtert seufze ich auf. Immerhin kann ich in J. T. s Wohnung

in ein neues, vielversprechendes Jahr mit einem großartigen Partner starten. Den restlichen Nachmittag verbringen wir eng aneinander gekuschelt im Bett und
schauen uns verschiedene, hauptsächlich humorvolle
Filme an. Zwischendurch holt er die Tüte hervor und
beim Anblick der frisch gebackenen Plätzchen grinse
ich. Obwohl ich unter höllischen Schmerzen leide und
mich im Krankenhaus befinde, ist es das schönste
Weihnachten, das ich jemals erlebt habe. Denn es ist
das ehrlichste und entspannteste Fest aller Zeiten, ohne
Streit und große Angeberei vor irgendwelchen Geschäftspartnern. Ein Weihnachten, bei dem es nur darum geht, gemeinsam mit dem Partner Zeit zu verbringen, sich auszuruhen und jede Minute zu genießen.
Ohne sich darum zu sorgen, was andere denken könnten. Und ohne Gedanken an den nächsten Tag oder das
bevorstehende Jahr. Seufzend kuschle ich mich an ihn
und schließe meine Augen. Atme seinen Duft ein und
lächle zufrieden. Als J. T. am Nachmittag gehen muss,
schaue ich ihm traurig hinterher. Mein Herz zieht sich
zusammen und ohne seine Nähe wird mir plötzlich
kalt. Aber ich weiß, dass ich ihn wiedersehen werde,
und mit diesem friedlichen Gedanken schlafe ich ein.

Kapitel Dreißig

Lia

Noch bevor Schwester Marilyn reinkommt, bin ich hellwach und sitze aufrecht in meinem Bett. Denn heute werde ich endlich entlassen und kann zu J. T. zurückkehren. Es ist verrückt, wie sich das eigene Leben innerhalb eines Monats ändern kann und wie sehr man sich nach der Nähe eines einzigen Menschen verzehren kann. Ich dachte, ich wusste schon vorher, was wahre Liebe ist, aber erst jetzt verstehe ich, dass dem nicht so war. Vielleicht liegt es daran, dass ich zum ersten Mal in meinem Leben frei bin, seit ich nicht mehr den Erwartungen meines Vaters entsprechen, und mich öffentlich verstellen muss. Seufzend fahre ich mir durch die Haare und schaue auf die Tasche, die ich gestern Abend erwartungsvoll gepackt habe. Fehlen nur noch mein Schlafanzug und meine Hygieneartikel und ich bin bereit zum Gehen. In den letzten Tagen haben J. T., Mel, Levin und Joselyn mich regelmäßig besucht und mich gut unterhalten. Außerdem haben Mel und ich jeden Tag telefoniert. Sie hat meinen Eltern einen Besuch abgestattet und ihnen von meiner Entführung und der Folter erzählt. Meiner Mutter schien es wirklich leidzutun, mein Vater jedoch meinte, dass ich selbst schuld sei, da ich mich freiwillig auf J. T. eingelassen hätte. Keiner der beiden hat mich besucht oder angerufen. Anfangs hat es mich verletzt. Wie kann man das eigene Kind in solch einer Situation im Stich lassen? Wieso ist manchen Männern der Stolz so viel wichtiger als die eigene Familie? Und wie kann es sein, dass eine Mutter lieber bei ihrem alkoholkranken Mann bleibt, als ihrer Tochter beizustehen? Ich will nicht behaupten, dass es mir mittlerweile egal ist. Innerhalb weniger Tage kann ich diesen Verrat nicht verarbeiten. Aber ich habe meine neue Realität akzeptiert und werde nach vorne sehen.

In diesem Moment geht die Tür auf und Marilyn betritt mein Zimmer. Lächelnd stellt sie mein Frühstück auf dem Tisch ab und vorsichtig steige ich aus dem Bett. In den letzten beiden Tagen habe ich es geschafft, am Tisch zu essen. Überrascht sieht sie mich an. »Sie sind ja schon wach. Freuen Sie sich so sehr darauf, heute nach Hause zu dürfen?«

»O ja, ich kann es kaum erwarten!«, rufe ich aus und nicke zustimmend. »Zuhause ist es immer am schönsten. Besonders, wenn der Partner dort ist.«

Marilyn grinst breit und nickt. »Ja, das stimmt. Und Krankenhäuser sind wirklich nicht der gemütlichste Ort. Nach dem Frühstück machen wir Sie fertig und in circa zwei Stunden kommt Dr. Ashbourne zum Abschlussgespräch. Anschließend kann Ihr Freund Sie abholen.«

Strahlend bedanke ich mich bei ihr und stürze mich auf das Essen. Ich bin hungrig. Liegt vermutlich daran, dass laut meiner App heute meine Periode beginnt.

Wenn ich meine Tage habe, bin ich übertrieben hungrig. Doch irgendetwas stimmt nicht. Die Bauchkrämpfe, die ich immer habe, fehlen, und meine Binde fühlt sich seltsam trocken an. Ein mulmiges Gefühl macht sich in mir breit und meine Hände werden schwitzig. Ich bin doch nicht … Nein, das kann nicht sein! Ich erinnere mich noch genau daran, wie J. T. sich das Kondom übergezogen hat. Heißt es nicht immer, dass es schwierig ist und viele Paare mehrere Versuche brauchen? Es kann also nicht sein. Oder? Zittrig stehe ich auf und gehe ins Bad. Innerlich flehend setze ich mich auf die Toilette und ziehe meine Pyjamahose runter. Bitte nicht. Das muss ein Irrtum sein. Seit ich kurz nach meinem elften Geburtstag das erste Mal meine Tage hatten, kamen sie immer auf den Tag genau. Nur nicht heute. Ich merke, wie mir das Herz in die Hose rutscht, und schüttle den Kopf. Mein Puls rast und das Blut rauscht mir in den Ohren. Ich zittere am gesamten Körper und verzweifelt klammere ich mich am Toilettensitz fest. Meine App hat sich noch nie getäuscht, außerdem führe ich zusätzlich einen altmodischen Kalender. Und dann fällt es mir wie Schuppen von den Augen. In der einzigen heißen Nacht, die ich bisher mit J. T. verbringen durfte, war er zwei Mal in mir. Aber nur einmal mit Kondom. Ich wollte am nächsten Tag die Pille danach holen, jedoch hat mir die Entführung einen Strich durch die Rechnung gemacht. Seitdem habe ich nicht mehr daran gedacht. Alles um mich herum beginnt sich zu drehen, und ich schlucke schwer. Bleib ruhig, Lia. Das muss gar nichts bedeuten. Vielleicht hat die Folter dafür gesorgt, dass sich dein Hormonspiegel verändert. Ja, das muss es sein. Entschieden nicke ich und schlucke. Ich habe öfter gelesen, dass der psychische Zustand den Zyklus beeinflussen kann. Ich werde zu Hause einen Test machen und bis dahin brauche ich nicht weiter darüber nachzudenken. Beherzt stehe ich auf und drücke auf die Klingel. Zeit, mich fertigzumachen und mögliche Probleme auf später zu verschieben.

Wegen eines Notfalls hat sich mein Gespräch ein wenig verschoben. Allerdings hat sich nichts an ihrer Entscheidung geändert, sodass ich nun um elf Uhr mittags Hand in Hand mit J. T. das Krankenhaus verlasse. Lächelnd schmiege ich mich an ihn und atme seinen verführerischen Duft ein. »Guten Morgen, Miss Sparks«, begrüßt mich Steven und resigniert seufze ich.

»Meinen Sie nicht, dass wir uns nun mit Vornamen anreden können? Sie sind Familie für J. T. und er ist meine Familie. Außerdem haben Sie dabei geholfen, mich aus der Hölle zu holen. Ich denke, es wird Zeit, dass wir uns duzen.«

Lächelnd nickt Steven mir durch den Rückspiegel zu und strahlend kuschle ich mich in J. T.s Arme. Während wir vom Parkplatz fahren, räuspert sich Steven und sagt: »Dann bringen wir dich mal nach Hause, Lia. James hat darauf bestanden, dass ihr heute etwas zu Essen bestellt, damit du das Krankenhausessen aus deinem System bekommst.«

Ich lächle schwach und nicke. Gutes Essen, ohne unter Menschen gehen zu müssen, klingt ideal. Dennoch räuspere ich mich und schlucke schwer. »Guter Plan. Aber könntest du kurz bei einer Apotheke halten? Ich muss dringend etwas erledigen.«

Irritiert zieht J. T. seine Augenbrauen zusammen und mustert mich besorgt. »Willst du nicht erst einmal nach Hause? Steven kann uns zu Hause absetzen und dann für dich zur Apotheke fahren. Das macht ihm bestimmt nichts aus und du –«

»NEIN!«, rufe ich panisch aus und fahre mir durch die Haare. Verlegen lächle ich. »Nein, du verstehst das nicht. Das ist etwas, das ich selbst erledigen muss.«

Murrend gibt J. T. nach und kaum halten wir vor der Apotheke, gehe ich mit zittrigen Beinen rein. Mein Herz klopft mir bis zum Hals und unauffällig sehe ich mich um. Soll ich wirklich einen Test kaufen? Wäre es nicht besser, ruhig zu bleiben und die nächsten Wochen abzuwarten? Meinem Körper die Chance zu geben, sich von dem Stress zu erholen und den Zyklus verspätet zu starten? Wenn ich nach einem Monat noch immer nicht meine Tage habe, kann ich wiederkommen und –

»Hallo«, reißt mich die Stimme der älteren Apothekerin aus meinen Gedanken. »Wie kann ich Ihnen behilflich sein?«

Verlegen nestle ich am Band meiner Jacke und schlucke schwer. Nervös werfe ich einen Blick über meine Schulter, ehe ich mich zu einer Antwort durchringe: »Ich bräuchte den zuverlässigsten Schwangerschaftstest, den Sie haben.«

Verständnisvoll nickt sie und schiebt mir kurz darauf eine Packung zu. »Dieser Test ist zu 98 Prozent zuverlässig. Seinem Ergebnis können Sie schon 14 Tage nach Ihrer Liebesnacht und am ersten Tag des neuen Zyklus vertrauen.«

Dankbar nicke ich ihr zu und ziehe mit zittrigen Fingern meine Kreditkarte. Nach dem Bezahlen verstaue ich den Test unsichtbar in meiner Jackentasche und laufe zurück zum Wagen. Während der Rückfahrt schweige ich und starre gedankenverloren aus dem Fenster. Hoffentlich ist der Test negativ und ich bekomme zeitnah meine Periode. Doch was, wenn nicht? Wie sollte ich einem Mann, der sich mit Elternschaft und Vertrauen schwertut, beichten, dass er nach einer einzigen Nacht mit mir Vater wird? Was, wenn eine Schwangerschaft für ihn nicht akzeptabel ist? Würde er mich aus der Wohnung schmeißen und mich mit der Situation alleine lassen? Oder würde er mich gar zur Abtreibung zwingen? Und bin ich überhaupt bereit, so kurz nach meinem Trauma Mutter zu werden? Hätte ich überhaupt die Kraft dazu? Mit jedem Meter, dem wir uns der Wohnung nähern, klopft mein Herz schneller. Meine Hände werden schweißnass und ein schwerer Kloß bildet sich in meinem Hals. Wie in Zeitlupe steige ich aus und laufe auf den Fahrstuhl zu. Zittrig lehne ich mich an die Wand und schließe für einen Augenblick meine Augen.

»Babe, ist alles ok?« Besorgt legt J. T. meine Hand in seine und zieht sanfte Kreise auf meinem Handrücken.

Wortlos schüttle ich den Kopf, drängle mich an ihm vorbei und humple in mein Badezimmer. Mit polterndem Herzen packe ich den Test aus und lese mir die Anweisung durch. Während ich auf das Ergebnis warte, schließe ich die Augen und bete um ein Wunder. Meine Kleidung ist mittlerweile komplett durchgeschwitzt und mein Atem geht schwer. Ich schaffe es kaum, einen klaren Gedanken zu fassen, bis mein Timer piept. Zögerlich greife ich nach dem Test und fange an zu weinen. Nein! Das darf nicht wahr sein! Wieso ich? Und warum jetzt? Tränen der Angst bilden sich in meinen Augen und verzweifelt fange ich an zu schluchzen.

»Lia? Was ist los? Rede mit mir, ich mache mir Sorgen!« J. T.s tiefe Stimme dringt durch die Tür und überfordert schlinge ich meine Arme um meinen Oberkörper.

»Verschwinde!«, schluchze ich und schüttle wild den Kopf. Ich kann mich ihm nicht stellen. Nicht in dieser Verfassung. Was soll ich ihm denn sagen?

»Nein«, ertönt seine Stimme, dieses Mal bestimmter und lauter, und überrumpelt zucke ich zusammen.

»Entweder du machst die Tür freiwillig auf oder ich verschaffe mir anders Zugang.«

Sein strenger Tonfall lässt keinen Widerspruch zu und zitternd kämpfe ich mich auf meine Beine. Zögerlich schließe ich die Tür auf und schaue stur zu Boden. Kaum steht er vor mir, falle ich ihm um den Hals und schluchze. Seine Nähe und sein Duft wirken beruhigend auf mich und verzweifelt kuschle ich mich an ihn. Einen Augenblick lang hält er mich wortlos in seinen starken Armen, ehe er mich sanft von sich schiebt. Schnell verstecke ich den Test hinter meinem Rücken, als er mein Kinn anhebt. Mich zwingt, ihm in die Augen zu schauen. Sein Blick ist besorgt und enttäuscht zugleich, und zerknirscht knabbere ich auf meiner Unterlippe.

»Sag mir sofort, was los ist, Lia. Und hör auf, mich zu belügen. In den letzten Stunden, in denen wir uns nicht gesehen haben, ist irgendetwas passiert, und ich will wissen, was. Hat die Ärztin dir irgendetwas gesagt, das dich verängstigt?«

»Nein«, flüstere ich heiser und schüttle mechanisch den Kopf.

»Was ist es dann? Du kannst ehrlich zu mir sein.«

Ich lasse mir einen Moment Zeit, seine Worte zu verarbeiten. Er hat recht. J. T. hat mich in einem viel schlimmeren Zustand erlebt. Und doch ist er bei mir geblieben. Hat er mir damit nicht genug bewiesen, dass ich ihm vertrauen kann? Zögerlich hole ich den Test hervor und halte ihn James wortlos vors Gesicht. Im ersten Moment legt er irritiert den Kopf schief, ehe seine Augen sich weiten. Er schluckt und räuspert sich.

»Heißt das etwa ...?«, murmelt er, bricht jedoch kopfschüttelnd ab.

Verlegen nicke ich. »Es tut mir leid.«

Verständnislos zieht er eine Augenbraue hoch, ehe er leicht lächelt. »Und deswegen machst du so einen Aufstand?«

Verärgert verschränke ich meine Arme vor der Brust und funkle ihn an. »Ich bin schwanger«, erkläre ich ihm in aller Deutlichkeit und nicke langsam. »Von dir«, setze ich sicherheitshalber hinterher. Vielleicht ist das männliche Hirn unfähig, die Situation anderweitig zu verstehen?

Langsam zieht er seine Augenbraue hoch und schmunzelnd. »Na, das will ich auch hoffen. Ich wäre nicht begeistert, wenn meine Freundin das Kind eines anderen Kerls zur Welt bringen würde.«

Ungläubig starre ich ihn an und wische die letzten Tränen weg. Meint er das ernst? Nach all seinem Gehabe à la Liebe-wird-überbewertet-Gehabe nimmt er die Schwangerschaft einfach so hin? »Du bist nicht böse und schmeißt mich nicht vor die Tür?«, fasse ich meine Gedanken irritiert zusammen und schniefe erneut.

Schnaubend schüttelte er den Kopf und schnalzt mit der Zunge. »Solange du mich und unser Kind nicht verlässt, kann ich damit leben. Ansonsten muss ich dich leider jagen und dich in den Tod foltern, egal, wie sehr ich dich liebe.« Sein Tonfall ist todernst und ich weiß, dass er keine falschen Versprechen macht. Dankbar falle ich ihm um den Hals und drücke meine Lippen auf seine. Vielleicht wird nun doch alles gut.

ENDE

Danksagung

Jedes Mal, wenn ich eine Danksagung schreibe, frage ich mich, bei wem ich mich zuerst bedanken soll. Denn es gibt so viele Personen, denen ich unglaublich dankbar bin. Nachdem ich dieses Buch meiner Freundin Isabel gewidmet habe, möchte ich mich nun zuerst bei dir bedanken. Ich konnte mich immer auf dich und deine Ehrlichkeit verlassen. Egal, um welches Thema es geht, wir beide können zusammen über alles reden, lachen und weinen und du hast mich immer bei meinen Buchprojekten unterstützt. Danke, dass wir so gute Freunde sind. Ebenfalls dankbar bin ich natürlich meinen anderen Freunden, besonders Angelina und Elena. Unsere Mädelsabende zu viert sind jedes Mal witzig und schön und auch mit euch beiden kann ich immer über alles reden und lachen und vor allem kann ich euch ebenso vertrauen. Danke dafür. Besonders dankbar bin ich meinen Eltern. Ihr habt mich von Anfang an so akzeptiert, wie ich bin. Ihr habt mir dabei geholfen, zu der selbstbewussten und unabhängigen Frau zu werden, die ich heute bin. Ihr habt immer ein offenes Ohr für mich und, obwohl ihr selbst nicht lest, freut ihr euch jedes Mal für mich, wenn ich ein neues Buchprojekt beendet habe. Vielen Dank an Laura und Anne von Digital Publishers, dass ihr mein Buchbaby beim Schritt in die Verlagswelt unterstützt habt und danke

Monia, für dein ausführliches Lektorat und deine hilfreichen Hinweise. Ein großer Dank geht an meine Buchbloggerinnen, die mir mit Rat und Tat zur Seite stehen und mir fleißig bei den Entscheidungen unter die Arme greifen. Danke auch dafür, dass ihr mir helft, dieses Buch bekannter zu machen. Und natürlich bin ich auch euch zu großem Dank verpflichtet, liebe Lesende. Nur wegen euch setze ich mich hin und erwecke neue Geschichten zum Leben. Danke, dass es euch gibt. Wenn du mehr über mich und meine Bücher erfahren möchtest, bist du herzlich eingeladen, dich auf meiner Homepage https://lucystorm-autorin.de/ umzusehen. Dort kannst du dich für regelmäßige Neuigkeiten in meinen Newsletter eintragen.